Du monde entier

HAMM : *Salopard ! Pourquoi m'as-tu fait ?*
NAGG : *Je ne pouvais pas savoir.*
HAMM : *Quoi ? Qu'est-ce que tu ne pouvais pas savoir ?*
NAGG : *Que ce serait toi.*

Beckett, *Fin de partie*

UN

guichet automatique

(1989) Que puis-je pour vous ? murmure une voix de femme. L'écran s'illumine quand s'élève la voix. On entre, on tape des chiffres, local chauffé, atmosphère stérile presque. Le téléphone à côté d'elle ne sonne jamais, un jouet, un décor de théâtre. Dans la nuit, mon père décroche le combiné, pose des questions : *Où est l'argent ? Est-ce que je vais enfin pouvoir dormir ? Qui m'a laissé dehors ?* Quand il décroche, le téléphone sonne dans un bureau quelque part au Texas, où une permanence est assurée, soi-disant, mais pas la nuit. Une machine parle en même temps que mon père, sans l'écouter, se contente de parler, le pâle reflet du visage de mon père à l'écran.

N'importe quelle carte magnétique permet d'entrer, ceux de la rue le savent, ou l'apprennent vite. Dans ce local, il ne fait jamais nuit, la lumière grésille, blanche, aveuglante. Debout au guichet, mon père remplit des formulaires de dépôt —, *Cinq cents sur l'épargne, vingt-cinq mille sur le compte-chèques, tout en liquide* —, les glisse dans une enveloppe qu'il jette à la poubelle. Si on passe en voiture, on croit voir une vitrine, un diorama

— *Homme de la fin du XXe siècle simulant une opération bancaire* — offert par le musée des Sans-Abri. Les gens qui entrent, qui ont de l'argent à retirer, ne lèvent pas les yeux sur lui, ne le remarquent même pas. Propre, bien mis, ses longs cheveux grisonnants tirés en arrière, semblable à eux exactement, il passe à la banque après minuit, avant d'aller en boîte, à un souper, rejoindre une dame qui attend dans la voiture, *cette* voiture garée au bord du trottoir, moteur en marche, et qui, les jambes sous le chauffage, écoute la radio — *A little honey in my pot,* ou *Baby it's cold outside.* Skid est pelotonné sous le guichet, inanimé ou à demi conscient, difficile à dire, son ghetto blaster à plein volume serré dans ses bras comme un enfant qui hurle. Mon père fredonne. Les lampes grésillent. Devant le guichet automatique, le couple s'embrasse, la machine, avec un petit clic, émet une mince liasse de billets, mon père se penche sur son coupon de dépôt, *Six cent soixante-dix mille, en liquide*, le glisse dans une enveloppe, lèche la bande précollée. Le couple, debout devant la porte, s'embrasse toujours, comme s'ils n'avaient pas trouvé site plus romantique dans toute la ville.

D'autres finissent au guichet automatique après minuit, après la fermeture du dernier Dunkin' Donuts. Ils secouent la porte à ouverture magnétique pour attirer l'attention de mon père qui, sauf s'il les connaît, feint d'être endormi ou absorbé dans sa transaction. C'est dur de trouver un hall d'accueil ouvert après minuit, où se mettre au sec, et pour certains, dur aussi de rafler ne serait-ce qu'une carte magnétique. Mon père reconnaît Bill-aux-Yeux-Boules, un autre taré inoffensif, lui ouvre la porte. Les Yeux-Boules parle du coin des lèvres, et surveille ce qui arrive par-dessus l'épaule de mon père. Il craint d'être observé, ce qui n'aurait rien d'étonnant, dans ce genre de local. Derrière ce mur, on filme sa putain de vie.

Toute voûtée à côté de la poubelle, Alice jure que des gens viennent la nuit lui graver leurs initiales dans la chair. La paume tendue vers Bill d'un geste accusateur, elle demande *Qui c'est, J.L. ?* Les égratignures sur sa main ressemblent aux lettres «J» et «L», c'est vrai. Bill jette à mon père un coup d'œil complice. Alice le foudroie du regard. *T'es qui, cette nuit? Bill au pantalon gris, ou çui qu'est entré en douce pour me marquer la main?* Ayant fini de déposer son liquide, mon père se pelotonne sur le sol en céramique, tourne la tête vers la plinthe, bien calé sous la fenêtre, à l'abri des regards des faux flics. Avec leurs étoiles de shérif bidon peintes sur leurs petites jeeps. S'il arrive à rester en dessous de leur ligne de mire, ça lui vaudra peut-être dix minutes de sommeil.

Les bars de Boston ferment à une heure. La seconde vague de fêtards, plus grégaires que ceux du début de soirée, le regard trouble, rentrent chez eux, cherchant à s'introduire dans le local. Parfois ils vous agressent, ou vous glissent la pièce. S'ils sont un peu allumés, ils entament la conversation, s'assoient par terre à côté de vous, vous offrent à boire, veulent savoir votre nom.

Vous avez l'air d'un type bien, comment vous avez atterri là ?

Où ça ? demande mon père.

l'inventeur du canot de sauvetage

Son père, prétend mon père, est l'inventeur du canot de sauvetage et de la fenêtre à commande électrique, sauf que parfois c'est le canot de sauvetage et le verrouillage automatique des portières de voiture. Ou un genre de *moteur à quatre trucs, là, qui consomme rien*. Dans cette histoire, qui se passe pendant la Dépression, mon père est issu d'une famille riche, avec jardiniers et chauffeurs. Son grand-père, propriétaire d'une entreprise spécialisée dans les toitures, s'est vu confier les contrats pour Faneuil Hall et le musée des Beaux-Arts de Boston, de grands chantiers publics qui l'ont maintenu au-dessus du chaos. À l'intérieur de la girouette en forme de sauterelle sur le toit de Faneuil Hall, on peut voir le nom de mon arrière-grand-père, Thaddeus, qui est aussi le nom de mon frère. C'est mon père qui me raconte ça, mais comment entrer dans la girouette, ça il n'en dit rien.

non coupable

Que dire de mon père à l'époque, durant ces années passées dans l'embrasure d'une porte, un asile de nuit, un guichet automatique ? *Mort*, ou *Porté disparu*, ou *Je ne sais pas où il est.* Je pourrais dire ce qui me passe par la tête, tout serait vrai. Que je ne le connais pas, ma mère l'a quitté peu après ma naissance, ou juste avant. Mais cette version n'a pas tardé à se brouiller.

Il n'était pas encore à la rue que d'instinct j'avais senti, à des rumeurs, qu'il rôdait dans les parages, qu'on se tournait autour, comme des planètes sorties de leur orbite. Je savais qu'il faisait chauffeur de taxi, parce que ma mère me l'avait dit peut-être, bien qu'elle ne parlât presque pas de lui, sauf pour constater qu'on était mieux sans. Je connaissais même le modèle, un taxi de la ville, noir et blanc. Quand j'ai laissé tomber la fac, à vingt et quelques années, et déménagé à Boston, je ne pouvais pas m'empêcher de jeter un coup d'œil aux chauffeurs de taxi, sans bien savoir ce que ça changerait, ni comment je réagirais si c'était mon père au volant. Il avait vécu dans une pension à Beacon Hill, je l'avais su deux ou trois ans avant qu'on l'expulse et qu'il emménage dans son taxi, loué par vingt-quatre heures ; jusqu'au jour où il perdit conscience, complètement imbibé de vodka, renversa *quelque chose ou quelqu'un,* y laissa son permis. Le jour de son expulsion fut ma première rencontre avec lui dans ma vie d'adulte ; la deuxième, autant que je m'en souvienne, il me téléphona pour que je vienne jusqu'à sa chambre en camion. C'était la première fois que j'entendais sa voix au téléphone. Deux mois plus tard, il se présentait à l'asile de nuit où je travaillais et réclamait un lit.

Le Pine Street Inn était, c'est toujours le plus grand asile de SDF de Boston. Dernier cri. À l'arrivée de mon père, j'y travaillais depuis trois ans, comme conseiller d'abord, puis comme assistant social. Il n'était pas à la rue quand on m'embaucha, marginal certes, mais pas sans-abri. Le jour où il se présenta, je m'en souviens, les nuits pouvaient encore être froides. Il dut lever les mains avant d'entrer — chaque « pensionnaire » est fouillé : ni armes, ni bouteilles. C'est la règle numéro un.

Que dire de lui maintenant ? *Logé.* Douze ans. *En logement social.* Un Article 8. Pour invalidité. Je vous serai reconnaissant de payer son loyer, sauf si vous aussi bénéficiez de l'Article 8. Sauf si, au moment où vous lisez ces lignes, on l'a de nouveau expulsé. Maintenant, je dirais qu'il est increvable, le con, faudrait de la dynamite pour le liquider.

Tant qu'il avait sa chambre, j'aurais pu le croiser à tout moment, si j'avais voulu. Il n'était jamais dur à trouver. Les autres non plus, d'ailleurs. Même pendant ses mois d'exclusion, je connaissais les trois ou quatre endroits où il dormait dehors, tous marqués au fer rouge sur le plan de la ville gravé dans ma tête. Aujourd'hui, je peux plus ou moins le localiser par un simple coup d'œil au calendrier. Le premier du mois, il reçoit son chèque, sur lequel, avec un peu de chance, il prélève le montant de son loyer, puis il s'achète entre cinq et quinze litres de vodka. Si on est encore en début de mois, il est dans sa chambre en train de boire. Facile à trouver dans ces eaux-là. Plus tard dans le mois, il doit s'aventurer dehors, dans des soupes populaires pour manger, et ça devient plus dur de le retrouver. Du moins à midi. Il n'a pas le téléphone. Pour le voir, il faut que j'aille sonner en bas de son immeuble, à côté de l'étiquette portant mon nom. Il lui faudra une minute pour débloquer la porte de son doigt mal assuré. Ou alors, en son absence, elle ne s'ouvrira pas. Soit j'irai le chercher sur Commonwealth Avenue, soit j'irai l'attendre au Dunkin' Donuts du coin.

Si je pouvais tirer un jeu télévisé du concentré de ces années, je l'appellerais *Non coupable*. Aujourd'hui sur vos écrans: «Pères jetés à la rue». J'apparaîtrais à l'écran, dans un costume mal ajusté, avec deux ou trois autres participants, l'air contrit, provocateur ou insondable sous les lumières blafardes. À un moment, après ma version résumée des faits, l'animateur fait monter mon père sur scène, et c'est un genre de retrouvailles, diffusées en direct dans tout le pays, tandis que les caméras balayant le studio montrent les réactions du public. Avant la pub, une légende s'inscrit sous mon visage : *Le fils assassin : « J'ai souhaité sa mort. »*

Version abrégée

J'ai travaillé auprès des sans-abri de 1984 à 1990. En 1987, mon père s'est trouvé à la rue, est resté sans-abri près de cinq ans.

Les jours de neige, je monte le chauffage dans mon loft du quartier chaud, un étage entier au-dessus d'une boîte de strip-tease désaffectée et, par la fenêtre, j'observe le quartier dit de « divertissement pour adultes » de Boston.

L'enseigne d'À l'Œil Nu, des jambes de femme au néon qui s'ouvrent et se ferment devant un gigantesque œil clignotant. La Pantoufle de Verre. Le pays du jeu.

Des voitures qui partent en léger dérapage, les traces de pas qui peu à peu se comblent. De petites lueurs réfléchies sur la chaussée blanchie. Je suis absolument conscient des risques.

Beaucoup de sans-abri, la plupart, meurent, tôt ou tard, on les retrouve morts, dans les circonstances les plus inconcevables, les plus ordinaires : Robert Kuneman figé tout droit contre un mur dans le South End, comme s'il attendait le bus, le corps raidi de froid, Fergus Woods dans son carton au fond du garage de sa sœur, qui essaie de se réchauffer en brûlant des tablettes de méta, met le feu à ses vêtements et brûle avec.

En été, quand j'entends parler d'un corps trouvé face contre terre près de la gare de triage, je me demande si c'est mon père. C'est instinctif. Homme blanc, dans les cinquante ou soixante ans : ce pourrait être n'importe qui.

J'aperçois mon père parfois, qui passe devant mon immeuble, en route vers un autre nulle part. J'aurais pu lui donner une clé, lui proposer un bout de plancher. Un futon. Un lit. Mais je ne l'ai jamais fait. Le faire entrer, c'est devenir lui, laisser s'estomper la ligne qui nous sépare, accélérer mon lent naufrage. Sur le flanc d'un camion de déménagement, le slogan ALLONS ENSEMBLE a été changé, par un vandale ou un employé mécontent, en SOMBRONS ENSEMBLE. Si je tends la main à l'homme qui se noie, il m'entraînera au fond. Je ne peux pas lui servir de canot de sauvetage.

barracuda

(1956) Jonathan, des années avant de devenir mon père, est de retour dans le nord pour l'été. Ces derniers hivers, depuis qu'il a abandonné l'université, il travaille sur des bateaux de pêche au large de Palm Beach. Quand il rentre dans le Massachusetts, il navigue entre la maison de ses parents à Scituate et les canapés des amis à Boston. Un vrai courant d'air. Il est partout. Ou nulle part. Scituate (*sit-tchoo-it*, de l'amérindien *satuit*, ou « ruisseau froid »), village de pêcheurs situé à une cinquantaine de kilomètres au sud de Boston, est la résidence d'été de quelques-uns des politiciens de la ville, qui l'ont baptisée « la Riviera irlandaise ». Pendant la semaine, il loge chez ses parents et travaille pour un magnat local du bâtiment. Le week-end, il file plus au nord, à Boston, et crèche à Beacon Hill, chez Ray, son meilleur ami. Ray est issu d'un milieu ouvrier catholique québécois ; jamais en retard pour payer ses factures, il se montre généreux envers ses amis, ce qui importe de plus en plus à quelqu'un comme Jonathan. Ray le Réglo. *À l'époque, pas besoin d'avoir beaucoup en poche, on ne demandait pas grand-chose. En tirant un peu sur la*

ficelle, on pouvait vivre pas mal en tant qu'artiste, se faire connaître, ou du moins se maintenir. Sûr de lui, ses cheveux noirs lissés en arrière, Jonathan se fait une réputation de *nouveau grand poète américain* avant de s'employer à le devenir, doté de ce qui passe pour de l'ambition à cette époque beatnik. Souvent, il flâne sur Harvard Square en tenue de tennis, une raquette sous le bras, bien qu'il ne joue pas. *À la chasse aux Radcliffe*[1], comme il dit. Toujours plutôt frêle, il compense par sa démarche exubérante. Ray, lui, fabrique des bijoux, des bagues à partir de fourchettes pliées, des montures en toile d'araignée serties de pierres de lune. Plus tard, Ray ouvrira sa propre usine et gagnera des sommes considérables dans la fabrication des plastiques utilisés pour les missiles: «Papa Marchand de Canons», deviendra-t-il pour sa famille.

Un après-midi sur Charles Street, Jonathan donne un coup de coude à Ray, fait un signe de tête en direction du trottoir noir de monde. *Regarde, il y a une fille qui va s'avancer dans la rue, d'une famille riche. Elle a des aspirations artistiques, mais peu de talent. Elle vient à Beacon Hill pour se frotter au milieu, elle cherche un type doué pour s'accrocher à lui, devenir la puissance occulte dans l'ombre du diamant encore brut, même si elle croit toujours que c'est elle qui a du talent.* Les yeux plissés, Jonathan contemple son avenir inondé de soleil. *Elle ne le sait pas encore, mais c'est moi qu'elle cherche.*

Jody, dix-sept ans, chez ses parents pour l'été, travaille dans un café sur le port de Scituate. Une photo de

1. Université exclusivement féminine, dépendant de Harvard. *(Les notes en bas de page sont de la traductrice.)*

l'époque la montre avec une queue de cheval, jeune fille brune aux yeux d'un vert profond, au sourire hésitant. Jonathan commande deux cafés, la baratine. Selon Jonathan, *Je crois qu'on est sortis ensemble le soir même où je l'ai rencontrée. Ce qu'elle était belle, ta mère, bon Dieu. J'avais une bagnole, une vieille guimbarde empruntée, ou que j'avais dégotée je sais plus comment. On est sortis ensemble le soir même.* Son charme, moins dépenaillé qu'il le deviendra, quand plusieurs tonnes d'alcool l'auront détruit tout à fait, ne laisse pas Jody indifférente. Rebelle à la dérive, ballottée d'internat en pension (en ce moment même en transition de Dana Hall à la Résidence des Pins), elle est d'une famille riche. Son père a repris l'entreprise du grand-père, dans la laine, qui a beaucoup rapporté pendant la guerre, avec les uniformes, les couvertures, le feutre. Jonathan raconte à Jody qu'il est rentré en ville cet été pour travailler dans le bâtiment — il n'est que manœuvre, et creuse des tranchées. À Palm Beach, on l'a surnommé « Barracuda Buck, guide natif ». *Natif d'où* ? s'enquiert Jody. Il lui parle du roman qu'il n'a pas encore commencé et de tout l'espoir qu'il y place. Barracuda. Du pipeau, pour moitié, mais Scituate est une petite ville — elle lui dit à quelle heure elle termine. Quand elle sort du travail, il l'attend. Ils vont à Peggotty Beach, se garent face à l'océan, dos au couchant. Il connaît sa famille, leur résidence d'été sur First Cliff, la demeure la plus imposante de la ville. Il l'avait déjà vue à la plage, alors qu'elle n'était qu'une enfant. Il débouche une bouteille de whisky, lui en propose. Ils se parlent de leur famille, il raconte qu'il a dû fuir son père (*ce vieux con dégarni, avec son foutu violon*), fuir cette petite ville, pour enfin vivre sa vie. *Je serais mort si j'étais resté.* Elle aussi a des problèmes avec son père, lui reproche de n'avoir pas cherché à la comprendre. Depuis un an, il couche avec sa secrétaire, Jody a trouvé une lettre (« Il n'y a plus longtemps à attendre, mon chéri : bientôt, nous serons à Reno, et tout ça, derrière nous. »). Tous deux lisent Salinger — *L'attrape-cœurs*, elle l'a dans son sac. Elle lui lit son passage préféré :

> « Quand j'ai été *vraiment* schlass j'ai recommencé à me raconter cette histoire idiote de la balle dans le ventre. J'étais le type du bar qui avait une balle dans le ventre. J'arrêtais pas de me passer la main sous la veste, sur mon estomac et tout, pour empêcher le sang de pisser tous azimuts. Je voulais que personne sache que j'étais blessé. Je cachais soigneusement mon état de fils de pute au ventre troué... »

Jonathan glisse sa main sous sa veste et se plie en deux de douleur. *Non, il cache soigneusement,* corrige-t-elle. Il prend une expression stoïque. Ils se mettent à rire. C'est comme ça que Jonathan voit son roman, une mise à nu du monde, et Jody le croit, du moins cette nuit-là, et beaucoup d'autres par la suite. Jusqu'à la fin de l'été, ils se retrouvent sur la plage qui relie les deux promontoires rocheux et, allongés contre la digue, à l'abri du vent et des regards, ils comparent la taille de leurs pieds, pressent leurs paumes l'une contre l'autre. Il lui parle de son livre, de la Floride, de la vie sur les docks. *Un poète qui creuse des tranchées, ça n'a rien à voir avec un simple creuseur de tranchées.* Sa famille a prospéré durant la Dépression, et lui aussi va connaître la prospérité, mais à sa façon. Pour un écrivain, il n'y a que Beacon Hill ; il est connu là-bas, il a des amis : il lui promet de l'emmener.

beacon hill

Jonathan remonte de Palm Beach deux ou trois fois pendant l'hiver, pour faire la bombe à Beacon Hill et voir Jody. Un trolleybus assure la liaison de la Résidence des Pins à Boston, et Jody le retrouve pour des soirées, puis des week-ends entiers. Elle n'a pas le droit de découcher, découche quand même, rentre discrètement au dortoir l'après-midi suivant, accepte sa punition. Son père a quitté la maison, pris l'avion pour Reno pour finaliser son divorce, et sa mère ne répond plus au téléphone. Des années plus tard, elle me raconte que quand les professeurs se mettent à hurler, elle brouille sa vision jusqu'à ce qu'ils perdent toute consistance. Elle me montre même comment s'y prendre : en me regardant droit dans les yeux, elle plisse légèrement les siens, laisse s'alourdir les paupières. À ce stade, mes études ne vont pas fort. J'essaie de l'imiter, mais ça n'a jamais l'air de marcher.

Cet hiver, Ray fait la connaissance de Clare, qui est étudiante à Radcliffe. Jonathan maintiendra toujours que c'est lui qui les a présentés, car il aime s'inventer une influence massive, mais leur version est différente. Selon

Clare, Jody est « la plus belle femme qu'elle ait jamais vue ». *Pas très maligne, par contre*, ajoute-t-elle vite, *après tout, ce n'était qu'une gamine. Elle donnait toujours un coup de main, à nos grandes soirées, elle veillait scrupuleusement à ce que chacun ait assez à manger. Je me souviens qu'un soir, dans la cuisine, elle a demandé : « La Chine, c'est un pays ou un continent ? » Non mais tu te rends compte ?*

En mai, Jonathan quitte Palm Beach pour Boston, où il s'installe dans l'appartement de Ray. Jody lui a annoncé qu'elle est enceinte de trois mois. On l'a déjà escamotée de la Résidence des Pins et replacée à Florence Crittenton House, une institution pour filles mères. À ce stade, nul ne sait ce qui va se passer. Tout est encore possible. L'adoption, l'avortement, bien qu'illégal. Il y a des endroits pour ça, des praticiens clandestins, des cars pour Providence. La décision lui appartient, bien sûr, mais elle subit beaucoup de pressions. Son père est rentré à Scituate avec sa nouvelle femme, dans sa grande demeure de First Cliff, après avoir installé sa première femme, la mère de ma mère, dans une maison neuve, plus petite, à l'autre bout de la ville. Il donne rendez-vous à Jonathan à Locke-Ober, un restaurant de Boston, et exige de connaître ses intentions. *Ne vous inquiétez pas, je ne retourne pas en Floride*, promet-il. *Je ne l'abandonnerai pas, je vais l'épouser.* Demande en mariage, marché conclu : le père de Jody s'engage à caser Jonathan comme concessionnaire automobile, les détails seuls restant à préciser.

Cependant, déjà, ma mère regrette pour Barracuda. Dans une lettre à mon père qu'elle n'enverra jamais, ou le brouillon d'une lettre envoyée, elle écrit

> Bon Dieu, jusqu'où peut aller la patience, quand celui qu'on aim<u>ait</u> ne dessoûle pas, rentre tard, crevé, et qu'on subit sa mauvaise humeur, si encore il n'est pas dehors à traîner… ?

Au mois d'août, cette année-là, Ray accompagne Jonathan au foyer de filles mères, et assiste au mariage éclair de mes parents, en seul témoin. Mon frère naît quelques mois plus tard. C'est Ray qui conduit ma mère à l'hôpital, Jonathan arrive juste après la naissance, un problème de voiture. Ils passent l'hiver tous ensemble dans l'appartement de Ray sur Beacon Hill. Clare se souvient d'avoir changé les couches de mon frère.

Des années plus tard, interrogé sur ses deux mariages, avec ma mère puis sa seconde femme, toutes deux issues de familles riches, mon père répond : *Je ne leur ai rien demandé, c'est elles, moi j'ai saisi l'occasion.* Nous sommes seuls dans son appartement, bien après ses divorces, la prison, la rue. *J'en ai connu, des femmes pauvres ; adorables, toutes, mais pas bonnes à marier.* Il jette un coup d'œil à une photo de ma mère tenant dans ses bras mon frère bébé, appuyée contre une photo de sa seconde femme qui aide sa fille à marcher. *C'est aux enfants que je pensais ; qu'ils viennent d'un milieu cultivé, c'est fondamental.* Il insiste, me regardant droit dans les yeux. *C'était pour les enfants, rien que pour eux.*

jon le négociant

Renault seul est accessible sur le marché des voitures étrangères, mais sans grand succès de vente. *Vous achèteriez ça, vous ?* Mon père est nommé à la présidence, mais mon grand-père reste propriétaire. Ils baptisent European Engineering cette entreprise condamnée, dont les bureaux internationaux s'installent à Belmont, Massachusetts, dans une rue où s'alignent les entreprises. Désormais, mon père porte un costume pour aller au travail chaque matin et conduit une voiture neuve, tandis que sa jolie jeune femme l'attend à la maison et s'occupe de leur nouveau-né ; il a quelques employés sous ses ordres. Bref, tout semble aller pour le mieux. Sauf que mon père n'est pas doué pour vendre des voitures. Or son beau-père, qui a fourni les fonds, son commanditaire, son associé invisible, est un homme d'affaires, qui veut que ses investissements rapportent. Ce nouveau gendre doit faire ses preuves. Des problèmes de liquidités ne tardent pas à apparaître. Mon père a engagé plusieurs de ses vieux compagnons de beuverie, dont Ray, tous parfaitement ignorants en matière de vente de voitures. Les choses ne bougent guère durant les premiers mois, puis il embauche Duffy, une connaissance. Aujourd'hui encore mon grand-père maintient que Duffy aurait vendu du sable sur une plage. Les affaires démarrent, l'avenir se fait plus prometteur, jusqu'au jour où les clients viennent réclamer les autoradios neufs, les travaux de peinture personnalisés ou les pneus à flanc blanc promis par Duffy.

(1960) Après deux ans de bénéfices en baisse, ayant vendu toutes les Renault humainement vendables, mon grand-père vire Jonathan de ses fonctions de président, et plie boutique avant de perdre plus d'argent. Ma mère, pourtant lasse de son raté de mari, est soulagée de ne plus être redevable à son père. Mon père décide de reprendre des voitures étrangères d'occasion pour les vendre à profit, à plein temps cette fois, et non plus comme activité annexe. Il loue le garage d'à côté et se rebaptise « Jon le négociant ». Ses clients sont des gens riches, qui passent l'été en Europe, et les voitures, des BMW, des Mercedes, des Fiat et des MG, se vendent comme des petits pains. Mais à l'automne survient un autre problème de liquidités. Mon père prend son temps avant d'informer ses clients que leurs voitures sont vendues, préfère attendre qu'ils le contactent, pour découvrir souvent qu'il n'a pas l'argent, ne sait pas à quoi il l'a dépensé. Il a eu tort de croire qu'étant si riches ils n'auraient pas besoin de la somme, pas tout de suite. Selon une autre version, il prétend ne pas avoir tenu précisément les comptes. Né pour être président, et non trésorier, il doit son poste à un trésorier. Mais dans la foulée il annonce, fièrement, que toute cette « aventure » a fait la

une des journaux. Pas un mot à ce sujet dans les archives sur microfilms des journaux de l'époque.

Je nais au mois de janvier. De nouveau, Ray conduit ma mère à l'hôpital, exactement comme pour mon frère. En juin, ma mère, âgée de vingt ans, fait sa valise et quitte mon père. Elle ne recevra aucune pension de sa part, refusera toute aide de son propre père. À moins qu'il n'ait pas offert de l'aider, pas sous une forme qu'elle puisse accepter sans se sentir gênée. Peut-être décida-t-elle de se débrouiller seule ; ou alors, elle avait constaté que l'argent ne résout jamais rien. Peut-être son père voulut-il éviter de confondre argent et amour, cette fois, et, en ne donnant rien, ne fit qu'aggraver leur confusion. *J'ai beaucoup perdu dans cette affaire de voitures :* mon grand-père n'en dira pas plus aujourd'hui.

ulysse

Nombreux sont les pères absents. Ils partent, on les quitte. Certains reviennent, méconnaissables, affamés. Seul le chien se souvient. Même s'ils restent, on ne les voit pas de la journée, pour la plupart ; ils sont au travail, activité mystérieuse pour leurs enfants : au bureau, au magasin, des hommes en costume cachés derrière des portes closes, hurlant au téléphone, ou en salopette, lisant un magazine de cul au volant d'un pick-up. Charpentier. Électricien. Ils se présentent chez des inconnus, une femme en peignoir leur ouvre, les fait asseoir à table, leur offre le café et les biscuits, ils parlent de la journée qui les attend. Ce soir, vous ne reconnaîtrez plus votre salle de bains, promet-il. Lundi, on attaque le toit. Beaucoup finissent par rester à la maison toute la journée, buvant des coups dans la remise à bois. Beaucoup se rendent dans une autre ville, retrouver une femme qu'ils fréquentent depuis des années. Certains poursuivent leur fils de leurs reproches jusque dans la tombe, d'autres ont moins de réalité que leur photo défraîchie. Il est des fils qui éprouvent le besoin d'exhumer le corps, d'autres de voir un nom inscrit dans un registre. Certains viennent en voiture voir la maison où leur père a vécu enfant, se garent en face, d'autres jurent que s'ils pouvaient rien qu'une fois le regarder en face ils seraient apaisés. Un de mes amis, avec l'argent d'un héritage, a chargé un détective de retrouver son père. Mille dollars pour apprendre qu'il était mort. Toute ma vie durant, mon père a été pour nous un absent, une non-présence, un nom désincarné. Nous étions trois assis à table, ma mère, mon frère et moi, tous trois portant son nom. *Flynn ?*

Quelque chose en moi savait qu'il réapparaîtrait, que si je restais assez longtemps au même endroit, il me trouverait ; c'est ce que l'on recommande aux enfants, s'ils se perdent. Mais on ne dit pas quoi faire si les deux sont perdus, et se retrouvent au même endroit, à attendre.

hiver

(1989) Certaines nuits, mon père s'enveloppe dans des journaux, s'en fait une doublure de manteau : les gros titres sont enfin sur lui, bien qu'il n'y soit pas nommé. Les mêmes tirades poignantes sur « les sans-abri ». *Faut pas croire, j'ai jamais tiré une lame ni plombé quelqu'un. En cinquante-neuf ans, j'en ai fait que deux en taule. Je suis pas un taulard endurci.* Même quand les températures chutent en dessous de zéro, il passe la nuit dehors. « On m'ampute les orteils », m'écrit-il. Les nuits de pluie, il s'emballe de plastique, un sac poubelle Ultra-Plus, fermé au scotch ; il se tisse un cocon, s'allonge, fourre ses pieds dans le sac, jusqu'au fond. Il se redresse pour tendre le sac, qu'il scotche au niveau des chevilles et autour de la taille, pour qu'il ne glisse pas dans la nuit.

il y a deux cents ans

Il y a deux cents ans, dans un village, mettons, d'Europe de l'Est, ou même sur la côte du Massachusetts, si on avait un père alcoolique, ou un peu fêlé, ou les deux, tous les habitants du village, proches ou simples connaissances, savaient que l'ivrogne ou l'idiot du village était votre père. Pas moyen de le cacher ni de nier. Ses moindres faits et gestes, tant qu'on habite le village — les obscénités lancées aux enfants, les heures qu'il passe endormi à cuver au cimetière —, leur viennent à l'esprit dès qu'ils vous voient. Ils se disent, ou disent à qui les accompagne, *C'est son père, tu sais, le fou, l'ivrogne*, et ils ne peuvent s'empêcher de se demander ce que vous avez hérité, ce qui vous a été épargné. Ils cherchent dans vos yeux les siens, remarquent le moindre faux pas de votre part à l'entrée d'une boutique, se souviennent que votre père aussi a connu des débuts prometteurs, comme vous. Ils savent que c'est un poids — la lutte se lit sur votre visage —, ils vous regardent passer en hochant la tête, et vous approcher du coin où votre père est tombé et s'est pissé dessus. Ils vous regardent l'observer, notent les jours où vous passez votre chemin comme si de rien n'était, ou au contraire tombez à genoux à côté de lui, pour l'aider à se relever en le soutenant. Des amis viennent-ils vous voir, ils ne peuvent s'empêcher de regarder s'il y a une autre pièce, ou si vous aussi vivez en marginal, dans la précarité. Sans forcément faire de commentaire, ils en prennent note : dans un cas comme dans l'autre, ça en dit long. Il y a deux cents ans, vous ne seriez sorti du village qu'une fois par mois environ, pour aller vendre le produit de votre activité, agricole ou artisanale — oignons, huile, vin ou étoffe — au marché d'une lointaine bourgade ; vous seriez rentré un ou deux jours plus tard, avec l'impression, fondée peut-être, de n'avoir d'autre place au monde, l'impression que quitter le village serait un bannissement, le début d'une vie d'errance, serait s'exposer au soupçon d'avoir abandonné votre père à son triste sort, de l'avoir renié, de le laisser mourir. D'avoir tout reçu, sans rien donner en retour. Qui d'autre que vous serait responsable de lui ? Qui va le relever quand il est à terre ?

la cage

(1984) Je commence à Pine Street à vingt-quatre ans, plein d'une impatience désordonnée, sans objet précis. « L'insatisfaction » est une émotion complexe. Quand mon service prend fin, à onze heures, je sors avec mes collègues, boire à l'effondrement futur du système capitaliste, à la vacuité des années frime. Quand on travaille avec les sans-abri, on entend s'effriter les immeubles. Chaque soir, pourtant, on fait la fermeture chez Foley's, et on se retrouve, un peu déçus, dans les rues de la ville qui résiste.

En tant que nouvelle recrue, je travaille souvent dans la Cage, où sont distribués les tickets de nuitée et stockés les objets de valeur, quand il y en a. Quelqu'un est en poste pour accueillir les pensionnaires, quatre heures par nuit, en face à face, facile. C'est aussi le moment d'activité maximale au foyer, de chaos total dans les réfectoires, les locaux étant restés fermés toute la journée. Dans les quelques heures qui suivent, entre trois cents et six cents hommes s'engouffrent par les portes. C'est l'heure du dîner, où la clinique est ouverte, où l'on guide les hommes jusqu'aux lits, à l'étage, pour ceux qui ont réussi à en décrocher un. Je commence lentement à les connaître par leur nom, j'essaie de me montrer responsable, de compter leur argent en gardant mes mains bien en vue.

4011. Et voilà, vous allez bien dormir cette nuit.

Votre nom… ?

C'est quoi, le nom à côté du numéro ? Mon nom.

Ah oui, Jamal Dexter, l'éternel satisfait. Il passe sa journée à fumer de la came dans le parc, à ce qui paraît, à vendre des joints mal roulés aux petits jeunes. Derrière lui, dans la file, Randy Phillips, que l'on comprend à peine, incapable de prononcer son nom, de me regarder en face, qui défroisse le ticket d'hier et le glisse dans la fente en le tenant à deux mains, ce précieux billet.

C'est Carlos, un collègue, qui m'apprend les ficelles. Fais attention qu'ils signent bien partout, et que le numéro sur l'enveloppe corresponde à celui du lit, s'il y a un problème, appelle un conseiller. Un soir, pendant un moment d'accalmie, il me raconte qu'il a descendu un type sous les voies à l'ancienne gare de Dudley Station, un type qu'il recherchait pour venger son petit frère ; quand Carlos l'a trouvé, le type a sorti un flingue et lui a tiré dessus, mais Carlos a eu le réflexe de pivoter, et la balle s'est logée dans le biceps. Il pivote en racontant, *Comme ça, tu plies, le bras peut supporter, c'est mieux que de t'offrir comme cible.* Il encaisse la balle, fait tomber le flingue, étend le type d'un coup de poing, ramasse le flingue et lui vide le chargeur dans la tête. Il raconte avec deux doigts serrés, pour imiter une arme, et montre comment il a pressé la gâchette, *clic, clic, clic, clic,* et continué longtemps, même une fois le chargeur vide. Il s'est planqué un an, a disparu dans le nord de l'État et, quand il est revenu, s'est mis à travailler au foyer.

Au foyer, impossible d'échapper à la tension : les murs exsudent l'angoisse et la fumée de cigarette. L'atmosphère confinée, étouffante et chargée de rêves couvre mal l'odeur puissante de sueur séchée. Quand les réfectoires sont ouverts, ils s'emplissent d'un vacarme constant, indescriptible, murmure produit par des centaines d'hommes, ronron hypnotique de la télé, ponctué par la traditionnelle crise de délire — une altercation, les cris d'un homme aux prises avec un démon intérieur. Les têtes se tournent vers la source du bruit, puis reviennent, après en avoir constaté l'existence. Si ça cogne, et qu'un membre du personnel est là pour intervenir, il ou elle s'interpose. Question d'ajustement : foncer dans le tas ou désamorcer, intervenir ou battre en retraite. Le rez-de-chaussée est divisé en deux ailes, Bleue et Jaune, chacune une ville en soi, enclave dans la ville, avec ses lois, ses principes de physique. La Bleue, c'est surtout pour les anciens, des ivrognes, des habitués, plutôt pacifiques ; la Jaune, ce sont les jeunes fougueux, la jungle des psychotiques, des accros. Perché dans ma cage derrière le filet aux mailles d'acier, quand vient une accalmie dans la distribution des tickets et la répartition de la monnaie dans les enveloppes, le rythme de ces villes parfois peu à peu m'entre dans les veines.

Au bout de quelques mois de Cage, ce premier automne, le cycle de vie au sein du foyer commence à faire sens à mes yeux. Des schémas se dessinent. Le vendredi, le jour de paye, il y a plus d'argent à enregistrer, plus de types bourrés qui se bousculent devant la fente étroite de mon guichet. Les ivrognes arrivent plus tard, exubérants ou renfermés, selon leur tempérament. Jimmy s'est remis à trembler, après avoir connu une si bonne phase pendant un mois. Il a inventé une combine, il planque un billet de cinq dans sa manche, puis lève le bras avec majesté pour la fouille. Une fois de plus, c'est la police qui ramène Eddie, qui, non content d'avoir perdu une jambe sous un bus quelques hivers plus tôt, a perdu sa prothèse. Vraisemblablement, c'est lui qui l'a enlevée pour menacer un passant, une « foutue pétasse ». Certains touchent une pension, pour invalidité physique ou mentale — les « psycho-chèques », comme on dit. Quand elles sont versées, le premier du mois, les prédateurs, de jeunes accros pour la plupart, apparaissent au foyer, et rôdent à la recherche d'une cible. Le personnel chevronné connaît les voleurs et leurs victimes. Mais les vieilles cloches se laissent facilement tenter par une bouteille, attirer au bout de la ruelle, pour revenir en clopinant, penauds, qui la poche déchirée, qui du sang sur l'oreille, de nouveau sans un sou.

Joy est à la réception. Ex-accro à la coke et prostituée, elle joue maintenant le rôle de mère pour les pensionnaires, une mère énorme et rousse. Des années plus tard, elle finira assise un fusil sur les genoux, s'étant remise à dealer et à fumer du crack non-stop. Quand je débarque à Pine Street, c'est une reine déchue, ravagée mais bienveillante, qui ne quitte presque pas son trône à l'entrée. *On les rattrape sur la pente. Le prochain arrêt, c'est la morgue*, annonce-t-elle. D'une année sur l'autre, cent,

cent cinquante hommes sont portés morts. Et je ne parle que de ceux dont on connaît le nom, ou qu'on a repérés. Au bout de deux ou trois ans, on se met à organiser des cérémonies en leur mémoire, lors desquelles sont lus les noms dont on se souvient, surtout pour résister à notre propre détresse, à notre désespoir. Dans mon loft, on fabrique deux cents croix, peintes en blanc, le nom d'un mort sur chacune ; un soir, on les cloue dans la pelouse de Boston Common, aussitôt changé en cimetière.

obsèques, in absentia

(1963) Lunettes noires glissées dans le pare-soleil, portefeuille dans le vide-poche, mallette à l'arrière. Veste sur un cintre pour éviter les plis. Regarder le flic droit dans les yeux, un petit signe de tête, regarder ailleurs, régler le rétroviseur, cendrier vide, glace baissée. Conduire des deux mains pour éviter les ennuis avec les flics, en bon citoyen, irréprochable. Le feu passe au vert, personne derrière, pas de coup de klaxon.

Mon père retourne à Scituate, où rien n'est pareil. Les maisons, plus nombreuses, ont changé de couleur ; à la place de la librairie, une boutique de bibelots, le bookmaker est devenu un salon de coiffure, la cave une banque. Au volant de sa voiture, il enfonce le talon en dessous de l'accélérateur, troue le tapis, met à nu l'acier. L'été, des gouttes de sueur roulent sur sa cheville, s'accumulent dans le trou, attaquent l'acier. Machinalement, il est revenu devant la maison de son enfance, regarde la porte, reste dehors. Ses jambes refusent de le porter, sa main n'a pas la force d'ouvrir le loquet, comme dans ces rêves où on atteint le seuil qu'on sait devoir franchir, sans y parvenir. La bouche s'ouvre pour crier, sans effet.

À cette époque, ma mère a entamé une procédure contre lui pour non-versement de pension. « Nonpension », c'est ce qu'on dit à la maison. J'ai trois ans, et aucun souvenir de mon père, qui en a trente-trois. Quand ma mère l'a quitté, il a repris le chemin du sud, pour finir à Palm Beach, au terme de son errance. C'est là qu'il trouve le titre de son livre, *Le petit monde du Dock 5*. Il voit exactement ce que ça va donner, il ne reste qu'à l'écrire.

Devant sa maison de famille, mon père ne se décide pas à partir, assis dans sa voiture, un break Ford carrossé bois, un « Woodie », comme dans la chanson des Beach Boys. Les ressorts du fauteuil lui rentrent dans le dos. C'est là qu'il a vécu, par épisodes, jusqu'à ce qu'il rencontre ma mère. Il jette un coup d'œil à la fenêtre de la chambre de sa mère, le store à demi baissé, comme il l'a laissé quand il est parti, sa mère étant alitée. S'il ouvre la portière, la lampe intérieure va l'inonder de lumière, il sortira de l'ombre, se changera en objet solide, qu'on peut menotter. Deux frères qui sont allés à l'école avec lui font partie de la police municipale, les Breen boys, *ces deux trouducs*. Ils connaissent son visage, savent qu'on le recherche, l'un d'eux passe même prendre le café chez ma grand-mère, lui promet d'être vigilant. Si son pied quitte la pédale, se pose sur le bitume, les sirènes se déclencheront, les Breen boys se pointeront avec leur mandat, leurs matraques, *Aha, on t'a eu, hein*, et l'embarqueront, laissant la voiture arrêtée au feu, portière ouverte, la lampe éclairant le siège vide qui conserve la marque de son corps, le hit-parade à la radio.

Fais glisser ton pied du frein à l'accélérateur, laisse-le sur la pédale — la maison n'a pas bougé, comme quand tu l'as quittée. Ferme les yeux, tu la vois, ouvre-les, elle est là. Une tache de soleil sur ta paupière, c'est ça, ta maison. Cache un œil, elle s'aplatit, se penche. Cache l'autre, elle passe à gauche. Cligne de l'œil puis de l'autre, doucement, elle se balance comme un battant d'horloge, ta mère toujours allongée dans le salon.

Savait-il qu'il ne reviendrait jamais, ne gravirait plus les marches du perron, n'entrerait plus dans la cuisine ? Une femme qu'il croit reconnaître s'approche de la porte avec un plateau, des sandwiches peut-être, mais comment s'appelle-t-elle ? C'est plein d'alcool à l'intérieur, on baigne dedans, mais ça ne suffit jamais. S'il entre, même les murs ne seront plus à leur place, comme dans son souvenir. Les pièces seront plus petites, et entre elles, d'autres, qu'il avait oubliées, resurgiront. Ce ne sera pas la bonne couleur de peinture, et le trou dans le mur aura disparu, là où il a donné un coup de pied, ce soir de tempête où il savait son bateau mal amarré. S'il ouvre la porte, il trouvera sa mère morte, et sinon, qu'est-ce que ça voudra dire ? S'il ouvre la porte, il pourra faire ses adieux au corps, mais c'est quoi, ce corps ? S'il franchit le seuil, il trouvera la police dans l'une ou l'autre des petites pièces, *ces deux troudics*, ils attendent qu'il revienne, depuis tout ce temps. Autant parler à un mur. À une époque, il courait plus vite qu'eux, mais maintenant, il se perdrait dans sa propre maison.

chutes et sifflements

Les douches, à minuterie, coulent environ trente secondes, puis la valve se referme et il faut rappuyer sur le bouton d'acier inoxydable. Le gars exposé au jet d'à côté ne s'aperçoit pas toujours que l'eau s'arrête, les mains dans les cheveux, la mousse lui ruisselant sur le visage, le regard fixe, droit devant lui, isolé par le bruit de l'eau. Vous enfoncez sans cesse le bouton qui remonte, mais ce type est perdu, dans le dédale des carreaux blancs, les éclairages fluorescents, la chute d'eau, le sifflement.

Après la Cage, les nouvelles recrues passent à l'Hébergement, ou du moins y sont encouragées. Quelques heures par nuit seulement, comme la Cage, mais plus intenses. Sans la protection du grillage. C'est là que les gars présentent les tickets distribués à la Cage, se mettent nus et déposent leurs vêtements, stockés jusqu'au lendemain dans la Chaufferie. Sa porte ressemble à celle d'un vieux frigo, avec le même type de poignée, mais à l'intérieur c'est un sauna aux parois boisées, réglé sur 80 degrés environ. Pour éliminer les parasites, aseptiser le linge un tant soit peu. Dans la Chaufferie, ça sent la sueur bouillante, la fermentation accélérée, une odeur presque luisante, comme un pardessus élimé. L'endroit idéal pour se peloter, selon une blague habituelle entre collègues : « Dans dix minutes, à la Chaufferie », « Commence sans moi, si tu me vois pas » sont les formules traditionnelles. L'un des derniers cercles de l'Enfer, sans nom encore. Un guichet sépare les pensionnaires des deux employés qui prennent les vêtements, d'anciens sans-abri qui maintenant habitent au foyer, en chambre individuelle. Une étape, en théorie, dans le processus de réinsertion. Il y a normalement deux conseillers à l'Hébergement, un pour chaque aile, Bleue et Jaune, mais souvent l'un est absent, ce qui peut poser de sérieux problèmes. L'employé résident prend le ticket de nuitée, en échange d'un bac en plastique contenant un cintre en bois et un bracelet numéroté. Le type suspend sa veste, son pantalon et sa chemise sur le cintre, place ses chaussures, chaussettes, sous-vêtements, tout ce qu'il peut avoir sur lui, dans le bac. Il rend le tout à l'employé, qui porte le cintre à la Chaufferie et place le bac sur une étagère. Comme au vestiaire des musées, le numéro du cintre correspond à celui du bracelet, sauf qu'ici c'est aussi le numéro d'un lit. Chacun a le droit de déposer un bagage pour la nuit, et à neuf heures, c'est une vraie montagne de bagages qu'il faut contourner. Mon travail consiste à superviser les opérations, vérifier que tout se déroule bien, désamorcer tout incident. Il y a des miroirs vissés aux murs le long des bancs où les pensionnaires se déshabillent, des miroirs en acier et non en verre, le verre, ça casse, ça peut servir d'arme. Quelqu'un pourrait mettre un coup de poing à ce type en face de lui, là, qui le regarde de travers. Les vis qui fixent au mur la surface métallique provoquent des ondulations à l'effet déformant, comme dans un palais des mirages. Dans cette glace, à une certaine hauteur, on a une tête énorme. Le menton disparaît. Si on se décale, on a des bras super musclés, ou un estomac plus gros que le corps. Si on ouvre la bouche, elle finit par avaler toute la tête. On surprend certains des ivrognes ou des psychotiques, assis sur le banc à moitié nus, les yeux rivés sur leur image, la bouche ouverte — *C'est arrivé quand ? Quand est-ce que je me suis changé en gargouille ?*

On ne les imagine guère circuler ne serait-ce qu'une heure, alors comment se déplacer en ville, se débrouiller au quotidien toute une vie durant ? Une de mes premières nuits à l'étage, un homme réclame de se changer, soit qu'il s'est pissé dessus, soit qu'il a des parasites, soit que c'est le moment, voilà tout. Sur le chemin du local où sont triés et stockés les vêtements donnés, je passe voir Gabriel, un gars du Midwest avec un cœur d'or, qui prend son travail avec un mélange de légèreté et de sérieux auquel j'aspire, et je lui demande en chuchotant *Comment je fais pour savoir sa taille ?* Gabriel me regarde en souriant. *Tu lui demandes.*

À la sortie du vestiaire, c'est les douches, une pièce carrelée munie d'une douzaine de pommeaux, que les hommes traversent, et avec un peu de chance ils s'arrêtent, ne serait-ce qu'un moment. Je navigue du vestiaire aux douches, discrètement, j'examine les corps, repérant les zones irritées, les taches plus pâles ou toute anomalie à signaler à la clinique. Je vérifie l'état de leurs vêtements, je propose de les changer. Si un type est trop ivre, je le renvoie cuver en bas plutôt que de courir le risque d'une scène dans les dortoirs. Mais ces réflexes ne viennent que plus tard, au début je ne sais pas ce que je fais, je me contente de surveiller la douche, et de les conduire à l'étage en évitant les incidents. Dans les premiers temps, je compte le nombre de fois qu'il faut appuyer sur le bouton pour une douche. Pour certains ivrognes, l'eau est un fléau, il y a des psychotiques qui s'adressent à l'embouchure du tuyau et tentent, sur un ton suppliant, de négocier avec la pression. La plupart pressent le bouton cinq ou six fois, juste assez pour savonner, rincer. Il arrive qu'un alcoolique bascule et devienne psychotique. Ou qu'un psy se mette à boire, « l'auto-médication » comme disent certains, mais autant s'accrocher à une enclume en pleine mer. Ici comme partout, on a honte de son corps parfois, des têtes se tournent vers les faïences, les mains viennent cacher les sexes. Des coups d'œil s'échangent, s'attardent sur les corps. Certains, d'un air provocateur, la main sur le bouton, appuient sans arrêt, comme un joueur qui murmure *Vas y, cogne*. Burt est là tous les soirs, reste une heure sous la douche, et frappe du poing sur le bouton à coups répétés. J'ignore son histoire. C'est difficile de bavarder à l'Hébergement, d'entamer la conversation avec un homme nu. Burt doit travailler sur un chantier, en tout cas il porte un casque, et souvent ses vêtements sont couverts de poussière de plâtre. Ce grand gars au torse puissant monte à la dernière heure, reste sous le jet d'eau chaude jusqu'à la fermeture, campé sur ses jambes écartées. Il a l'allure d'un ouvrier du bâtiment, mais c'est peut-être un déguisement. Peut-être qu'il y a travaillé, puis a perdu son emploi, s'est fait licencier. Ou peut-être n'a-t-il jamais rien construit, dans les faits, mais seulement démoli, avec le marteau de forgeron et la barre à mine qu'on lui a mis dans les mains, en lui indiquant un mur. Si ça se trouve, il buvait, ou le travail s'est fait rare, ou il a flanqué son marteau dans la figure du patron, on lui a montré la porte. Dans les mois qui suivent, j'aperçois Burt qui marche en ville. Une ou deux fois, il somnole sur un banc dans Boston Common, coiffé de son casque jaune.

mon dostoïevski

(1964) Tête baissée, dans le rôle du repenti, mon père, debout dans le box, écoute l'énumération des chefs d'accusation, en attendant le verdict : un an, ou cinq, tout aussi bien. Le juge demande s'il a quelque chose à dire pour sa défense, il répond non. L'officier qui l'a arrêté raconte qu'il l'a trouvé au volant de la voiture personnelle du shérif de Palm Beach, avec à l'arrière les passagers qu'il avait pris en charge, comme un taxi en course. Il est interdit par la loi de s'improviser taxi dans l'État de Floride, mais on l'oublie face au chef d'accusation plus grave qu'est le vol de voiture. Mon père, en état d'ivresse, était en syncope, un terme qu'il se garde d'employer cependant. Il déclare souffrir d'« amnésie par ingestion de toxiques ». L'esprit encore tout engourdi, il ne se rappelle absolument rien.

Depuis son arrestation, il y a cinq semaines, on le garde aux « fers » en attendant le procès, qui n'a pas lieu, en fait, remplacé par la simple formalié d'une fixation de peine, puisqu'il plaide coupable. Debout dans le box, il ne s'insurge pas contre le verdict du juge : six mois de travaux forcés à la prison locale. Il pourrait éviter l'incarcération en versant une amende, peu de chose, vraiment, quelques centaines de dollars ; il pourrait envoyer un télégramme à son père et lui demander l'argent, mais sans doute tous deux savent-ils que c'est mieux ainsi. On dirait que mon père ne peut pas s'arrêter de boire. Pas plus quand il sort que quand il est seul. Cela fait près de vingt ans, depuis le lycée, qu'il se dit écrivain, mais il n'a guère écrit encore, à part deux ou trois notes gribouillées sur des serviettes en papier, les titres de ses futurs romans. Ce n'est pas la première fois qu'il est bouclé, une semaine par-ci, une nuit par-là, il sait à quoi ressemble l'intérieur d'une cellule. Il n'implore pas l'indulgence : il restera sobre quelques mois, le temps d'écrire jusqu'au bout le roman dont le projet lui court dans la tête. Quelque chose en lui sait que c'est le seul moyen de l'accomplir, que l'alcool, lentement, ronge son talent et son énergie. Six mois plus tard (*cinq* en fait, compte tenu de la détention préventive), il refait surface, un brouillon sous le bras. Un échec changé en victoire, qui fera taire les voix qui le hantent.

Il se dit :

> *Ce sera ma* Colonie pénitentiaire. *Mon Dostoïevski. Mon Soljenitsyne. Soljenitsyne va en être blême quand il lira ce putain de texte.*

Sauf que ce n'est pas un pénitencier. Seulement une maison d'arrêt. Palm Beach, rien que ça, pas grand-chose à voir avec la Sibérie. Les détenus ici jouent au Monopoly dans les couloirs. Il ne purge pas une peine pour quelque grande et noble cause ; ce n'est qu'un délit d'alcoolique banal, vol de voiture en état d'ivresse. Mais « pénitencier » fait plus d'effet que « maison d'arrêt », et rien n'est pire que le commun. Des années plus tard, on l'arrêtera de nouveau, pour détournement de fonds, plus précisément falsification de chèques. Cette fois, il finit bien au pénitencier, et la peine est plus longue, de trois à cinq ans, mais sa puissance, quelle qu'en ait été la force passée ou potentielle, a disparu. Peut-être espère-t-il en tirer un autre roman, mais il n'en sera rien. Quand il sort, la seconde fois, à presque cinquante ans et après trente ans d'alcoolisme, il entame une vie errante à Boston, d'un asile de nuit à l'autre, et conduit un taxi, un vrai, pas une voiture de shérif, qui lui a valu d'être incarcéré vingt ans plus tôt.

exterminateur !

À l'entrée des douches se trouve le séchoir, où un employé résident, installé dans une petite loge, distribue les serviettes, le savon, les tongs et les caleçons. À l'étage, dans les dortoirs, un autre résident conduit chacun à son lit après avoir en silence éclairé de sa torche le bracelet à son poignet. Il arrive que tout se passe bien, mais c'est rare. À neuf heures, on bouscule un peu le dernier à monter, on boucle la Chaufferie, on règle le thermostat, avant de descendre dans le hall écrire le compte-rendu de la nuit dans le registre :

> 9 h 10 Hébergement : faits marquants.
> Cette nuit, on m'appelle au quatrième au secours d'Isaac Clegg qui, tombé du lit, s'est débrouillé pour faire basculer le lit sur lui. Une fois extrait, on découvre qu'Isaac s'est fendu l'arcade sourcilière, on l'amène à la clinique pour un contrôle. Le lit est remis en place.

Incroyable, ce que la peau d'un ivrogne se fend facilement, c'est vrai que leur sang coule mieux, fluidifié par l'alcool. Je remets Isaac sur pied, je l'aide à descendre, laissant derrière lui un sillage de minuscules gouttes écarlates. En l'absence des infirmières, je panse la plaie moi-même.

Russell Pagano passé au Kwell.

Au départ, c'est ma véritable fonction, la seule de mes actions qui semble avoir quelque utilité, produire un *effet.* « Kwell » est une marque de shampooing-lotion qui élimine les gales, les poux (sur la tête, le pubis) et autres parasites qui se régalent de sang humain. La substance active du Kwell est le DDT, le fameux pesticide proscrit, et les précautions d'emploi stipulent « espacer les applications de trente jours », ce qu'on ne fait pas forcément, surtout face à des parasites particulièrement pernicieux, qui ont parfois fondé des colonies. On m'a appris très tôt à tuer les parasites. Ma grand-mère, pour m'occuper, m'envoyait au jardin armé d'une bouteille de javel pour inonder les fourmilières — sacré spectacle, de voir des milliers de fourmis sortir en ruisseaux de leur univers souterrain et se tordre, à l'agonie. Plus tard, la dernière maison de ma famille était infestée de fourmis charpentières, plus grosses que celles que j'avais occises chez ma grand-mère, plus nuisibles aussi, qui devaient leur nom (paradoxal ?) à leur goût pour les solives, les cadres de portes et de fenêtres. Des heures passées, un marteau à la main, installé sur la bouche d'égout derrière la maison, sous le projecteur, à écraser celles qui s'aventuraient à la lumière.

À Pine Street, je poursuis mes fonctions d'exterminateur. Je sais m'y prendre avec les psychotiques, que patiemment j'incite à se lancer dans les tortueux méandres de leur délire, sur les créatures qui leur envahissent le corps, les dents rafistolées, les souliers faits main, pour revenir en douceur au Kwell, dont ils ont grand besoin. George aime bien mettre le feu aux poubelles dans Boston Common et se réchauffer les mains au-dessus des flammes en marmonnant ses histoires de royaumes perdus. Dans ces récits, George est une reine déchue, décapitée parfois. La reine George. C'est un tel repère à poux qu'on les voit grouiller à vingt pas. Assis à côté de lui, je le vois en attraper un sur son cou, de la taille d'un grain de maïs. Il le contemple, à hauteur d'œil, et se met à parler, une vraie bénédiction. C'est une prouesse que d'arriver à le faire monter, le convaincre d'ôter, une à une, les épaisseurs de vêtements empilés depuis Dieu sait combien de mois et, nu devant moi, un gaillard d'un mètre quatre-vingt-dix qui marmonne, de me laisser lui appliquer le poison sur le dos, entre les jambes, sur les taches rouges qui lui émaillent le torse : tel est mon destin. On passe d'abord au vestiaire prendre une tenue complète : pantalon de flanelle grise, dévoilant la cheville, comme il les porte, bottes montantes lacées, tee-shirt en thermolactyl, trois pulls de laine, parka avec capuche bordée de fourrure. Passer George au Kwell peut prendre une heure ou deux, le temps qu'il se déshabille, se douche, que la lotion pénètre, qu'il prenne une deuxième douche. Assis sous les néons fluorescents, je l'écoute raconter qu'on a essayé de le brûler au pilori, mais pas moyen de lui mettre le feu, tandis que ses grosses mains continuent à palper sa chair, à la recherche de rescapés de sa cour parasitaire. Rien au foyer n'a plus de sens à mes yeux, rien ne me fait mieux comprendre mon rôle ici, que de tuer les parasites infestant la chair d'un sans-abri, de l'habiller de propre, dans des vêtements donnés, dont on ne veut plus, de le voir le lendemain rire à côté d'un bidon en feu.

l'homme au bouton

(1964) À la prison locale de Palm Beach, le travail de mon père consiste à appuyer sur la commande d'ouverture du portail d'entrée, depuis sa guérite. L'homme au bouton. Rentrer de l'extérieur, sortir de l'intérieur. S'il laisse quelqu'un s'échapper, il devra purger sa peine à sa place, lui annonce-t-on. *L'homme au bouton* sera le titre de son roman. Je suis trop jeune alors pour savoir ce qu'est une prison, presque trop pour savoir ce qu'est un père, et que le mien n'est plus là.

Il se dit (à peu près en ces termes) :

C'est en voyant tomber les corps que mon père a inventé sa machine. C'est pendant le naufrage du Titanic *qu'il a tracé ses plans. Tout le monde s'est précipité sur les canots de sauvetage, mais il n'y en avait pas assez, pas assez de place sur le pont pour tant de canots. Ceux que mon père invente s'empilent comme des bûches, il m'a montré sur un modèle réduit de sa fabrication :*

il n'y a qu'à couper le filin et on les libère tous, offrant à chaque homme, chaque femme, chaque enfant une place sur l'étendue noire de l'océan.

Il se dit :

Self-made man qui, à vingt-huit ans, a réussi dans la vie, mon père, face au naufrage, aux corps précipités dans les flots, fabrique un filet pour les rattraper. J'en suis fier. Ça aurait pu être n'importe quoi, la mitrailleuse, la dynamite, il aurait pu causer la mort de millions de personnes. Dix ans plus tard, c'est moi qu'il conçoit, tout bien réfléchi. La production de son prototype est déjà lancée, le brevet vendu à sept pays, la célébrité assurée. Moi, je ne suis personne. À l'époque.

Il se dit :

On ne s'est jamais entendus, je ne sais pas pourquoi. J'étais le seul à aider dans cette foutue baraque, je remplissais les réservoirs de fuel, je tondais la pelouse ; mes deux demi-frères, eux, n'auraient pas levé le petit doigt. J'étais là pour assister mon père pendant les essais de son canot amélioré, qu'il fit lâcher d'une grue des centaines de fois dans le port de Scituate, pour parfaire la mise au point. Il était complètement fou de ma sœur, moi, il ne m'a jamais aimé.

Il se dit :

Les prisons, c'est un peu comme les navires. Des hommes de tout genre recroquevillés à fond de cale, d'autres dessus, qui déambulent librement, et pas un qui ignore que l'on sombre. Moi aussi, je vois tomber les corps ___ habeas corpus, ramenez le corps de ___, et le shérif arrive, suivi de ___ les menottes aux poings. C'est de ça, peut-être, que vient mon angoisse : quelque chose de terrible va se produire. En tout cas rien de bon.

Une lettre de Sherrie :

Cher Buckie, 3 avril 1964

Tous tes amis sont désolés d'apprendre tes malheurs, mais tous s' attendent à ce qu'il en sorte de grandes choses. C'est si précieux de ressentir ce besoin d'écrire et de pouvoir le satisfaire. Surtout, Buckie, profites-en pour écrire, c'est maintenant ou jamais. J'ai parlé à la bande de tes idées de roman, ils meurent d'impatience de le voir.

Une lettre de Pogo :

Barracuda, 13 mai 1964

Tu nous manques cruellement, à Beacon Hill.

Depuis deux trois semaines, je sors avec un gars qui pense comme toi, qu'intelligent comme il est, il ne va pas accepter un boulot de larbin. Que le monde lui doit de l'entretenir. Comme toi, il se considère écrivain, mais je sens qu'il ne va pas s'y mettre avant qu'il ne soit trop tard. Et s'il s'y met, il lui faudra résister à l'alcool et à la misère qui peu à peu rognent ses forces. Il va crever sur le pavé comme toutes les pauvres cloches inutiles.

Tout ce que j'espère, c'est que tu sauras tirer parti de ton intelligence innée pour essayer de dire au monde ce que tu vis.

Une lettre de Ray le Réglo

Cher Jonathan, 3 juin 1964

J'ai appelé ton père hier pour savoir s'il avait pris des mesures en vue de ton retour. Il est persuadé qu'il vaudrait mieux pour toi que tu restes en Floride ou que tu partes en Amérique du Sud ou à Hong Kong. Il pourrait te trouver du travail là-bas, par un ami. Il paraît que tu es recherché par les shérifs de quatre comtés, à cause de ta voiture. Je crois que l'infraction est une histoire de conduite sans permis, de véhicule non assuré. Ça a valu à ton père trois semaines de retrait de permis, et 95 dollars d'amende pour stationnement interdit. Il n'a toujours pas récupéré sa voiture et il est assez mécontent de la situation. Les autorités de Floride ont prévenu celles du Massachusetts de ne pas te délivrer de permis.

Deuxième point : à Boston, tu t'es toujours mis dans le pétrin. Tu ne sais pas te contrôler pour l'alcool, et vivre ici avec tes amis ne va pas t'aider à changer.

Dernier point, ton père vend sa maison, d'ici quelques jours si tout va bien, et ne pourra pas t'héberger.

Voilà, en quelques mots, ce qu'il m'a dit. Il n'a peut-être pas tort pour la Floride ou Hong Kong : peut-être qu'y chercher du travail est ce que tu as de mieux à faire. Je pense qu'il est prêt à t'aider si tu décides de rester là-bas, mais pas si tu rentres.

Il se dit :

Ces lettres sont des classiques. Je vais les inclure dans mon roman pénitentiaire. Chacune des lettres reçues en prison va y trouver place. Ce que j'écris, un mot après l'autre, comme une corde, me fera m'échapper de ma cellule. Comme une chaîne. La chaîne des mots va me ramener à ma vie.

une nuit inoubliable

Le Pine Street Inn occupe tout un bloc d'immeubles dans le South End de Boston. Quand on l'a réouvert dans ces nouveaux locaux au début des années 80, le quartier était presque insalubre, bien qu'à quelques minutes seulement du centre. Sous les effets conjugués de la désertion des populations blanches, dans les années 60 et 70, et de la politique de « ligne rouge » pratiquée par les banques, qui cessent d'investir dans certaines sections de la ville jugées trop peu rentables (en clair, les quartiers noirs), un tiers des immeubles restèrent inoccupés. L'immeuble qui devint le Pine Street est un point de repère : réplique d'une tour siennoise, il signale l'entrée de Boston quand on arrive du sud par la I-93. Un siècle durant, les pompiers utilisèrent la tour pour s'entraîner à sauter dans un filet d'un immeuble en feu. Puis c'est devenu un foyer.

De l'autre côté d'East Berkeley, faisant pendant au Pine Street Inn, s'élève le Manoir Médiéval, décrit comme un « restaurant-théâtre ». Étrange coïncidence, il a ouvert l'année où le Pine Street, quittant son emplacement d'origine dans Pine Street (d'où son nom), s'est installé dans cette caserne de pompiers sur Harrison Avenue. La brochure du Manoir Médiéval convie à « se plonger des centaines d'années en arrière, pour venir faire bombance et festoyer en plein Moyen Âge, dans la gaudriole et la débauche ». En « invités du roi », on s'installe à de longues tables pour le banquet, tandis que « les ménestrels, le fou, les saltimbanques et les jeunes servantes exécutent le moindre caprice du Seigneur des lieux ». Tout en jouissant du spectacle, on se voit servir un « somptueux banquet, de sept plats, consommé sans fourchette, couteau ni cuillère ». Le Manoir Médiéval vous promet « une nuit inoubliable ». Parfois, au moment du dîner au foyer, il arrive qu'un groupe de quatre en tenue de soirée se présente à l'entrée, s'étant de toute évidence trompé de sens au croisement. Ils demandent timidement si c'est le Manoir Médiéval, parfois je réponds *oui*, et je les fais entrer.

la tournée de chet

La plupart ont fait la guerre, le Vietnam en général, pour certains c'est vrai, les autres y croient seulement. Beaucoup ont été mariés, ont fait de la prison. L'un d'eux parle par un trou qu'il a dans la gorge. Plusieurs sont aveugles, beaucoup sont sourds ou presque. Les junkies ont dans les bras des plaies qui ne se refermeront pas. Il faut leur insérer chaque jour une mèche de coton pour évacuer le pus, un soin qu'ils oublient de réclamer la plupart du temps. Les épileptiques doivent avoir leurs médocs, sinon c'est la crise, encore plus sévère s'ils les prennent avec de l'alcool. Les hommes franchissent la porte en boitant, avec des cannes, des béquilles, des déambulateurs, en fauteuil, en rampant. Certains sont portés, les bras sur les épaules de deux amis, les pieds à la traîne. L'un a un œil de verre, qu'il ne cesse de perdre ; un autre, VA TE FAIRE tatoué à l'intérieur de la lèvre. Les larmes que l'on voit parfois tatouées sur les joues signifient qu'ils ont tué quelqu'un. Chez d'autres, c'est une cicatrice, du coin de la bouche à l'oreille, quand ils ont mouchardé. Beaucoup de doigts manquent, ou des bouts de doigt, laissés dans des machines, perdus dans des bagarres au couteau. Certains ont le lobe de l'oreille rongé par les rats. Un gars, à qui on a mis le feu, est couvert de brûlures qui lui montent le long du cou comme des flammes. Certains des plus vieux souffrent de hernies, leur ventre s'est affaissé sur leurs testicules, qui leur pendent, énormes, entre les jambes. Depuis cinq ans que Kenny tousse, il ne peut plus dormir en haut. À l'époque où David a eu des soucis de dents, il a emprunté un livre de dentisterie à la bibliothèque et s'est mis à s'informer sur son corps. Il ouvre la bouche pour nous montrer comment il s'y est pris pour extraire avec une pince la dent infectée, remplacée par de petits clous collés à la super-glu.

Ce premier été, ils sont peut-être vingt ou trente dans le Réfectoire Bleu, vautrés sur les bancs ou à même le sol. On fixe un plafond au nombre d'admis après neuf heures, on rejette le reste à la nuit. Les nuits devenant plus froides, davantage d'hommes se présentent, et l'on décide qu'en dessous de 7 degrés on acceptera tout le monde. Les réfectoires resteront ouverts, accessibles en permanence. Malgré tout, il y en a encore qui meurent de froid dehors, ceux qui n'ont pas pu rentrer, ou qui ont oublié qu'il y avait un toit pour eux. Quand on passe de l'automne à l'hiver, les chiffres augmentent dans chaque réfectoire, pour atteindre cent, cent cinquante en janvier. Dans les salles archibondées, on ne peut plus poser le pied par terre, le moindre recoin, les tables, les bancs, le moindre mètre carré de sol sont réquisitionnés, et il en arrive toujours ; ne pouvant qu'atterrir sur les autres, ils sont chassés à coups de pied, à coups de poing, au milieu des cris. Certains se retrouvent à jouer aux cartes en fumant à la lueur du néon signalant la sortie, ou dans le rai de lumière s'échappant par la porte ouverte des toilettes qui puent la pisse. Certains se lovent autour de leurs quelques possessions et feignent le sommeil. D'autres font les cent pas en marmonnant, se baissent pour ramasser un mégot sur le carreau, les doigts orange de nicotine. Des gars se pissent dessus dans leur sommeil, l'urine coule sur le sol, vient tremper les malheureux se trouvant à proximité. Le responsable du week-end, qui se fait appeler « Capitaine Yusef », nomme l'équipe en service de trois à onze l'« Équipe Prête-à-tout ».

À la sortie du boulot, on va boire un pot, au Rat, au Moyen-Orient ou à La Tournée de Chet, pour écouter les Minutemen ou les Pixies, les Del Fuegos ou Galaxie 500. Motorhead ou Flesh for Lulu. Parfois c'est seulement pour boire, penchés les uns contre les autres en criant pour dominer le bruit, les lèvres collées à l'oreille de la voisine, pour voir comment ça fait d'être si près, de sentir vibrer dans sa tête la voix d'une autre, tout juste intelligible, juste assez. Assez pour l'accompagner après la fermeture et passer la nuit chez elle. L'après-midi suivant, chacun est de retour au Réfectoire, pour la lecture du registre. La différence, c'est que je suis entré dans sa chambre, ou elle dans la mienne, nous en savons plus l'un sur l'autre, chacun a vu l'autre nu, a éprouvé sa nudité dans le noir, et malgré la gêne, cette expérience nous emplit d'assurance. Nous retournerons boire après le boulot, mais peut-être seuls, ou bien nous irons directement chez elle.

J'ai souvent l'impression d'être un vigile amélioré ; et souvent on envoie paître un gars, faute de temps pour s'occuper de lui. Quand l'un d'eux « s'emballe » ou « pète un câble » (*Regarde ! Voici venir un feu follet*) c'est l'immeuble entier qui est menacé : *woof !* changé en torche. Certains jours, on se croirait au théâtre, dans une pièce inachevable, née d'une idée simple — secourir ceux qui peinent —, mais l'idée n'a cessé de se développer, telle une théorie de l'univers, jusqu'à devenir immense, impossible à mettre en scène. Presque aussi grande que l'air, ou que l'eau. Une carte aussi grande que le monde.

Cela n'aurait pu être qu'un boulot, un chèque en fin de mois, une somme plutôt coquette pour du travail non qualifié. Pour certains collègues, c'est le cas, après tout d'autres font carrière avec moins. Mais je n'avais pas l'intention d'en faire ma carrière. Plusieurs fois, j'ai abandonné, un mois, ou six, puis repris, retour au Réfectoire. Pas tant pour l'argent, que j'aurais pu gagner par d'autres moyens. N'empêche, je suis toujours revenu. Au foyer, personne ne demande d'où on vient ni ce qu'on fait là. La fille que j'ai raccompagnée n'a pas cherché à savoir pourquoi je n'avais pas plus d'ambition — une belle voiture, un appart' digne de ce nom. Elle ne m'aurait cru qu'à moitié, de toute façon. Après huit heures de travail, ses vêtements, ses cheveux ont pris la même odeur que les miens. *Personne ne vient ici sans raison*, dit Joy, en regardant un gars habillé avec élégance, présentant plutôt bien, qui prétend traverser une passe difficile. Elle lui donne un lit, et avant la fin de la semaine, c'est la police qui le ramène à dos d'homme, complètement bourré.

DEUX

le feu

(années 60) À quatre pattes, je m'approche du visage de mon père, étendu sur l'herbe à côté d'un pneu à flanc blanc — une photo, simple image, mais preuve qu'à un moment de ma vie, un jour au moins, j'ai été un bébé dans ses bras. Le père vaisseau, nef, qui empêche l'enfant de couler. Mais ce père a un double, l'ivrogne, l'escroc, le paranoïaque. Le père vaisseau fissuré, qui sombre lentement.

J'ai six mois, ma mère rassemble nos affaires et part avec nous. Le camion arrive pendant que Jonathan est au travail et nous ramène à Scituate, la ville voisine. *Son départ est un mystère complet pour moi. Je ne buvais pas, je n'ai jamais bu quand je travaillais.* Ça, c'est sa version. Elle n'évoque pas ce jour, en tout cas pas devant moi. Je me souviens que tous les six mois, durant les cinq premières années de ma vie, on déménage, mais en restant dans la même ville, comme si chacun de nous avait un pied cloué à ses trottoirs. À un moment, on dort sur le canapé chez une dame avec qui ma mère travaille dans un restaurant. Son mari est en fauteuil roulant, et la maison entière bardée de rampes et de barreaux. On dort en haut, dans un couloir, entre deux pièces, à l'écart. Commençant juste à nous organiser, nous sommes encore sans logement. Les parents de ma mère habitent la même ville, et parfois elle doit nous laisser pour la nuit chez l'un ou l'autre. Elle n'aurait pu vivre sous leur toit, du moins pas en permanence. À vingt, vingt et un ans, elle veut se débrouiller seule. N'ayant pas même achevé ses études secondaires, elle a deux ou trois emplois, dans des bars, des restaurants, des épiceries. Malgré le certificat délivré par une école de coiffure, elle ne coupe que nos cheveux, à mon frère et à moi. Parfois blonde décolorée, il lui arrive aussi de porter une perruque. Dès qu'elle a sa propre chambre, elle aligne les supports à perruque en polystyrène sur la commode d'occasion qu'elle a repeinte en bleu. Jusque-là, on a loué des chambres, des maisons, on s'entasse chez des collègues ou des amis : à chaque tanière, chaque taudis, un cran plus bas dans la déchéance. Incapables d'apporter aucune aide, mes mains restent inutiles, trop petites pour ce monde. Je joue avec un petit singe en peluche, « Jocko », précieux, importé, que mon père a fait acheter par mon grand-père, et expédié pour Noël, et je fais tout mon possible pour divertir ma mère. Je lui explique les jeux que j'invente, le fort construit avec des chaises tendues de couvertures, où j'ai fait prisonnier le chat. « Qu'est-ce que tu attends, me demande-t-elle, que j'me mette sur la tête et que j'te crache des pièces ? » Quand je ne remets pas en place une manique ou une boîte d'allumettes, elle remarque d'un ton neutre, sans presque lever les yeux de ce qu'elle est en train de faire, « tu l'aurais dans l'derrière, tu saurais la trouver ». J'ai adoré ces expressions, d'une inventivité surréaliste.

Cinq ans de cette vie, à accumuler des boulots minables, à loger chez l'un, chez l'autre, et elle en a assez. Elle accepte un emploi à la banque, au guichet, pour la protection sociale (sacro-sainte Sécu) et pour obtenir un prêt, un emprunt immobilier. Elle continue à travailler dans des bars ou des restaurants la nuit et le week-end. La Bouée. Dock 44. La Marée Descendante, aux connotations sinistres involontaires. Un temps, elle se lève à cinq heures pour ouvrir la boulangerie du supermarché, où elle confectionne les beignets. Le seul vrai supermarché de la ville, qui a fait succomber tous ses rivaux plus modestes, *le-gros-mange-le-petit-qui-mange…* Il s'est monté sur l'étendue marécageuse où s'élevaient jadis les cités. On a un ami qui vivait dans l'un de ces immeubles délabrés, mais un beau jour les camions jaunes sont arrivés et ont tout rasé. Chaque soir, après le départ des ouvriers, je me faufile entre les véhicules dans l'étendue boueuse. Seule une dépendance reste debout, abritant de pleins cartons de clés passe-partout (où passent-elles ? est-ce qu'elles changent de forme ?). J'en ramène à la maison ; le lendemain soir, l'immeuble a disparu, aplati par un bulldozer.

La banque lui accorde un prêt pour acheter une ruine à deux mille dollars, dans un état de décrépitude total. Chaque nuit, les ratons laveurs viennent jusqu'au porche branlant et pillent les sacs d'ordures enfouis dans la cour sous un couvercle qui bascule quand on marche dessus. Souvent, on les observe de la cuisine, toutes lumières éteintes, ébahis par leur travail d'équipe : l'un maintient le couvercle ouvert, un autre racle le fond du seau et fait passer les os et les déchets aux bandits affamés qui attendent en file. Celui qui monte la garde lève une patte et siffle si on s'approche de la porte.

Sauf quand l'un de ses copains passe la nuit à la maison, elle nous amène au supermarché, mon frère et moi, plutôt que de nous laisser nous réveiller seuls dans cette maison glacée. Nous déambulons dans les rayons déserts pendant qu'elle ouvre la boulangerie. Sans que ce soit dit, on peut manger ce qu'on veut, du moment qu'on ne laisse pas de trace. Du moins est-ce ainsi que je comprends notre accord. Un supermarché à nous. Comme dans les jeux télévisés. Rayon biscuits, rayon chocolat. Quelques années plus tard, je prends l'habitude de venir avec la monnaie volée dans la boîte à café de sa chambre, ces pièces qu'elle a amassées à la banque, ou des pourboires, et je m'achète des barres au chocolat, jusqu'à ce qu'un jour on me demande à la caisse si je veux vraiment donner mon dollar en argent à tirage limité pour une barre de Mars. Peu après, je me mets à voler, ayant jugé que c'était mal de prendre de l'argent à ma mère. Je sévis dans tous les magasins où elle a travaillé, épicerie, marchand de journaux, j'ai même un plan pour la banque. J'ai découvert une grille mal fixée qui, au bout d'un étroit tunnel, mène aux sous-sols. Je ne suis pas épais, c'est ma chance. Au supermarché, je reproduis mon comportement d'il y a quelques années, pendant que ma mère confectionnait les beignets dans la pénombre du petit matin, mais cette fois en plein jour. Je dois avoir huit ans, à peine. J'entre, fourre dans mes poches des prunes et des Twinkies, ressors aussitôt. Faute de pension, la nourriture vient de là. Les bonnes choses. Je ne me souviens pas m'être jamais nourri ailleurs. Bientôt je ne me soucie même plus d'être observé. Je mange les prunes en parcourant les rayons, laisse les noyaux à côté des paquets de céréales, des visages d'athlètes souriants. À la boulangerie, à travers la vitrine, la machine à beignets me rappelle que, debout sur une chaise, j'ai contemplé la pâte jaunâtre expulsée dans la friture se former en beignets, s'enroulant dans l'agonie du devenir. Ma mère nous installait au comptoir de formica, sur des tabourets rotatifs, et nous servait du jus de fruit, du lait, des beignets tout chauds. Je récoltais les petites portions de confiture, dont je remplissais mes poches, tandis que derrière nous l'immense parking sortait progressivement de l'ombre à travers les grandes vitres. Un charpentier vient parfois frapper au carreau, dans l'espoir qu'on le laisse entrer, et manger un des premiers beignets. Il arrive que ma mère lui ouvre.

Après quelques mois seulement, la maison prend feu — les ratons laveurs renversent un barbecue encore rouge laissé à refroidir sur la terrasse couverte derrière la maison. Nous dormons à l'étage lorsque ma mère surgit avec Vernon, son petit ami de l'époque, et qu'ils nous font quitter la maison enfumée, enveloppés dans les couvertures. La caserne des pompiers est juste en face de la maison, et je me revois montant à l'étage en trombe et déboulant en pleine partie de cartes. Sans presque lever les yeux du jeu, les pompiers font un geste vague vers l'alarme à incendie, nous disent de tirer le signal. Alors seulement ils se lèvent, sautent dans leurs bottes et se laissent glisser le long de la rampe jusqu'au camion tout prêt. Ils dépassent la maison, puis font demi-tour, déroulent les tuyaux dans le jardin et éteignent l'incendie.

Finalement, ce n'est pas une mauvaise chose, puisque avec l'argent de l'assurance, ma mère fait entièrement rénover la maison. Vernon, qui est charpentier, effectue tous les travaux. Lui aussi étant marié, il trouve là un moyen de passer plus de temps avec elle sans éveiller les soupçons.

Un jour, on m'arrête à la sortie du supermarché, une barre de chocolat entamée à la main. Le gérant me conduit dans une petite pièce surplombant les caisses, avec des miroirs sans tain sur les quatre côtés, comme à la télé. Je comprends soudain qu'il reste assis là-haut à l'affût de gens comme moi, j'ai envie de vomir. Il me demande si je sais ce que je fais, je réponds que non. Où est ma mère, je réponds au travail. Il veut le numéro, je dis qu'on ne peut pas la joindre, qu'il n'y a pas le téléphone. Peut-être même que je me mets à pleurer. Il me demande si je sais que c'est mal, ce que j'ai fait. Oui, oui, je sais. Au bout d'une heure, il me laisse filer, en me prévenant qu'il gardera l'œil sur moi, qu'il n'oubliera pas mon visage. Je n'en dis jamais rien à ma mère, même des années plus tard, au moment où elle me harcèle pour que je travaille au supermarché, à emballer les courses, mettre en rayon, n'importe quoi.

obsèques, in absentia

(1970) Les matins de week-end, après ou avant ma tournée de journaux, ma mère, encore en peignoir, me conduit au Port, où elle m'envoie chercher son café pendant qu'elle m'attend dans la voiture. *Un crème-sans-sucre,* dis-je à l'employée au comptoir, conformément au code que m'a appris ma mère, compris aussitôt, comme l'indique le hochement de tête. C'est le café où ma mère travaillait jeune fille, où elle a rencontré mon père, bien qu'elle ne m'en dise rien. Je perce un petit « v » dans le couvercle tandis qu'elle démarre. On passe devant St. Mary, dont le parking est déjà en train de se remplir, des obsèques sans doute, une grand-messe. Elle m'annonce d'un ton désinvolte *C'est ton grand-père qu'on enterre.* D'abord sous le choc, saisi de nausée — *Mort ?* —, je comprends vite qu'il ne s'agit pas du grand-père que je connais et vois tout le temps, qui vit à First Cliff ; pourtant, jamais il ne m'est venu à l'esprit que j'ai un autre grand-père. *Bien sûr,* le *père* de mon père, c'est bien mon grand-père, que je n'ai certes jamais rencontré. Il m'apparaît soudain que nous avons dû nous croiser dans Front Street, ou faire la queue ensemble à l'unique

supermarché de la ville. Ma mère doit savoir à quoi il ressemble, mais elle ne me l'a jamais montré, ni ne m'a parlé de lui. C'est déjà assez compliqué pour moi de suivre ses parents à elle, les grands-parents que je connais, divorcés et vivant dans la même ville. On nous a défendu, à mon frère et à moi, de parler de l'un à l'autre, quand nous prenons le petit déjeuner chez Mamie, le déjeuner chez Papy ; pas question de dire d'où nous venons, ni où nous allons. Et voilà que surgit un autre grand-père, mort. Il devait habiter la maison de Second Cliff, sûrement, que l'on voit en allant chez mon vrai grand-père, le père de ma mère. Je sais que c'est la maison dans laquelle a grandi mon père, on me l'a indiquée une fois, mais je n'y suis jamais entré. Un simple coup d'œil au passage, j'imagine une présence à la fenêtre, qui m'observe. Elle se trouve près de l'eau mais pas au bord, plus belle que notre maison de Third Cliff mais pas autant que celle de mon grand-père sur First Cliff.

First second third. Trois deux un. Ascenseur en chute libre.

Pas plus que moi, mon père n'aurait voulu assister ce jour-là aux obsèques de son père, affronter les Breen Boys et courir le risque de retourner en prison. J'ignore si ces obsèques, pour la deuxième fois *in absentia*, ont lieu après la dissolution du second mariage de mon père, de même que j'ignore comment il a pu se remarier alors qu'il était recherché. C'est l'époque où un ordinateur, loin de tenir dans la main, occupe toute une pièce. C'est plus facile de se faire oublier dans une grande pièce.

Peut-être qu'il suffit de se déporter un peu plus au nord, dans un autre État, et que les autorités ne sont pas aussi tenaces qu'aujourd'hui dans leurs poursuites des pères parasites, dont les portraits tapissent les murs du métro : photo, nom, et montant de la somme due.

De fait, mon père ne se cache pas le moins du monde. Il vit à Cape Cod, où il chronique des pièces de théâtre pour le journal local. Facile à trouver. L'année d'avant, il a salué en Richard Gere le meilleur jeune acteur du Cap pour sa prestation dans *Rosencrantz et Guildenstern sont morts*, donné au Provincetown Playhouse.

Une heure plus tard environ, le même jour, je passe devant l'église, à vélo cette fois ; les obsèques s'achèvent à peine, et sur le parking, une longue file de véhicules noirs s'ébranle lentement, feux allumés, en direction du cimetière. Je dis à mon meilleur ami, à vélo à côté de moi, sur le ton détaché qu'a employé ma mère : *C'est mon grand-père qu'on enterre*, et il me regarde comme si j'avais perdu la tête.

poire

À neuf ans, j'ai déjà compris que le monde est un endroit dangereux. On parle à voix basse de lames de rasoir glissées dans des pommes, de Charles Manson et de ses adeptes. Mais personne ne cite de faits précis. Depuis peu, je m'intéresse aux films d'horreur à la télé, et c'est le double programme de films de monstres du samedi après-midi que je préfère. Mais rien ne vaut les sorties avec le nouveau copain de ma mère, qui nous emmène au drive-in, mon frère et moi, voir des films de zombies et de violence — *Lâchez les monstres !*, *Bloody Mama* — plus il y a de sang, mieux c'est.

Un soir, en passant sur le Port avec ma grand-mère, où nous étions allés acheter de la laine pour ses travaux de tapisserie, nous faisons halte à la librairie poussiéreuse tenue par les deux vieilles filles, Isabel et Rose. Je feuillette une nouvelle édition de *Dr. Jekyll et Mr. Hyde* tandis que ma grand-mère passe en revue les rayons policier et roman d'amour. Il lui faut de gros livres à sensation. Je n'ai encore jamais acheté de livre, mais allez savoir pourquoi, celui-ci, je le veux absolument. Dehors, sous un lampadaire, j'essaie de lire la première page, mais vois aussitôt que ce n'est pas à ma portée, j'en déchiffre la moitié, à grand-peine. De retour à la maison, j'essaie de nouveau, puis je le mets de côté, sachant que je pourrai le lire dans un an ou deux, si je m'applique en CE1. Je le reprends en CM1 et le lis en une nuit. La même année, je mémorise « Le Corbeau » d'Edgar Poe, dessine des cercueils et des dagues ensanglantées dans mes cahiers. Je veux être écrivain de récits d'horreur. C'est avant que je sache que mon père se prend pour un poète. Je ne me rappelle l'avoir rencontré qu'une fois, quand il a fait son entrée dans l'allée chez ma grand-mère avec sa seconde femme et ma demi-sœur. *C'est ta sœur, dis-lui bonjour.* Il ressemblait au Lion peureux du *Magicien d'Oz*, sa femme à Cher. Ma semi-sœur n'était qu'un bébé en langes, perdue dans sa couverture. *Bonjour*, ai-je obéi.

Il y a toujours eu des livres à la maison, ma mère et mon frère lisant avec une voracité maladive tout ce qui leur tombait sous les yeux. Le *Sexus* d'Henry Miller était caché dans le tiroir à lingerie de l'armoire de ma mère, avec son revolver et ses calmants. Elle avait acheté l'arme l'année d'avant, pour se protéger, elle n'avait pas dit contre quoi. Quant aux calmants, c'était pour sa migraine, qui la clouait au lit parfois toute la journée. Selon une histoire qui circulait dans la famille, on avait surpris mon frère lisant le journal avant qu'il sache marcher ou parler, et pour l'avoir vu toute notre enfance dîner avec un livre de S-F discrètement ouvert sur les genoux, je veux bien le croire. Le grenier de ma grand-mère regorgeait de livres, de pleines étagères rescapées des temps de son mariage, accessibles seulement en faisant le funambule sur les poutres transversales reliant les murs recouverts d'isolant rouge. Dangereux et strictement interdit : j'y passais des heures, à scruter ces trésors, en quête de réponses.

Au début des années 70, à l'âge de onze ou douze ans, ma fascination pour l'horreur me porta vers l'occulte. La nouvelle librairie en ville consacrait toute une section à Anton LaVey et Alistair Crowley, de vrais démons vivants, le crâne rasé, la barbe diabolique. Assis par terre, je les lisais des heures d'affilée. Un après-midi, en levant le nez de mon livre, je me rendis compte que j'étais seul, le caissier, parti déjeuner, avait fermé en m'oubliant. La porte ouvrait de l'intérieur, je glissai un coup d'œil dans la rue des deux côtés, puis regardai la caisse, rutilante, bourrée de liquide, décidai que l'endroit était sacré, que je ne prendrais rien, car je voulais pouvoir revenir, et depuis le supermarché je savais qu'il était dur de revenir en arrière une fois franchies certaines limites.

En quelques mois, je passai aux polars. Je préférais Sherlock Holmes à Agatha Christie car, dans son univers à lui, le moindre grain de poussière constituait un indice. Je persuadai un ami que la meilleure façon de passer les après-midi d'été serait d'écrire nos propres histoires. En collaboration, nous écrivîmes une énigme policière située en Écosse et en Égypte, les deux contrées les plus exotiques à nos yeux. Un ou deux ans plus tard, j'attaquai Vonnegut, et persuadai un autre ami, Warren, d'écrire avec moi un roman de science-fiction, que nous faisions avancer chaque jour. À l'âge de seize ans, quand mon père m'écrivit pour la première fois, m'apprenant qu'il se disait écrivain, j'étais déjà lancé dans la carrière, mais quelque chose en moi, sans doute, fut stimulé par la perspective de le dépasser.

L'été où j'achetai *Jekyll et Hyde*, un cousin éloigné, que je n'avais jamais vu et ne revis plus jamais, fit son apparition un dimanche chez ma grand-mère, avec d'autres parents éloignés. Corey, un peu plus âgé que moi, n'avait plus de doigts à la main droite, seulement des moignons. Pas même le pouce. Poliment, j'ignorai la main difforme et proposai de l'emmener marcher, en garçon bien élevé. En faisant le tour de la maison, je lorgnais la main quand il regardait ailleurs : que ce devait être dur, de pousser un bouton, de tenir une cuillère. Pourquoi ne portait-il pas un gant ? Cela ne me gênait pas de marcher à côté de lui, on ne risquait pas de croiser une de mes connaissances sur la pelouse de ma grand-mère. À l'époque déjà, je savais comment me comporter envers ceux qui avaient eu moins de chance, ne pas dévisager, ni marquer de différence, ne pas même mentionner ce qui nous crève les yeux. Je fais preuve de compassion, de gentillesse, d'attention, de courage, enfin je me tiens plutôt bien, un véritable boy-scout ambulant, tout ce que vous voudrez, ça me va, du moment qu'on ne me confond pas avec le monstre. Chaque année, on nous fait mettre en rangs dans la cafétéria de l'école, pour nous mesurer et nous peser et, bien que je sois d'une maigreur chronique, je reste au moins dans la moyenne des tailles, Dieu merci. Entre le défilé des copains de ma mère, notre étiquette protestante dans un bastion catholique irlandais, les coupons alimentaires et les vêtements effilochés, j'oscille déjà à la frontière douloureuse de l'exclusion, totale.

Au cours de notre promenade, je lui montrai le tuyau d'arrosage, qui permettait d'atteindre les fenêtres à l'étage avec le jet, le sentier qui menait dans les bois, ma technique pour grimper le long de la gouttière et arpenter le toit. Là, je commis peut-être une erreur, et je me rendis compte trop tard qu'il ne pourrait pas me suivre. Je le conduisis au poirier que ma grand-mère avait acheté et planté elle-même quelques années plus tôt. J'avais aidé à creuser le trou, et tenu l'arbre pendant qu'elle tassait la terre. Plutôt frêle, lent à pousser, avec une poire unique et dure, la première, qui pendait d'une branche. Nous avions reçu la consigne de laisser grossir cette poire, que ma grand-mère surveillait chaque jour. Quand je dis à Corey qu'elle était fière de sa poire solitaire, il me lança un regard de défi, comme s'il m'en voulait pour quelque raison mystérieuse, inavouable, puis, sans me quitter des yeux, il tendit la main vers le fruit, exhibant les moignons qui me laissèrent bouche bée. Avec un sourire, il saisit la poire dans sa paume, la détacha et la lança dans la rue. Puis il fit demi-tour et regagna la maison.

turner, cuvée spéciale

À deux reprises dans les années 70, Scituate est citée dans le *Time Magazine* au second rang du palmarès de consommation d'alcool en Amérique, mégalopoles, villes et zones rurales confondues. Un encart, sans explication, inséré dans un article plus complet sur les ravages causés par la conduite en état d'ivresse et la colle à sniffer. Au premier rang vient un coin paumé, à la Steinbeck, sur la côte californienne. À Scituate, dans la courte file de boutiques qu'on appelle le Port, un commerce sur deux est un bar ou une cave, qui vend des packs, « pack » étant l'euphémisme puritain qui désigne l'alcool. Dès l'enfance, on ne peut s'empêcher de traîner dans les rayons, pour contempler le liquide ambré juste au niveau des yeux. Les mères, buveuses elles-mêmes, mettent leurs enfants en garde contre les risques et dangers encourus. Ma mère dit que c'est de famille, que ça va me ronger les muscles, qu'elle va me foutre dehors. Quand on passe dans les villes voisines, elle nous indique les bars où mon grand-père n'a plus le droit d'entrer, pour avoir fait valser un lustre, ou jeté son verre à la figure du patron. Elle raconte l'histoire d'une leçon de conduite par une nuit de neige dans le Montana ; encore mineure, elle suit les directives de son père vautré sur la banquette arrière avec l'un de ses copains de bar : « Tu restes bien entre la paroi et le vide. » L'alcool est la rivière dont nous contemplons le cours, assis sur la rive. Parfois, nous nous voyons voguer au fil des flots, parfois sombrer. Ma grand-mère, celle qui a divorcé d'avec ce grand-père avant ma naissance, et s'occupe de moi et de mon frère quand ma mère est au travail ou sort avec un copain, appelle la cave pour commander les deux litres de « Turner, Cuvée spéciale » qu'elle m'envoie chercher. Une sonnerie retentit quand on coupe le faisceau lumineux à l'entrée, et au bout de quelque temps je me mets à sauter par-dessus pour prendre par surprise l'employé au comptoir. Faiblement éclairée, alignant ses transparences ambrées, Turner's ressemble à une grotte, à une crypte. À chaque bouteille correspond un modèle publicitaire en plastique, plus grand, poussiéreux, présenté à côté d'autres sur une étagère contre le mur du fond. L'incontournable Jim Beam, une énorme Jack Daniel's. Ma grand-mère ne vient jamais dîner sans son litre de Turner, Cuvée spéciale. Elle connaît sa dose et ne veut pas être à court. Mon frère se souvient qu'un Noël, période particulièrement maussade pour ma grand-mère, elle lui passe les mains autour du cou en murmurant *On te tuerait facilement, mon ange*. Il savait que c'était le whisky qui parlait, que c'était tous les jours comme ça. Au CM1, j'écris dans un devoir que j'ai passé le week-end à skier avec mon grand-père dans un bel État, le « Vermouth ». Mon professeur ne me corrige pas ; peut-être qu'on glissait tous dans l'État du Vermouth.

farces et attrapes

(1971) Travis, qui rentre du Vietnam, retape la maison d'à côté. La guerre tire à sa fin, dans la débâcle. Ma mère confectionne un gâteau aux myrtilles, le met à refroidir sur le rebord de la fenêtre, l'invite à le goûter. À trente et un ans, divorcée depuis dix ans, elle réussit bien les gâteaux. Travis, vingt et un ans, a toujours l'air d'un Marine, avec son tatouage USMC[1] et son treillis, l'air un peu fou néanmoins, les yeux brillants et les cheveux en bataille. Pas encore un hippie, mais en bonne voie. Hippie-la-Gâchette, on pourrait l'appeler comme ça, armé jusqu'aux dents, avec ce qu'il a ramené du Vietnam, son M16, et un échantillonnage d'armes de poing. Ils commencent à sortir ensemble et, comme par habitude, il entame des travaux dans la maison. Ma mère aime les hommes habiles de leurs mains. Un jour où je sèche l'école, je traîne seul autour de la maison quand il vient se garer dans l'allée et se met au travail sur une prise défectueuse. Tapi dans ma petite chambre, je l'entends parler au chien en travaillant. Il lui tient des pro-

1. US Marine Corps, l'unité militaire des « Marines ».

pos déments, lui dit qu'au Nam il en a mangé de plus jolis, qu'un chien là-bas ne devient jamais gras comme ça, qu'ils ne sont pas si bêtes et s'enfuient en courant plutôt que de se rouler sur le dos, ventre offert à son couteau. Il raconte à mon chien qu'il a brûlé des villages, tué des gens, pas que des soldats. Passé au bulldozer un tunnel dont il apprendra plus tard qu'il était plein d'enfants. Par la porte entrouverte, je le vois pleurer en tenant les oreilles de mon chien, et je n'ose plus respirer. Quelques mois plus tard, ma mère me fait venir dans la cuisine et m'annonce qu'elle va l'épouser. *Ce n'est pas une bonne idée*, lui dis-je. Elle fait oui de la tête, en me disant qu'elle l'épouse quand même, ce qui se produit, les rend heureux, quelque temps. Il met de l'ambiance, sur un mode un peu délirant. Quand on a envie d'aller à la pêche, il nous descend au Port, nous fait attendre sur l'embarcadère, le temps de faire démarrer un bateau. En mer tout l'après-midi, on prend quelques poissons, puis il nous ramène. On sait très bien que c'est un bateau volé, même s'il dit que c'est celui d'un ami. On aura des ennuis si on se fait prendre, mais tant pis. Je suis fasciné par l'impunité de cet homme que je crois à l'abri de la peur — qui le tenaille, en fait, il l'admettra bien des années plus tard. Un jour, il décide d'agrandir la maison, m'emmène avec lui acheter du bois au dépôt. Je le vois faire : d'abord il achète quelques panneaux de contreplaqué, deux ou trois planches de soixante sur un mètre vingt ; puis, sa note à la main, il ressort dans la cour, fait marche arrière jusqu'à une pile de contreplaqué, me poste de l'autre côté pour charger toute la pile sur sa camionnette, à en écraser les suspensions. On saute dans la cabine, d'un coup de poignet il passe en marche avant, au premier sursaut la pile s'écroule. On descend, on recharge, lui tel un ressort, refuse d'un geste brusque du bras l'aide offerte par l'employé du dépôt. En un week-end, la petite maison de ma mère, sa deuxième et dernière propriété, double de volume sous les coups de marteau acharnés de notre petite troupe, incluant quelques amis de Travis, tous anxieux d'en finir car il ne s'est pas donné la peine de demander de permis. Dimanche soir, en dernier lieu, on peint en jaune le module ajouté pour qu'il se fonde à la maison d'origine. Il faudra deux ans avant qu'on se décide à le couvrir de bardeau canadien, quand la couleur jaune commence à se détacher par plaques.

Au Vietnam, il était démineur, chargé de déblayer le terrain pour permettre aux autres d'avancer sans risque. Plutôt bon d'habitude, il foirait parfois, et un homme était pulvérisé. Après un an de terrain, il rempile, mais au bout de quelques mois est blessé par des éclats de shrapnel et rapatrié. De retour aux États-Unis, il devient garde du drapeau à Washington, debout au garde-à-vous, gant blanc sur le képi lors des cérémonies importantes. Mais rendu au « monde » telle une bombe à retardement, il ne tient pas longtemps : le jour où une pleine voiture de hippies le klaxonne quand le feu passe au vert, Travis descend et démolit à coups de crosse le conducteur, tiré par la fenêtre hors de la voiture. Une demi-heure plus tard, la police le découvre dans un fast-food en train de manger un burger, sans se souvenir de rien. Il s'en tire, mais après la fusillade de Kent State on l'affecte aux sous-sols du Pentagone, en « tenue de combat complète, la totale ». Il refuse, sachant qu'on allait l'envoyer sur les campus, terrorisé à l'idée de devoir tuer d'autres gamins. On le boucle six mois à l'hôpital militaire de Bethesda, on le bourre d'aminazine, avant de le rendre à la vie civile avec certificat de conduite irréprochable. Quelques mois plus tard, il est libre, assis à notre table.

Je dispose, à l'époque, d'une bonne collection de « farces et attrapes » — cuillère qui se tord, verre baveur, main tranchée en caoutchouc : je laisse des pièges partout dans la maison, un fil tendu en travers d'une porte, l'extrémité attachée au balai ou aux grilles du four, n'importe quoi, du moment que ça fait du boucan. Je ne savais sans doute pas que Travis, au Vietnam, avait pour tâche de détecter les fils de détente, mais si je l'avais su je ne suis pas sûr que ça m'aurait arrêté. Je pose mes pièges, sans garantie de succès. Un soir, Travis prend les grilles et les glisse sous mon drap-housse, à plat sur le matelas. Quand j'entre dans ma chambre, un peu plus tard, et que je me mets au lit, je ne m'en aperçois pas, aussi étonnant que cela puisse paraître, et je ne suis tiré de mon sommeil que plusieurs heures plus tard, par des cauchemars de torture.

Un samedi en milieu d'après-midi, Travis passe avec un ami, de retour de la plage, où ils ont pêché des palourdes. Appuyés sur leur fourche à marée basse, ils ont réussi à écluser chacun une caisse de bière avant midi. Il verse les coquillages dans l'évier et nous dit, à mon frère et moi, de nous approcher pour voir son album photo. Les toutes premières pages, il est adolescent, fait le fier à côté de voitures gonflées, des filles assises sur le capot, l'une le bras passé autour de son cou. À la page suivante, il fait ses classes à Parris Island, cheveux en brosse, soudain adulte. Ensuite, des Vietnamiennes qui dansent seins nus sur les tables, puis un village en feu. Viennent des corps, des pages et des pages, le long d'une piste, un visage sans yeux. Tandis que s'égrène le récit de sa vie, mon frère se lève et retourne dans sa chambre s'isoler derrière son rempart de science-fiction. Je regarde les photos, Travis, dans les yeux, pendant qu'il parle : j'y arrive à présent, comme un arbre se fait aux barbelés qui l'enserrent.

Des années plus tard, quand je le retrouve enfin, il me montre une photo, que j'avais oubliée ou pas vue, une photo de lui sur une piste à l'entrée de Da Nang, un slogan pacifiste sur un écriteau pendu au cou. S'il a décidé de rempiler, m'explique-t-il, c'est pour se rendre en éclaireur dans les villages, sous prétexte de repérer les mines et les pièges, mais en fait pour prévenir les villageois de s'enfuir, sans quoi ils risqueraient d'être tués par la troupe qui suit. Puis, après avoir mis à feu deux ou trois pains de C-4, annoncé par radio que l'ambiance reste chaude, il allume un joint et regarde les villageois s'enfuir.

Le soir où il me montre son album photo, une fois la maison endormie, je me faufile dans la cuisine pour prendre un verre d'eau : l'évier est plein de palourdes, oubliées là. Dans le murmure du néon, elles ont ouvert leurs coquilles et agitent leurs adducteurs, de la taille de mon avant-bras. Un nœud de reptiles, retombant en arceaux sur le plan de travail, ou essayant de s'extraire de l'évier.

accident de la route au ralenti

(1972) Portsmouth, New Hampshire : *plus de bars au centimètre carré que dans aucune autre ville des États-Unis*, mon père me l'apprend plus tard, *et pas une femme qui n'aime pas boire et baiser*. Mon père, hébergé chez des amis, travaille à l'occasion comme débardeur. Ça sonne plus romantique, « débardeur », plus sérieux, que ce que c'est vraiment. « Coolie » serait un terme plus approprié. Sur une photo, parue dans un journal local, on voit mon père debout entre ses deux amis, Tommy (« Tommy-la-Terreur ») et Scotty, dans la tenue de l'emploi, casquette en maille noire, pull de laine noir boutonné sur l'épaule, jeans ; une paire de gants de cuir dans sa poche arrière de pantalon, un crochet d'acier avec un manche perpendiculaire en bois. Le costume de l'emploi. Sous la photo, la légende les présente comme des artistes locaux qui travaillent sur les quais. À Portsmouth, il se fait souvent appeler « Sheridan Snow », pour se protéger, sans doute, du mandat émis après que ma mère a porté plainte. Il se fait imprimer des cartes de visite, où ressort son penchant pour l'allitération :

Cette nouvelle carrière consiste à récupérer un bout de bois flotté sur la plage et à y fixer des pieds pour le vendre comme desserte. Dans les années 70, nombreux sont les Américains qui s'inventent ainsi des professions (Mais de quelle couleur est vraiment ton parachute[1] ?). Quelques années plus tôt, il arpentait Beacon Hill vêtu d'une cape noire flottant au vent, puis il a eu sa période chapeau réversible à la Sherlock Holmes, pour faire ressortir son côté poète excentrique. Quand il se met à escroquer des banques, il tente de se faire passer pour un gentleman farmer, venu en ville acheter des antiquités : Nikon autour du cou et veste en tweed (*J'étais toujours habillé classique, même en Levi's*). Dans son rôle de débardeur, il joue les vieux loups de mer, raconte des histoires interminables plus ou moins divertissantes ;

1. Allusion à l'ouvrage de R. E. Bolles et M. E. Bolles, *What color is your parachute ?*, manuel pratique donnant des conseils sur les carrières, la recherche d'emploi, les changements d'orientation professionnelle.

champion pour traîner sa flemme, ça, c'est sûr, c'est un parfait incapable dès le retour au port. Des années plus tard, je retrouve Scotty : *Jonathan s'inventait des personnages exubérants pour se protéger. Il avait le don de s'imprégner de la personnalité des autres. Il empruntait des expressions, des mimiques, qu'il s'appropriait. On aurait dit un puzzle fait des morceaux de différentes personnes.*

Portsmouth est une petite ville. Les dockers vont boire gratis aux vernissages, et se sentent un peu artistes. Les propriétaires des galeries apprécient leur présence, qui ajoute comme une énergie primitive. Ensuite, ils vont faire les bars ensemble, finissent dans un appartement, où la soirée se poursuit jusqu'à l'aube. Quand Scotty arrive, Jonathan a déjà fait une scène, vomi sur les chaussures de quelqu'un, avant de perdre conscience sur le tas de manteaux. Deux verres, et un nuage descend sur lui ; c'est un autre homme, bien moins drôle que le Jonathan du premier verre. N'empêche, Scotty l'aime bien, malgré son arrogance et sa frime. Il l'aime surtout avant le deuxième verre, et le nuage. Âgé de vingt ans à peine, Scotty « a du mal » avec son propre père, qui boit, lui aussi. Jonathan, qui a deux fois l'âge de Scotty, est une figure de père, en quelque sorte. Jonathan fait le récit de ses frasques, de ses démêlés avec la justice, dresse la liste des affaires qu'il a eues, la vente de voitures, la franchise d'encyclopédies, la salle de spectacles et, dans la joie et la bonne humeur, raconte leur échec. Une mauvaise influence, ce pseudo-père, c'est clair, et c'est bien ça qui plaît à Scotty. Cela fait un moment qu'il se mêle d'art, à présent, et il aime à citer des noms, pour suggérer l'étendue de son influence (*Kurt Vonnegut, ça te dit quelque chose ?*). Sur une coupure de journal, qu'il exhibe à la moindre occasion, on le voit assis aux pieds de Shirley MacLaine durant une campagne de financement organisée pour le candidat démocrate McGovern. Mon père veille à ce que Scotty voie cette photo.

Vers la fin de l'hiver, Jonathan a un plan qui lui garantit le gîte et un salaire fixe en échange de travaux de peinture, l'été suivant, sur une maison de Cambridge. Jonathan propose à Scotty d'être son partenaire, cinquante-cinquante. Les propriétaires, un couple qu'il a rencontré à un vernissage, vont passer l'été en Suède. Pas de loyer, boulot facile, salaire fixe : mon père compte réécrire son roman le soir et le week-end. Scotty, méfiant, sait que Jonathan essaie toujours d'éviter de payer, ou essaie d'abuser. Mais il se dit qu'avec deux trois bonnes heures de travail chaque jour, ils s'en sortiront. Après tout, une maison, c'est un projet déterminé. Au pire, ce sera comme d'habitude : Scotty fera les trois quarts du boulot.

Le travail inclut un compte à la quincaillerie, en peinture, pinceaux, raclettes et bâches. Jonathan se fait payer sa salopette, une salopette de pro, en jean blanc. S'il a rendez-vous après le travail, il la porte sur un des costumes de chez Brooks Brothers qu'il s'était fait payer par mon grand-père dix ans plus tôt (*En tant que président de la compagnie, il fallait que j'aie la tenue de l'emploi).* Il laisse volontiers un pinceau et une raclette dépasser de sa poche arrière, même s'il n'en fait pas grand usage. Quand Scotty se réveille le premier matin, Jonathan est déjà debout en train de boire son café, dans sa salopette immaculée. Assis à la table de la cuisine, ils jouissent du soleil et de cet heureux coup du sort. C'est la mi-mai et, les propriétaires ne rentrant pas avant septembre, rien ne presse, ils ont l'été devant eux. Ils peuvent, s'ils le souhaitent, ne travailler qu'à la demi-journée, se donner trois jours de week-end, faire durer. Scotty s'en remet à mon père, dit ne pas s'inquiéter. Les propriétaires leur ont versé cinq cents dollars d'acompte, à compléter par télégramme si nécessaire. Au poil. Scotty aimerait bien finir plus tôt de temps en temps, pour aller au studio travailler ses sculptures. *Bien sûr*, renchérit mon père, *c'est ça qui compte. N'importe qui peut repeindre une maison. Ils nous ont choisis parce qu'on est artistes. Dans deux trois ans, ils pourront montrer leur maison et dire « Elle a été peinte par Jonathan Flynn ». Pour des gens comme eux, ça représente quelque chose.*

Ils se concertent rapidement sur la marche à suivre. D'abord, il faut couvrir les massifs de bâches, dégager les abords de la maison. Déployer les échelles, les fixer aux gouttières, pour commencer à décaper. Décaper, mastiquer, puis la couche d'apprêt : ça prend du temps, ces préparatifs, tous deux en conviennent. Scotty pose sa tasse dans l'évier et abaisse sa visière sur les yeux. Mon père tend le bras vers la bouteille de Johnnie Walker qui, depuis le début de la scène, n'a pas quitté le milieu de la table. Il se sert une tasse, et propose un toast : *À notre bonne fortune !* Même le whisky — Scotty l'apprendra par la suite — est facturé aux propriétaires.

Chaque matin, même programme : le café d'abord, une tartine, peut-être un coup de whisky. Puis Scotty grimpe à l'échelle, reprend le décapage où il s'est arrêté la veille. D'en bas, Jonathan supervise les opérations ; le pinceau dans la poche arrière, il fait le tour de la maison, prend note, étudie la question, repère les zones où Scotty a oublié de passer. Jonathan préfère ne pas monter aux échelles, et concentrer ses efforts sur le perron. Vers dix heures, Jonathan annonce qu'il fait un saut à la quincaillerie, rentre à la tombée du jour. Complètement épuisé. Ça n'a pas grande importance, chacun tient le compte de ses heures de travail. N'empêche qu'en une semaine, Scotty ne travaille plus que jusqu'à midi, puis se met à sauter des jours.

À la mi-août, Scotty a disparu. Mon père fait le tour de la maison aux murs nus ; trois mois écoulés, et ils ne sont même pas décapés. Le perron est prêt à peindre, du moins tout ce qui était accessible sans échelle, qu'il faut utiliser maintenant. Il n'aime pas les échelles. *Tu parles d'un minable*, marmonne-t-il, le planter là, après tout ce qu'il a fait pour lui. *Putain d'lâcheur.* Les propriétaires rentrent dans trois semaines. La veille, Jonathan a dû annoncer au téléphone que ce ne serait peut-être pas fini dans les temps. Le mari était fou : cinq cents dollars envoyés chaque mois, des nouvelles résolument optimistes, *tout est parfait*, et ce n'est pas fini ? Il lui coupe les vivres ; si Jonathan veut toucher le solde, il ferait bien de finir les travaux.

C'est là qu'il se rend compte qu'il a montré trop de conscience professionnelle. Le décapage, tous ces préliminaires, c'était juste pour que Scotty se sente nécessaire. De toute façon, on ne risque pas de faire attention aux avant-toits, ni de grimper sur une échelle pour regarder dans les coins. Du moment qu'on lui redonne un petit coup de neuf rapide. Jonathan installe l'échelle, se munit d'une raclette pour enlever le plus gros. Un récipient en carton à demi plein de peinture pour la dernière couche. Plus de temps pour une sous-couche.

N'ayant pas complètement ou pas du tout dessoûlé, il commence à grimper. Et un petit dernier, histoire de décuiter ? — quarante-quatre ans, né quasi-aristocrate, père de trois enfants, auteur bientôt célèbre, le voilà contraint de ramper sur des toits en plein soleil, de travailler avec des abrutis, pour des imbéciles. En tombant, il se dit *Si tu te blesses, l'ambulance viendra te chercher, on va te donner un lit, à manger, tu pourras te reposer.* Ou peut-être est-ce là ce que moi, j'ai pensé, les fois où je suis tombé.

On le retrouve inanimé sur le trottoir. Debout sur l'échelle au-dessus de la terrasse couverte à l'arrière de la maison, au lieu de la décaler, il s'est penché trop loin, a perdu l'équilibre, l'échelle a basculé, s'est dérobée sous lui. Quand il est admis à l'hôpital un peu plus tard dans la journée, il rend Scotty responsable de tout : d'abord, il le laisse tomber, il empoche l'argent, inclut le whisky dans les frais, c'est un salopard. Il pourrait y avoir un traumatisme crânien, mais il est trop tôt pour émettre un diagnostic, et pour évaluer l'étendue des dégâts. La maison reste en l'état, inachevée, un rameau de peinture blanche sur la dalle juste à l'entrée, derrière le portail.

dreamwold

(1972) Je prends ma première cuite à douze ans, à Dreamwold. Ce baptême de la bière a lieu en plein air, de jour, lors d'une Octoberfest. Avec mes petits copains, on trouve des pintes abandonnées, qu'on vide, on en trouve d'autres et ainsi de suite. Le village de Dreamwold est la fantaisie d'un certain Lawson, le plus célèbre des enfants de Scituate, le « Roi du cuivre » ; la propriété de ce requin de l'industrie du tournant du siècle, depuis longtemps décédé, a été divisée en maisons particulières et en bâtiments officiels. Je suis allé à la maternelle dans l'un des bâtiments de Dreamwold. Il reste quelque part une photo de moi traversant Dreamwold, un livre sur la tête, pour m'entraîner à me tenir droit.

Ce mois de décembre, juste avant Noël, Travis me dit de faire tourner le moteur de la camionnette. Il est minuit, c'est veille d'école. On descend au Port, puis au point mort jusqu'à la palissade grillagée de St. Mary's Field, on coupe les phares. La neige tombe sur la ville endormie. Une faible lueur parvient de la caravane où le gardien veille sur le stock de sapins des « Chevaliers de Colomb ». Travis me dit d'attendre, courbe la palissade, qu'il escalade, et se dirige droit sur les sapins, laissant de noires empreintes de pas. Une voiture ralentit, puis repart. Quelques minutes et il réapparaît, tirant derrière lui deux superbes spécimens. Il les lance par-dessus la palissade, j'en fourre un à l'arrière tant bien que mal, Travis charge l'autre d'une main. *Vingt dollars, c'est trop pour un sapin*, marmonne-t-il. Puis tandis qu'on s'éloigne, il lâche un petit rire et reprend, sur un ton de défi : *Quand j'étais gosse, on allait dans les bois avec une hache, on prenait tout ce qu'on voulait.* Il ouvre une canette de bière et, pour la première fois, m'en propose une.

ma part

(1974) Début février. Sous la menace de leurs armes, l'Armée Symbionaise de Libération (ASL) kidnappe Patricia Campbell Hearst alors qu'elle regarde la télé avec son petit ami, Steven Weed. Ils la font sortir sur le parking et monter de force dans le coffre d'une voiture qui les attend. Ils n'emmènent pas Weed. À l'époque, j'ai quatorze ans à peine, « weed », pour moi, c'est la marijuana. J'en ai que je cache dans un livre trouvé dans le grenier de ma grand-mère et dont j'ai enlevé les pages, *Les nouvelles de Saki*, un bon livre mais pas assez pour le sauver de ma lame de rasoir. J'ai une tournée de journaux et, en traînant les pieds dans la neige à l'aube, je relis l'histoire de l'héritière enlevée, complètement fasciné par l'idée d'une armée secrète, et de ce « Weed » qui n'a pas su les arrêter.

La demande de rançon, enregistrée sur cassette, arrive à la station radio KPFA[1] à San Francisco. L'ASL exige du père de Patty, le magnat de la presse, l'équivalent de soixante-dix dollars en denrées alimentaires « de qua-

1. Radio de libre expression, dont les locaux sont à Berkeley.

lité » pour « chaque Californien dans le besoin ». Un festin, une dernière cène, et on la relâche. Après de brèves délibérations, le père s'exécute. Des cartons contenant deux cuisses de dinde, deux canettes de jus de tomate, deux boîtes de viande en conserve, et un paquet de crackers sont distribués en plusieurs points de l'État. Deux millions de dollars de produits alimentaires de qualité.

Mon père, comme le reste du pays, lit l'histoire de l'héritière kidnappée. En un sens, lui aussi est héritier, mais d'une fortune qu'il ne verra jamais. Son père est mort quatre ans plus tôt, en lui laissant un dollar, évitant ainsi toute contestation de son testament. En mai, les « Plombiers » font leur première entrée par effraction dans l'immeuble du Watergate, et le bruit court que Nixon a commandité l'opération. Je m'interromps dans ma tournée sous les lampadaires, pour lire avidement ce qui est arrivé à Patty, ne voulant pas perdre une ligne. Tout le monde s'est mis à l'appeler simplement « Patty ».

Une fois la nourriture distribuée, elle n'est pas relâchée. Weed, resté seul, reprend en boucle le récit des événements, écartant chaque fois sa frange pour faire voir la marque du coup. En l'absence de Patty, la vedette lui échoit temporairement. Des semaines s'écoulent, l'attention fléchit, puis soudain Patty revient, métamorphosée, le fusil au côté, l'insigne de l'Armée Symbionaise de Libération derrière elle, des reptiles sortant de son béret : l'héritière-méduse, passée à l'ennemi. Elle s'appelle désormais « Tania ». Sur un message enregistré, elle déclare « C'est mon choix », et selon l'avis général — le psychiatre, les services de police spécialisés, l'expert en situations de crises — elle a dû subir un lavage de cerveau, ou parler sous la menace, a atteint un stade de transfert, aussi complexe qu'imprévisible, et susceptible d'influencer ses actions à venir. Pour moi, c'est clair comme de l'eau de roche : tout risquer pour un repas, comment ne pas être séduit ?

Durant ces quelques mois, on vend beaucoup de journaux, le nombre d'abonnements augmente, avec livraison à domicile. Chaque jour, entre deux maisons, je suis son histoire, qui m'aide à grandir. De temps à autre, Weed fait encore une apparition suppliante sous un gros titre, bien qu'on ait perdu tout espoir qu'elle lui revienne. Au bout de quelques semaines, des caméras de sécurité prennent une photo de Tania fusil au poing pendant le braquage de la Hibernia Bank. La curiosité fébrile se déchaîne, se change en hystérie collective. L'ASL est en train de semer les ferments d'une révolution mondiale. Je jette un journal sur un perron.

Un an avant sa chute, mon père envoie son roman, du moins une de ses versions, à Viking Press, dont il reçoit une réponse négative, signée à la main. Il la photocopie en pensant à l'avenir, et l'envoie à des amis, à Ted Kennedy, à moi, enfin, comme preuve de sa « célébrité », temporaire en tout cas. *C'est Vonnegut qui m'a fait essayer Viking. Moi, je voulais rester sous contrat avec Little, Brown, mais il a insisté.* Il range sa lettre, prend le journal, lit les titres. Il voit le visage, le béret, le fusil. La photo à gros grains prise par la caméra de surveillance, la fuite, l'argent. Tirée de l'obscurité et jetée sous les projecteurs : le renom que mérite un auteur de sa trempe a soudain échu à Patty. *Huck Finn, L'attrape-cœurs,* son roman devenu pair de ces chefs-d'œuvre, mais qui songerait à le kidnapper, à qui envoyer la demande de rançon, s'apercevrait-on même de sa disparition ? Quelques mois plus tard, mon père entre dans une banque et remet son premier chèque falsifié. Toujours à l'aise devant les caméras, il se laisse prendre en photo. La première fois, il garde même son vrai nom, Jonathan Robinson Flynn. Beaux préparatifs de sa propre chute, orchestration de sa fin. Lors des opérations suivantes, il a recours à un alias, « Millard Fillmore », le président qui a aboli la prison pour dettes.

Selon mon père, il s'est mis aux chèques bidon quand Doyle-la-Combine et Freddy-le-Morniflard sont venus le chercher, ayant appris qu'il avait fait une chute. Toujours dans sa version, Doyle, qui passe son temps à jouer au tennis et à organiser des arnaques, serait le cerveau, apparemment, entouré d'une poignée de petites frappes locales. Doyle lui donne rendez-vous au Dorchester HoJo's[1] sur la voie express Southeast. Est-ce qu'en l'attendant, mon père lit les dernières nouvelles du Watergate ? ou de Patty ? Est-ce qu'il a connu Doyle dans les bars ? Est-ce qu'il s'est vanté de son cran, de ses exploits de petit truand prêt à tout ? Doyle et Freddy arrivent avec un chèque à l'ordre de mon père, 8 800 dollars, à tirer sur le compte de la compagnie d'assurance John Hancock. Selon Doyle, il a pris ces dispositions en vue des suites de l'accident. Conscient que c'est louche, mon père ne peut pourtant pas résister. Freddy le conduit à la Prudential Bank au centre-ville de Boston, comme Doyle lui en a donné l'ordre et, avec le chèque,

1. Howard Johnson's : chaîne de restaurants d'abord implantés le long des voies ferrées, qui proposent aussi le nécessaire pour le voyage — magazines et médicaments. Ponctuant aujourd'hui les grands axes de circulation, ils sont repérables à leur toit orange, et à leur architecture inspirée de celle des gares.

mon père ouvre un compte. Les jours où mon père est la dupe et non le manipulateur, il raconte : *J'ai regardé le chèque, il n'y avait pas de doute : c'est moi, Flynn. C'était le début de deux ans et demi dans les chèques.* Dès le deuxième, il sait que c'est de la fraude, raconte-t-il, mais le premier a suffi à le « griller ». Quand on lui demande pourquoi il n'est pas allé à la police, il répond que Doyle l'a menacé de péter la cervelle de ses gamins s'il se rebellait. Dans une autre version, Freddy est le chauffeur, une crapule qui braquait des banques à main armée au Canada, mais se contente maintenant d'être le conducteur. Il admire mon père de ne jamais se servir d'une arme. Selon une autre version, Freddy est un « boulanger », maître en la matière, c'est lui qui fabrique les chèques, un *véritable artiste.* Ils continuent à se retrouver chez HoJo's durant les années qui suivent, et Freddy y conduit mon père directement après chaque boulot. Doyle tient les comptes, donne à chacun sa part. Mon père prétend qu'il n'a jamais touché plus de vingt pour cent, une proportion qui reste écœurante, étant donné qu'il prend tous les risques — *Si j'avais un Magnum chargé, je le collerais sur la tempe de Doyle.*

Patty est héritière, moi, j'ai ma tournée. Tout notre argent vient des journaux. Je gagne tant par journal, très peu à vrai dire. Ce sont les pourboires qui rapportent, les enveloppes glissées derrière la contre-porte. Le dimanche, je dépose les enveloppes, avec le montant dû inscrit à l'extérieur, espérant toujours une rallonge. Je finis par faire suivre le montant du signe « plus », en guise d'incitation. J'économise pour acheter une voiture neuve à ma mère. Pour le moment, elle a une Dodge Dart vert avocat, de la couleur du frigo, dont le moteur tousse et crachote au démarrage. L'été, à regret, cède la place à l'automne. On n'a pas revu notre héritière. Les experts tracent des lignes sur la photo de Patty à l'intérieur de la Hibernia Bank, autour de la zone sur laquelle est braquée son arme, comme preuve que nul n'était visé. Ils en concluent que l'arme n'était pas chargée, bien qu'un instant d'inattention de sa part soit une hypothèse tout aussi valable ; ou alors, c'est que quand on braque une banque, il suffit de brandir une arme, globalement pointée vers l'argent. Un autre expert trace un trait à partir de l'arme d'un membre de l'ASL, qui se révèle être braquée sur Patty, prisonnière, donc, comme les autres, employés et clients, face contre terre, mains sur la tête. Des lignes qui retracent les interactions possibles entre joueurs, les trajectoires de balles hypothétiques, autour du visage de Patty, devenu centre du monde. Noël est la saison des pourboires, les vrais, des enveloppes rebondies. Jusqu'à vingt dollars parfois. Je tiens mes comptes, pour savoir combien je reçois. J'appelle ça « Ma Part ».

En entrant dans la banque où elle travaille depuis dix ans, ma mère découvre une photo de mon père sur un avis de recherche du FBI. Les employés de banque, ma mère y compris, sont invités à avertir la police immédiatement s'ils le voient, l'ont vu, ou sont en possession d'informations susceptibles d'aider à le retrouver. Ma mère ramène l'avis à la maison pour faire voir à mon frère quel genre d'homme est notre père. Elle ne me le montre pas. Je plane tous les jours, j'ai plutôt mal tourné. L'affiche mentionne des milliers de dollars détournés. Elle n'a pas touché un sou.

Un peu plus tard, on assiste à une fusillade, dirigée sur une maison de Watts où Patty pourrait se trouver. Dans le doute, la police bombarde, et les images de la maison en feu, entièrement rasée, passent sur les chaînes de télévision nationales, avant que l'on découvre, le lendemain, au cours des fouilles, qu'elle n'y était pas. On exhume des dents, dont aucune ne lui appartient. Des mois de silence s'ensuivent, puis tout rentre dans l'ordre. Patty se cachait avec deux de ses derniers camarades qui, oubliant leur personnage, font du jogging tous les matins. En cavale. Le FBI les arrête à la fin de leur exercice, bien essoufflés, incapables de courir plus loin. Quand ils enfoncent la porte, Patty regarde la télé dans la cuisine. Walter Cronkite présentant les infos. Cela fait des semaines qu'il n'a plus prononcé son nom, jusqu'à ce soir.

red sox

(1975) Un hélicoptère décolle de l'ambassade, des gens accrochés au train d'atterrissage, certains tombent. Ainsi s'achève une guerre qui n'a jamais été déclarée. Pendant que nous regardons l'hélicoptère aux infos du soir, Travis quitte la maison. Peu de temps après, ma mère, mon frère et moi entamons un été de base-ball à la télé. Les Red Sox, c'est tout juste si nous savions qu'ils existaient jusque-là, mais qu'importe. Il faut se serrer les coudes.

L'un dans l'autre, il vaut mieux que Travis s'en aille. Après la construction de la grande chambre, son second coup d'éclat est la culture de marijuana dans notre jardin éminemment exposé. Ridicules et dégingandés dans notre petit jardin, les plants de marijuana dominent ceux, plus bas, de tomates, et il ne fait pas de doute que les voisins vont nous dénoncer. Un après-midi, j'arrache tous les plants, je tranche les racines au couteau et les remets en terre. Des années plus tard, mon frère avoue avoir versé de l'herbicide sur chacun d'entre eux, si ça se trouve, le même après-midi, un de ces jours où on met le paquet. Quel que soit le moyen, ils flétrissent et disparaissent. Moins d'un an plus tard, je me retrouve à fouiller dans la planque à joints de Travis, à racler sa pipe avec un trombone déplié, prêt à fumer n'importe quoi. À la chute de Saigon, j'en suis à boire tout liquide alcoolisé, persuadé, contre toute évidence, que ça va m'aider à baiser. Je m'accroche à cette foi née des brouillards de l'alcool tandis que le mariage de ma mère avec Travis lentement s'écroule, promis à une fin inévitable.

Cet été-là, elle se coupe les cheveux très court, devient végétarienne, perd tant de poids qu'elle arrive aux frontières du royaume des ombres, contrée de nuées fantomatiques. Les traits tirés, les yeux hagards. Mon frère dîne toujours avec elle, engloutit les légumes et les céréales qu'on lui sert ; moi, je lui en veux d'être obligé de m'acheter de la viande. Elle en est venue à prendre des cachets contre la migraine, contre la somnolence. Trente-cinq ans, deux mariages, deux échecs. Pour moi, Travis est un pote plus âgé, qui n'a pas froid aux yeux, à la fois drôle et inquiétant. Mais comme mari, quel cauchemar. Après deux ans de Vietnam, il tient à peine dans notre baraque bricolée, cette cabane de plage mal transformée. Ils sont restés ensemble de ma douzième à ma quinzième année, la maison paraissant rétrécir sans cesse malgré les pièces ajoutées. Pendant deux ou trois ans, ils dorment dans la grande chambre qu'il a construite, puis il s'installe sur un lit d'appoint dans la même pièce, puis il dort sur le chantier d'une maison qu'il rénove, dans son sac de couchage de Marine. Puis il disparaît.

Ce printemps-là, les Red Sox se lancent tout fringants dans une carrière prometteuse, dont nous savions pourtant tous qu'elle nous décevrait. *Ne vous emballez pas, ça ne va pas durer* : c'est le mantra du supporter des Red Sox, le mantra de notre ville de catholiques irlandais. Si vous n'avez pas trop d'espoirs, vous ne serez pas déçus. Gardez vos espoirs pour après la mort.

Tout au long du printemps, et jusqu'en été, Travis revient sans prévenir, récupère des affaires : sa MG fraîchement repeinte dans l'allée, une photo de montagne dans la chambre, plastifiée sur une planche qu'il a « malmenée » au chalumeau et à coups de marteau. Petit à petit, il débarrasse le garage de ses scies circulaires hors d'usage et de ses magazines porno, oublie des pots de peinture à moitié vides. Plus d'une fois, dans l'atmosphère pesante et tendue laissée par son passage, ma mère interrompt son repas et demande *Où sont les verres à vin ?*, signe qu'il s'est trouvé là, à côté de l'étagère, quelques heures plus tôt, sachant qu'on ne rentrerait pas avant le soir. Pas la peine d'essayer de l'empêcher d'entrer, c'est lui qui a fait les travaux : les fenêtres, toutes de récup, n'ont pas de verrou.

Regarder les Red Sox à la télé, pour nous, c'est aussi une manière de faire front, de s'approcher en rasant le sol des chariots bâchés disposés en cercle. Travis revenant sans cesse, il faut résister. Mais notre véritable souci, certes tacite, à mon frère et à moi, c'est d'entourer ma mère, et de veiller sur elle. Inexorablement, elle s'éloigne de nous, c'est clair, se détache de la réalité. Mon frère est le premier à le comprendre, je crois, ou peut-être que je l'ai compris mais que je refuse de l'admettre. Pelotonnés contre elle, dans sa chambre, nous observons, captivés, ces hommes qui marchent résolument sur la base pour défaire nos héros du moment : Bill « Spaceman » Lee — partisan d'une réforme de la législation sur la marijuana, a pris position contre l'intervention au Vietnam —, Luis Tiant, l'émigré cubain obèse, affligé des tics et mimiques les plus incroyables. Avant de frapper, son pivot dure parfois si longtemps qu'il est impossible de retenir sa respiration pendant qu'il scrute le terrain. Il avance en se dandinant, plonge, fait volte-face, trébuche en pestant, et lance des menaces avant de marquer un temps d'arrêt ; selon l'observation d'un commentateur, on dirait qu'il essaie d'envoyer valser sa chaussure gauche. Quelque chose dans son allure, dans cette gesticulation maladroite qui néanmoins produit tant de lancers parfaits, nous donne bon espoir. À le regarder, rien n'a l'air simple.

J'ai quinze ans, l'âge auquel la plupart des jeunes se détachent de leurs parents pour passer plus de temps avec leurs amis, et élaborent un langage codé qu'eux seuls comprennent. À la maison aussi, on a notre langage, ma mère, mon frère et moi, pour parler de Fred Lynn et de Bernie Carbo à table, autour d'un couscous, d'un curry, nos dernières découvertes culinaires. Nous connaissons les forces et les faiblesses de chaque joueur, leur dernière performance contre les Athletics, les joueurs à surveiller : l'as de la batte, celui qui a rattrapé comme un chef cette fois-là. Ayant très tôt appris l'autonomie, je me suis fait à manger dès que j'ai pu atteindre la cuisinière, je n'ai jamais été boursier, et je me suis trouvé depuis toujours livré à moi-même, pour le meilleur et surtout pour le pire. Ma mère nous a clairement fait comprendre qu'elle ne sera pas toujours là : *S'il m'arrive quelque chose…* est une phrase qu'on entend souvent. Observer son visage un peu trop longtemps est une expérience terrifiante. Mais faire converger nos regards sur le poste, dans la chaleur d'un samedi après-midi, assurés par quelques coups d'œil sporadiques que la vie continue dehors, avec ou sans nous, nous sentir inclus dans un plus vaste ensemble, dont on parle tous les jours dans les journaux, qui déchaîne les passions, captive et ravit — c'est Tiant au lancer samedi prochain : n'est-ce pas assez, en soi, pour continuer, voir comment ça tourne, et ce qu'il va leur mettre, à ces salauds ?

Alors l'improbable arrive : les Red Sox se mettent à gagner tout le temps. Avec Carlton Fisk à la batte, toute la côte Est retient sa respiration. « Bouffi », dont le corps volumineux accompagne le mouvement de la batte, peut sans problème faire sortir la balle du terrain, ce ne serait pas la première fois, il en est capable. On ne respire plus.

Ils finissent par nous briser le cœur, mais après avoir résisté presque jusqu'à Thanksgiving. Vautré dans la chambre de ma mère calée contre des oreillers, je suis allongé sur le ventre à côté d'elle, et mon frère dans le transat. C'est du passé maintenant, l'histoire du sixième match du tournoi contre les Reds, le boulet lancé par Bouffi in extremis, à la toute fin de la douzième manche, qui reste suspendu une éternité à la limite du hors-champ, Bouffi qui s'arrête à mi-chemin avant la première base, saute en faisant tournoyer ses bras sur la droite pour l'empêcher de sortir. J'ai un souvenir précis de ses mouvements, une série de petits bonds de lapin, sur la pointe des pieds, tandis qu'il repousse l'air de ses deux grosses mains, comme un Zeus désemparé, imité par tous les spectateurs, dans le stade ou devant la télé, qui crient *Vas-y !* tellement c'est important de le gagner, ce match, pour passer au suivant.

syndrome de stockholm

(1976) Mon père prétend qu'il n'a pas compris, pour les caméras, ne s'est pas rendu compte qu'on le filme à chaque guichet, sous tous les angles, et qu'on finit par le connaître : sa taille, la couleur de ses yeux, ses vêtements. En plus, il a donné son nom : ce n'est plus qu'une question de temps. Sur une nationale déserte perdue à la sortie de Miami, alors qu'il essaie de remonter au nord en stop pour un autre coup, un jeune policier l'arrête. Il lui demande ses papiers, les fait vérifier par radio, revient l'arme au poing. *Mains derrière le dos*, lance-t-il, et une fois de plus, mon père sent le temps se refermer sur lui : mains derrière le dos, tout est derrière. Avant, c'est le possible, le hasard, sans limites, l'instant qui précède la morsure des menottes dans le temps qui lui est imparti. L'officier peut se montrer moins brutal à présent, le prendre gentiment par le bras, le faire monter dans le véhicule de patrouille, un *Suivez-moi* qui n'a que la forme d'une requête. De là, il passe dans une cellule, la grille se ferme, le cycle est complet. Mon père désormais n'appartient plus qu'au monde du temps, celui de l'incarcération, et non celui de la liberté

Des années plus tard, il raconte : *Mon nom est apparu sur l'écran de l'ordinateur — je savais même pas que ça existait, et le flic revient, tremblant comme une feuille, trempé de sueur. « Vous voulez bien mettre les mains derrière le dos, s'il vous plaît », qu'il chouine. Il a même fallu que je le calme, tellement ça l'a ébranlé de me capturer.* De nouveau sans le sou quand on l'arrête, mais satisfait d'avoir obtenu la vedette sur un avis de recherche, d'avoir forcé ma mère à affronter une fois encore le visage à gros grains, qui la regarde de haut, en souriant. Dommage qu'il ne fasse pas la une des journaux. Comme Patty.

Au procès de Patty, les diagnostics divergent. Selon l'hypothèse du syndrome de Stockholm. « Bien que tout, dans son comportement, soit simulation, le sujet, a posteriori convaincu de sa sincérité, pense sa réaction guidée par l'instinct de survie. En l'absence de toute maladie ou désordre mental, c'est là le geste d'une jeune femme intelligente et cultivée, au tempérament rebelle et extrêmement indépendant. N'étant pas en pleine possession de ses moyens, elle a pris part à l'attaque de la banque à la suite d'une crise dans sa relation avec son compagnon, et poussée par son hostilité latente envers ses parents et les conventions sociales… »

L'Armée Symbionaise de Libération, qui prétendait dépendre d'un mouvement révolutionnaire international, se révèle ne compter qu'une poignée de radicaux, désormais emprisonnés ou morts. Ma mère attend que mon père soit condamné pour me dire ce qu'il a fait.

Ton père est en prison.

Ah oui ?

Trafic de valeurs volées.

Hmmm.

Trafic de valeurs volées : j'imagine un trente-cinq tonnes, mais « valeurs » ne suscite aucune image en moi. Je ne demande pas de détails. D'une façon générale, je ne manifeste aucun intérêt pour mon père, pour la principale raison que le simple fait de prononcer son nom semble faire souffrir ma mère.

enquête

Une enquête est menée au lycée sur la consommation de drogue et d'alcool :

Est-ce que vous buvez :
a) pour accompagner les autres.
b) par goût.
c) aux repas.
d) pour vous soûler.

Je réponds *d)*, sans hésitation : je bois pour me soûler. J'aime ça, et je ne suis vraiment moi-même que quand je ne suis plus tout à fait moi-même. À dix-sept ans, il m'arrive de boire avec ma mère, qui parfois me montre le proverbe inscrit sur un bout de papier rangé dans son porte-monnaie — « Il faut se méfier des non-buveurs ». Ils cachent quelque chose, un terrible secret qui risque de leur échapper s'ils se soûlent. En buvant ensemble, nous apportons la preuve que nous n'avons rien à cacher.

Une fois qu'on a le permis, avec mes amis, on prend les voitures de nos parents tous les soirs pour aller boire dans une carrière de sable désaffectée. On l'appelle « La Carrière », un pan de désert jadis exploité par la Concrete Pipe Corporation, aujourd'hui lunaire et apocalyptique, surtout après un pack de six. Désormais, le rituel du lundi matin à Scituate consiste à découvrir qui s'est flanqué dans le décor pendant le week-end, quel arbre il a emplâtré, de quel ponton il est tombé. Lors d'une virée, un voyou du coin me passe des menottes et m'attache à la portière de la voiture de ma mère ; il tire les clés de ma poche, menace de me faire faire un petit tour, puis renonce, se retire dans l'ombre. Mes amis s'approchent, examinent les menottes, haussent les épaules et lentement retournent au centre d'attraction de la soirée, une souche en feu, imbibée d'essence.

L'un de ces amis a appris à conduire un jour où il a dû ramasser dans l'allée son père inconscient, le charger en voiture et le conduire au service de désintoxication. Une longue allée circulaire, menant à leur maison, une des résidences Lawson, alors dans un état de décrépitude avancé. En descendant du bus de ramassage scolaire, il a vu son père gisant face contre terre. *J'abandonne,* déclare sa mère, qui lui tend les clés de voiture avec l'adresse. Il n'a pas l'âge de conduire, mais il apprend vite. Aujourd'hui, il raconte l'histoire comme si on lui avait demandé de râteler les feuilles.

semi-désert

Les prisons sont les quasi-déserts de l'espace-temps, bien que les jours, comme ailleurs, aient leur rythme. Lever du soleil, rêves en cascade peu à peu chassés, une sonnerie retentit, battements de paupières, la lueur au-dehors s'intensifie, dedans le jour se fait soudain. Pleins feux sur la taule. Barreaux, murs, fers, jusqu'à l'ampoule suspendue dans sa petite cage : tout est inondé de temps.

En théorie, on ne meurt pas en prison, à moins d'avoir été condamné à mort, sur ce point, la loi ne laisse aucun doute. On est maintenu en vie, mais privé de sa liberté, tel est le châtiment. Un hôpital de prison est encore plus sûr, dont la fonction est de garder les gens en vie. Mon père a des problèmes aux jambes, une phlébite, sa sœur en est morte, et parce que Nixon aussi en souffre, tout le monde en a entendu parler. On le transfère d'un hôpital de prison à l'autre, avec les junkies, les givrés, les phase terminale, séparé de la masse des prisonniers. Pour accentuer encore la distinction, il se présente comme Juif. Il prétend que pendant la guerre, sa mère s'est convertie au *catholicisme bon teint*, pour dissimuler ses origines juives. Les Juifs étant très peu nombreux dans le système carcéral fédéral, il pense avoir tout intérêt à se faire passer pour tel, membre d'une minorité, à l'écart des hordes de prisonniers irlandais ou noirs. Dix ans enfant de chœur, il reconnaît ses origines russes et irlandaises, et pourtant il reste quelque chose du Juif en lui, dit-il, ne serait-ce que pour justifier qu'il se sent différent des autres. Il devient secrétaire de l'Association juive des prisonniers fédéraux, et publie des vers de mirliton dans son bulletin d'information.

Mais il s'agit maintenant de jouer serré. Son avocat a plaidé la déficience mentale au procès, suite à sa chute d'échelle : il n'était pas dans son état normal quand il s'est présenté dans ces banques. Ce qui a joué en sa faveur au moment du verdict, le juge s'étant montré indulgent, peut lui nuire dans l'attente du diagnostic. Il faut prouver maintenant qu'il a recouvré toute lucidité. On lui annonce dans l'un des hôpitaux qu'il faut lui amputer les jambes, mais il refuse l'intervention. *Des bouchers,* déclare-t-il. *J'aurais ressemblé à Toulouse-Lautrec, raccourci juste en dessous du genou.* Même en prison, l'accord du patient est nécessaire, sauf si on l'estime irresponsable, ce qui n'est pas exclu, loin s'en faut : qu'un médecin examine son dossier médical, le verdict tombe et il se réveille sanglé à son lit. C'est comme ça, en prison. Mais il a de la chance ; transféré du Missouri dans le Kentucky, du Connecticut dans l'Ohio, il purge sa peine à l'hôpital, et garde ses jambes.

article 35

En deux ans passés derrière les barreaux, mon père prétend qu'on l'a transféré vingt fois, de prison en hôpital fédéral, dans quatorze États différents. Il cite souvent ces chiffres pour prouver qu'il est victime d'un traitement « d'une exceptionnelle cruauté », ce sont les mots qu'il utilise dans sa lettre au juge qui l'a condamné. W. Arthur Garrity, célèbre à l'époque pour son rôle de coordinateur de la déségrégation scolaire à Boston, reçoit une volée de lettres en l'espace de deux mois, jusqu'à deux par jour, sollicitant pour l'essentiel sa prise en compte de l'« Article 35 », qui soi-disant devrait le contraindre à réduire la peine de mon père. S'y trouve également illustrée, à l'aide d'exemples précis, la cruauté exceptionnelle dont il est victime. Dans une prison, on lui fait manœuvrer un ascenseur, sans salaire, alors qu'il a l'épaule, la main droite et les deux jambes « complètement bousillées ». Le juge reçoit d'ailleurs un rapport médical où figure la liste de ces handicaps, sans cachet de médecin ni d'hôpital, tapé à la machine à écrire, et usant d'un jargon médical peu commun. « Sur les deux jambes : phlébite létale généralisée. » « Phlébite létale » est l'expression qu'il emploie à propos de ses jambes, pour bien faire comprendre qu'il peut tomber mort à tout instant. La prison fédérale, en ses termes, est successivement « une gigantesque chambre de la mort », « une farce fédérale », « un zoo ». Il se montre fermement résolu à intenter « un procès complet, en bonne et due forme », contre au moins deux des prisons, dès qu'on le relâchera. Il réitère sa déclaration : il avait « le choix, d'encaisser les chèques ou pas », mais n'a « pas fait le bon ». Dans son plaidoyer, il invoque sa perte de mémoire, les pressions exercées sur lui, les sévices — Doyle lui casse les doigts en guise d'avertissement. Il mentionne des promesses non tenues par les procureurs fédéraux, et jure bien qu'il ne commettra jamais plus pareille bêtise. Il signe, en alternance, « Votre dévoué », « Avec tout mon respect, et ma profonde considération pour la vérité », « En vous remerciant vivement de votre attention », « Avec mon plus profond respect, votre Honneur », ou, tout simplement, « Je veux que l'on me traite en être humain ».

Cher monsieur le Juge, 13 août 1977

Non seulement l'incarcération dans cet établissement prive un homme d'une partie de sa vie ; cela le prive de ses talents, de sa capacité à vivre dans une société policée et, plus important que tout, de sa dignité intrinsèque.

Les conditions de vie dans cette Prison locale favorisent la dégénérescence plus que le retour au droit chemin.

Il est évident que mon incarcération dans cet établissement viole mes droits constitutionnels. <u>Aucun</u> traitement médical n'est dispensé. Rien de rien. Or je suis atteint de phlébite létale. Les conditions sanitaires sont infâmes. On n'offre pas même aux détenus les moyens dont disposaient les hommes des cavernes pour assurer leur hygiène. Ma cellule ne comporte ni toilettes, ni évier, ni eau, seulement un autre détenu qui affiche son homosexualité.

C'est la dignité intrinsèque de tout homme que l'on bafoue ici, au moment même où l'on célèbre le deux cent unième anniversaire de notre nation. Ce que j'ai tous les jours sous les yeux, dont je fais part à Little, Brown & Co. dans mes écrits, reflète avec exactitude mon sens du Blues Anniversaire de l'Amérique.

Votre dévoué Jonathan R. Flynn,
#23361-175

Dans les films, les détenus se déplacent avec lenteur et précaution, comme accablés. On échange des propos à voix basse, un plan d'évasion, un tunnel creusé dans un mur à la petite cuillère. Les matons tapotent nerveusement leurs matraques électrifiées. Je reçois à seize ans la toute première lettre de mon père, incarcéré depuis quelques mois : *Dis-moi ce que tu deviens… Je regrette que nous soyons séparés… peut-être… bientôt… à l'avenir… allons-nous rattraper ces années perdues de vie commune.* Après trente lettres, le juge déclare l'Article 35 non recevable en la circonstance, et mon père reste un an de plus en prison.

pieds nus à moto

(1978) La chaussée défile à quelques centimètres de mes pieds nus, dont la plante est devenue calleuse, certes, mais il faut rester vigilant, faire du cent à l'heure à moto, c'est quantitativement autre chose que faire du vélo. Je ne peux pas laisser mes pensées s'arrêter sur ce qui va se passer si mon pied touche le sol à cette vitesse. *Concentre-toi !* dois-je me rappeler à l'ordre, quand mon esprit s'égare dans les joyeux hasards d'une stratosphère de pensées décousues. Il faut bien pourtant parfois mettre pied à terre, aux feux, aux intersections, dans les bouchons. Il faut sans cesse se souvenir de ses pieds, sans que cela devienne une obsession. Laisser l'air qu'on a en tête, dans cette atmosphère de délicieux engourdissement, se changer en bruit de fond, ne pas oublier le danger, sans en être paralysé. Difficile d'atteindre cet équilibre sur une CB350, une machine presque parfaite, aux pistons bien alignés, dont le moteur vrombit entre mes jambes, tandis qu'au sol l'asphalte se déroule comme du papier de verre, et me ramène à mon unique paire de chaussures, oubliée à Quincy. C'est le milieu de l'après-midi, il fait chaud, et deux ou trois joints m'ont

ouvert la perspective suave d'une journée sans fin. Est-ce que c'est vraiment le même soleil, la même route secondaire que j'ai empruntée avec Mary ce matin dans la voiture de sa mère ? Ayant tout juste fini le lycée, sans projet de fac, je ne veux rien de plus que filer sur les routes en moto, les bras de Mary autour de la taille. Mary est ma première copine, *Darkness on the Edge of Town* vient de sortir, et ma petite bande vibre aux accents de Springsteen et de son catholicisme austère. Il doit jouer au Garden cet été et j'ai oublié ma seule paire de chaussures, des tennis déglinguées, au guichet de vente des billets, sur le capot d'un climatiseur datant de Mathusalem. Il y a la queue et le guichet se trouve tout au bout d'un couloir à l'atmosphère étouffante, alors, Mary et moi, on s'assied par terre au frais, en se rapprochant du guichet au rythme de la file. Le sol est cimenté, un agrégat d'éclats de marbre flottant dans un ciel blanc, et j'ai dû sombrer dans un état de semi-conscience. Je glisse sur la mauvaise pente, je deviens l'habitué des abandons : une bielle coulée, et je me gare sur la bande d'arrêt d'urgence, je dévisse la plaque d'immatriculation et je continue à pied ; je suis le genre à ne jamais venir récupérer les affaires au sous-sol, à sortir pieds nus sur le pavé brûlant d'une petite ville, sans aucun souvenir d'avoir eu des chaussures.

J'ai le choix : racheter des tennis ou foncer, en quarante minutes, avant la fermeture du guichet. Il y a bien en moi une conscience du danger à rouler pieds nus, mais pas assez vive pour me faire renoncer à ma seule paire de tennis.

J'ai passé le mois précédent en Europe à faire du stop avec mon ami Doug. Mon père a été relâché pendant mon absence, ma mère se méprend sur l'intention de mon frère, qui a fait allusion à lui, et organise une rencontre. Elle passe prendre mon père au métro à Quincy et les emmène à Peggotty Beach, où ils restent un moment assis côte à côte, père et fils, en regardant la mer pendant que ma mère fume dans la voiture. Mon père parle sans arrêt, ne lui pose aucune question sur lui : mon frère ne voudra plus jamais le voir.

Alors que je quitte le centre-ville et m'apprête à prendre l'autoroute, un flic vient s'arrêter derrière moi à un feu. Ça ne m'a jamais plu d'avoir une bagnole de police juste derrière moi. Ça se finit toujours par une amende, ou pire, à pied, et ma bagnole en fourrière. Deux ou trois fois, il m'est même arrivé de partir au poste sur la banquette arrière, les menottes aux mains. Quand j'ai acheté la moto, je n'avais plus assez pour l'assurer, alors j'ai récupéré une vieille plaque, changé un 2 en 8 avec du vernis à ongles rouge. Une semaine à peine et un flic m'arrête, l'air incrédule, me demande si je me rends compte que ce que j'ai fait relève de la falsification.

Le feu passe au vert, le gyrophare ne me lâche pas, et quand je regarde par-dessus mon épaule, le flic m'indique un parking à côté d'un magasin d'alcool où je me suis souvent arrêté en arrivant en ville ou en la quittant. Je sais quelle attitude adopter : me garer, garder mes lunettes de soleil, les mains sur le guidon, prendre un air contrit mais calme. Le flic prend son temps, me demande mon permis et la carte grise, retourne finalement à son véhicule, intègre les données me concernant dans son ordinateur ou les transmet par téléphone, je me demande bien ce qui lui prend si longtemps dans sa voiture, si ça se trouve il lit un magazine ou nettoie son arme, pendant que je me grille les pieds au soleil. Après une brève éternité, il revient en secouant la tête. *Bon, apparemment, il n'y a rien sur le port de chaussures, mais je vais te donner une amende quand même, pour avoir fait l'imbécile.* J'opine du chef, songeant que j'en suis un, d'imbécile, décide de ne pas raconter l'histoire des tennis, le remercie. *Merci, monsieur.*

Moins d'un mois plus tard, une semaine avant le concert de Springsteen, sur cette même moto, de nuit, je quitte la route — une route sinueuse de campagne — en rentrant du cinéma avec Mary, après avoir partagé une pinte de schnaps à la menthe poivrée et fait l'amour. Mary se casse le poignet (ou pour être exact, je lui casse le poignet), je suis projeté par-dessus le guidon et ma rate éclate. Bondissant sur mes pieds, je fonce voir la moto, quand j'entends gémir Mary, que j'avais, je dois dire, oubliée. Sous le coup d'une décharge d'adrénaline désordonnée, je n'ai pas conscience d'avoir les poumons déjà comprimés par un flux de sang qui ne doit en aucun cas arriver jusque-là.

les faits qui ont fondé l'amérique

La première lettre que m'adresse mon père est écrite à la main sur du papier de prison, mais une fois relâché, l'en-tête apparaît, les enveloppes couleur crème. Sur l'en-tête, on voit un livre ouvert à côté du nom de sa compagnie bidon, Les Faits qui ont Fondé l'Amérique, SA, et sur les pages figurent l'adresse d'un bureau factice, une boîte postale à Beacon Hill, louée au mois — une adresse stylée, qui correspond à l'image qu'il veut donner, celle d'un groupe de réflexion à but non lucratif. Au centre se trouve le nom de la compagnie, avec, sous l'adresse, un numéro de téléphone, non attribué. À droite, sous le livre ouvert, apparaît son nom, avec le titre de « Président ». Président, fondateur, et unique membre, apprendrai-je par la suite. Le livre est transpercé d'une plume, telle une flèche dans un cœur. Dans le coin supérieur gauche, on peut lire une citation de Benjamin Disraeli (1804-1881) : « Prendre conscience de son ignorance constitue une étape majeure dans la marche vers le savoir. » Moi, tout ce que j'y vois, c'est la fondation d'une arnaque à plus grande échelle, qui échoue à prendre son essor, telles ces maisons inachevées, une dalle en béton, un squelette de murs, des bâches en plastique déchiré qui volent au vent. Sur son papier à en-tête, il envoie un mot à la future ex-détenue Patty Hearst, qui lui répond :

> Cher monsieur Flynn, le 10 octobre 1978
>
> Merci d'avoir pris la peine de vous manifester.
>
> L'intérêt dont votre lettre témoigne pour mon sort ainsi que pour le verdict récemment émis par la Cour m'a apporté une aide considérable. Sachez combien j'apprécie votre délicate attention et l'attitude compréhensive qu'elle traduit.
>
> Mes prières vous accompagnent.
>
> Veuillez agréer l'expression de mes meilleurs sentiments,
>
> Patricia Hearst

Mon père m'a envoyé cette lettre une douzaine de fois, chaque exemplaire exactement semblable aux autres, commençant par « Cher monsieur Flynn », aucune ne m'étant vraiment destinée. L'année indiquée est fausse, systématiquement, de plus en plus éloignée dans le temps, tandis que la signature s'efface à force d'être photocopiée, réduite à l'état de copie de copie de copie. À la fin de l'une des lettres, mon père ajoute *Si tu n'es pas capable de reconnaître l'importance d'une lettre de Patty Hearst... tu es fichu.*

instantané

Un vrai gibier de potence : ainsi ma grand-mère décrit-elle mon avenir, en hochant la tête d'un air entendu. À ma deuxième voiture bousillée, ma mère me dit qu'il faut qu'on parle et me demande ce que je compte faire plus tard. J'ai dix-sept ans, je suis clairement sur la mauvaise pente. Après un instant de réflexion, je lui réponds *criminel.* Ses yeux s'emplissent de larmes, j'essaie de m'expliquer, *pas de victimes, des magouilles administratives.* Elle quitte la pièce.

Un an plus tard, le lendemain de mon accident de moto, au matin, ma mère tente de m'étrangler dans la salle de réanimation, en susurrant *Espèce de petit con,* l'électrocardiogramme s'affole, une infirmière vient la faire lâcher prise et sortir. Pour en arriver là, une nuit au bloc opératoire, la moto dans le fossé, un mur de pierre évité de justesse ; des voitures s'arrêtent, aide refusée, aucun problème, l'adrénaline agit encore, mais non, Mary, t'as pas le poignet cassé ; enfin conduits à l'hôpital, pour qu'on l'examine ; coup de fil à ma mère, tout va bien, un accident mineur, non, pas besoin de venir ; je ne raccroche pas, sur la table de la salle d'attente, la pile de magazines s'écroule, je m'allonge, terrassé, juste un moment ; aussitôt debout, une vague conscience qu'il y a un problème, je vois triple, à ce stade ; descente dans le hall en titubant, mots balbutiés à la réception, faut m'examiner, mes yeux virant au jaune. Je chante le générique de Winnie-the-Pooh à Mary qui attend qu'on lui remette le poignet en place, allongés tous deux dans nos lits sur roulettes, séparés par un rideau, encore éméchés par le schnaps, suppliant les infirmières, entre deux éclats de rire, de nous redonner des calmants, tandis que ma rate se vide de son sang, me noie peu à peu de l'intérieur, sans indice apparent. Au réveil, après être passé sur le billard, vision de mon frère qui essaie mollement de retenir ma mère, quand l'infirmière fait irruption ; à moins qu'il ne l'ait encouragée.

Quelques mois avant l'accident de moto, je suis à la maison avec Mary. C'est un soir d'avril, ma mère travaille au bar, ne doit pas rentrer avant une heure du matin, voire deux. Le samedi soir, si ma mère n'est pas là, Mary est dans mon lit. Ce soir-là, on descend boire un whisky à la cuisine, histoire de reprendre notre souffle, et Mary prend un bloc-notes pour écrire quelque chose. Elle y trouve un message de la main de ma mère révélant ses intentions suicidaires, sans date, mais qui fait référence à l'été juste après le départ de Travis, l'été des Red Sox, environ trois ans plus tôt. L'ayant lu, je dis à Mary, je me dis, qu'il date de cette époque, difficile pour nous tous, mais qu'elle s'est remise, que tout va mieux. J'invente cette histoire sur le vif, pour me rassurer. On finit le whisky, j'arrache les pages du bloc et les brûle dans la cour, toutes les quatre, sans jamais en parler à ma mère. Désormais je la surveille de plus près, et quatre mois plus tard (*Cherchez-le, cherchez-le, de crainte que sa fureur incontrôlée ne dissolve une vie qui n'a plus les moyens de se finir*) je fonce dans un mur à moto.

l'ashmont arms

(1978) Le jour de sa sortie de Danbury, la prison où il a fini de purger sa peine, mon père prend aussitôt le bus, pour se rendre, après plusieurs changements, chez Ray et Clare, dans la banlieue de Boston. La première chose qu'il fait, après une abstinence de deux ans, si l'on excepte quelques rasades de « pruno », le tord-boyaux des prisons, c'est se soûler. Le jour même, il les suit à une soirée dans le quartier, la finit en enroulant Ray dans un tapis, debout, acculé dans un coin. C'est bon d'être libre. Il y a des femmes à cette soirée, certaines connues, d'autres non. Le lendemain, l'hôtesse demande à Ray s'il savait que Jonathan vient de sortir de taule. Ray lui assure qu'il n'est pas violent, juste un peu porté sur la boisson. Ray et Clare ont deux enfants, deux filles, âgées à présent de dix-neuf et seize ans. Elles se souviennent de Jonathan avant qu'on le mette au sec, et à vrai dire ne l'apprécient guère. Il louche, il est imprévisible. *Dire qu'il n'était pas net, ce serait un euphémisme,* Ray le reconnaît, *nos femmes ne le supportaient pas, pour elles, c'était l'éponge ambulante qui essaie toujours de se taper leur fille.*

Mais ma foi, c'est un ami, l'ex-taulard, et une fois de plus, il se pointe complètement fauché. Margaret, la cousine de Clare, loue des chambres à Dorchester. Bien qu'elle ait eu neuf enfants, Margaret a un faible pour les hommes rudoyés par la vie, sait s'y prendre avec eux et, qualité plus précieuse encore, comment s'en débarrasser s'ils deviennent difficiles. Ses immeubles, délabrés, s'élèvent sur trois ou quatre niveaux : trois appartements par étage, une plaque chauffante, un lavabo avec eau courante, chaude et froide. Toilettes sur le palier. Parfait pour les types qui atterrissent là, des marginaux, portés sur l'alcool ou alcooliques endurcis, selon que l'on est plus ou moins avancé dans le mois, dans la journée, employés à mi-temps ou vivotant de pensions, de versements en tout genre. Margaret fait ça pour l'argent, mais n'ignore pas qu'elle risque de se faire avoir : la charité chrétienne rejoint les lois du marché. Si l'un des pensionnaires se cuite régulièrement, dérape à toute vitesse sans arriver à reprendre pied, bouclé dans sa chambre 24 heures sur 24, souffrant d'incontinence, elle passe le voir, frappe, promène ses yeux sur l'intérieur de la chambre, lui annonce qu'elle s'absente quelques heures et qu'au retour elle veut qu'il soit rasé et habillé, qu'elle l'emmène se faire désintoxiquer. S'il parvient à rester sobre pendant les vingt-huit jours, elle lui garde sa chambre, mais si elle doit le faire sortir avant, il la perd, pour toujours. Ça marche une fois sur deux. Les plus violents lui disent : *Si tu fous les pieds ici, j'appelle les flics.* En général, un gars de ce genre mijote dans son jus toute la journée, obsédé par l'unique question : comment boire sans être trop ennuyé. Ivre, certes, mais pas fou, il connaît la loi, et l'état d'ivresse, en soi, n'est plus un crime. Avec ce genre de type, elle doit parfois attendre qu'il s'écroule, puis elle emballe ses affaires dans un drap, les flanque dans une autre chambre, récupère les clefs sur le corps inerte, le tire par les chevilles dans le couloir et appelle les flics. *Non, je ne l'ai jamais vu, il a dû entrer en douce pour roupiller*, et ils l'embarquent, toujours en le traînant. Margaret sait comment traiter les ivrognes, en partie parce qu'elle lutte contre ses propres problèmes de boisson depuis des années. Elle sait qu'au-delà d'un certain point ce n'est plus la peine d'essayer de raisonner.

À côté des autres, Jonathan présente plutôt bien. Margaret, qui le connaît pour l'avoir vu aux soirées données chez Ray et Clare depuis des années, lui offre une chambre dans l'immeuble de Beale Street, s'il accepte d'en être le gardien : assurer l'entretien des sanitaires, récupérer les loyers, la prévenir en cas de pannes ou de dégâts. Elle a été superbe, cette maison, jadis, avec son escalier circulaire en acajou, la statue de la Vierge dans une niche entre deux étages, bien que le quartier, dans son ensemble, se soit sérieusement dégradé. De la station de métro Ashmont toute proche, dès cinq heures du matin, s'élèvent les crissements et les cliquetis des rames.

Luther loue une chambre au dernier étage. Pas loin de deux cents kilos, interné régulièrement pour crises psychotiques en tout genre, Luther assure à Margaret qu'il ne s'énerve plus, que quand il sent monter la pression, il arrache les clous dans sa chambre et les plante dans le sol à coups de marteau. En face, c'est Alan, boxeur amateur, bourré comme un coing, qui monte les escaliers en donnant des coups de poing et en esquivant. À l'étage en dessous vit Baxter, un vrai péquenaud, qui boit de la bière bas de gamme et scotche des messages racistes sur sa porte. *À côté, Jonathan a l'air d'un libéral hors pair.* Au début, Jonathan et Baxter s'entendent bien, vident un ou deux godets ensemble le soir, mais rapidement un incident se produit : Jonathan aurait foutu une calotte à Baxter, dont le fils vient lui mettre une raclée. À l'époque, il n'est pas dans une phase d'alcoolisme intense, il remet les loyers, assortis d'une liste soignée des fournitures achetées pour la maison, entretient les sanitaires, veille à ce que l'endroit soit bien tenu. Il est chauffeur de taxi, met de l'argent de côté. Margaret est donc obligée d'expulser Baxter.

Margaret me raconte tout ça des années plus tard, alors que je ne sais presque rien de mon père, et que je m'en fiche, à vrai dire. Souvent, me dit Margaret, on arrive à tenir un bon moment, puis on boit une fois, et c'est fini. Au début, il semble que Jonathan soit capable de boire modérément, mais ça se dégrade en quelques mois. Il cesse de remettre les loyers, ne répond plus au téléphone, évite Margaret. Ayant d'autres soucis, elle laisse filer. Un mois, trois, cinq. Elle culpabilise, elle aurait dû être plus vigilante, *On n'a pas le droit de mettre les gens face à la tentation.* Malgré tout, elle finit par le poursuivre en justice, seul moyen de le faire réagir. Il soumet au magistrat une liste détaillant diverses dépenses, dont deux mille dollars en papier toilette.

Peut-être est-ce à l'Ashmont Arms, comme Jonathan l'appelle, avec Luther qui plante ses clous dans le plancher au-dessus de sa tête, que Jonathan concocte les Faits qui ont Fondé l'Amérique (*l'un de mes chefs-d'œuvre, tout le monde adore !*). La vérité va se faire jour : le monde entier va s'adresser à lui pour savoir enfin. Peut-être une partie des loyers a-t-elle contribué à financer l'en-tête, sa conception, son impression sur papier vélin. Peut-être y a-t-il vraiment une cache, sous une pile dans sa chambre, ou au pied du palmier où il prétend avoir enterré le fruit de ses rapines dans les banques, un butin de faits qu'un jour il pourra rendre au monde, moyennant finances.

treize faits, dans le désordre

Fait : 1866, Alfred Nobel invente la dynamite.

Fait : 1882, Hiram Maxim invente la mitraillette.

Fait : *Chimes,* les annales du lycée de Scituate, font apparaître le nom de mon père à plusieurs reprises dans le volume concernant l'année 1948, en tant que vice-président (trois ans), membre du Key Club, vice-président du Key Club, trésorier du Conseil étudiant, représentant de sa classe à *Chimes,* rédacteur de la rubrique sports de *Chimes,* membre de la chorale, joueur de l'équipe de football (trois ans), acteur dans la pièce montée par les élèves de terminale.

Fait : Mon père semble petit et bien propre sur lui sur les photos de classe, frêle, même, surtout à côté de son meilleur ami, Ron Patterson, le délégué de classe.

Fait : Après le lycée, mon père suit des classes préparatoires, puis un semestre à la fac, à Boston College, où il échoue. Officiellement, il fait encore un semestre, pour continuer à recevoir l'aide financière de son père.

Fait : À ma naissance, mon père passe une annonce dans

la presse locale. « Nicholas Joseph et Edmund Thomas, garçons jumeaux, sont nés mardi… », ce qui est faux, bien sûr. Mon jumeau fantôme porte les prénoms de mes deux grands-pères, Edmund et Thomas, comme pour les narguer, en leur demandant *Vous ne croyiez quand même pas que je donnerais votre nom à mon fils ?*

Fait : Vers la fin des années 60, mon père se remarie et une fille naît de cette union, la demi-sœur que je n'ai rencontrée que cette fois dont j'ai parlé. Il lui donne le nom d'Anastasia, par référence aux Romanov, selon le même raisonnement qui l'a fait me nommer Nicholas. Il arrive à mon père de déclarer qu'il descend, du côté de sa mère, de la tsarine disparue.

Fait : Un certain Igor descend les Romanov. Très peu sont ceux qui le revendiquent pour ancêtre.

Fait : Mon père prétend aussi descendre, en ligne directe, par son père, du « premier roi d'Irlande ».

Fait : Le nom Flynn vient de l'adjectif irlandais *flan*, dont le sens approximatif est « aux joues rouges » ou « rougeaud ». Apparemment, le nom dérive du terme générique qui désigne un homme du commun, un bouseux, tous ceux qui clairement résident en dehors de l'enceinte du château. Plus proche du « Hep, manant ! » que de « mon bon seigneur ».

Fait : 1839, Dostoïevski est le témoin de l'agression de son père par une troupe de paysans déchaînés. Selon certaines versions, ils l'abreuvent de vodka jusqu'à ce qu'il en meure.

Fait : J'assiste à la même scène, mon père s'abreuvant de

vodka, en continu, toute la semaine. Mon rôle est celui du fils, bien que je me sente souvent comme une troupe de paysans déchaînés.

Fait : 1878, Benjamin Disraeli déclare *Vous ne voulez pas m'écouter, mais un jour vous comprendrez*.

port de pêche
(les deux types de fac)

(1979) Dans un brouillard sans fin, attendre que le bateau suivant apparaisse à l'horizon, travail qui en soi n'a rien d'excitant, ennui presque insupportable. Les bateaux peuvent rentrer tard au port, dix heures du soir parfois, nous forçant à travailler jusqu'à deux ou trois heures. En piste dès le matin, on traînasse, on se défonce, on se cache puis, enfin, le capitaine annonce par radio qu'il vient de passer la dernière bouée. Le contremaître du port nous déniche, nous chasse de notre repaire et distribue les tâches : deux dans la cale, de la glace visqueuse jusqu'au genou, transfèrent le poisson à la fourche dans des paniers ; un homme sur le pont, sa main gantée sur le filin, fait glisser le panier par l'écoutille ; sur le quai, un autre manœuvre le treuil, renverse le panier qui déborde sur la table, où deux hommes trient les poissons, mettant de côté les plats ; deux ou trois, enfin, sur les chariots à deux roues, flanquent une caisse sur la balance, laissent les trieurs la remplir de poisson, bourrent la caisse de glace et clouent le couvercle. Le capitaine inscrit le poids sur le couvercle au crayon gras, le copie dans son registre, on lance une

dernière caisse sur le sommet de la pile, qui en compte quatre, quatre cents kilos de poisson en tout, puis on tire la cargaison jusqu'à la chambre froide. J'ai commencé en août, au chariot, un an tout juste après mon accident, et en trois mois je crève d'ennui, surtout à cause de l'attente interminable.

J'ai mis presque toute l'année à me remettre de l'accident. Je passe les semaines suivant mon ablation de la rate devant la télé ou dehors, au soleil, dans un brouillard de marijuana ou de substances chimiques, selon ce que mes amis me fournissent. J'ai beaucoup maigri, je vacille un moment en dessous de la limite des cinquante-cinq kilos. Vers la fin août, alors que mon frère s'apprête à retourner à la fac, j'ai oublié de déposer mon dossier d'inscription. Il prépare la maison pour l'hiver, travaille dans les combles, bricole le poêle. En sortant du garage, il me lâche au passage, sans desserrer les dents : *Tu peux pas t'bouger le cul pour m'aider, non ?*

> Je suis convalescent, je lui rappelle, et arrête de faire chier.
>
> Qu'est-ce que t'as dit ? me menace-t-il.
>
> J'ai dit, complètement bouché.

Avant que j'aie pu me retourner, il me cogne, une poignée de clefs à la main, et m'arrache la peau de la mâchoire jusqu'au milieu du cou. Il tourne les talons tandis que je presse ma main sur la blessure.

Il me faut du travail, c'est vrai, une activité, quelque chose dans ma vie. La plupart de mes amis entrent à la fac, et la ville se vide. Quelques semaines plus tard, je suis embauché dans une entreprise de nettoyage, une franchise avec des camions jaune vif. On me remet un jeu de chemises en polyester bleu ciel avec mon nom brodé sur la poche, et on m'envoie chez des étrangers muni de seaux, de détergents et de chiffons. Incapable de quitter ma ville natale, je veux rester près de Mary, veiller sur ma mère.

Dès que je travaille, ma mère décide de me faire payer un loyer, trois cents dollars par mois, sans la nourriture ni les charges. Phil, l'un des amis avec qui je sortais me soûler à Dreamwold des années plus tôt, rentre de la fac certains week-ends, et on va se défoncer dans des petits ports. C'est l'un de ces soirs que l'on décide de passer l'été prochain sur un bateau. On se dégote un « Troyen » de neuf mètres pour quelques centaines de dollars à peine, une épave qui de l'avis général ne devait plus jamais voir l'eau. Il nous faut trois mois pour le remettre en état, grâce à nos efforts de menuiserie improvisée et, en juin, nous le mettons à l'eau sur la North River. Un an de viande et de bière, et j'ai presque repris les kilos perdus.

Ma mère s'est remise avec un ancien copain, Liam, qui à cette époque travaille au port de pêche de Plymouth. Dix ans plus tôt, quand ils étaient ensemble, je trouvais que Liam ressemblait à Tom Jones, mais il est vrai que tous ses copains me rappelaient des gens de la télé. Maintenant Liam est dans le trafic de drogue. Ce n'est pas difficile de s'en apercevoir. Deux à trois mois d'affilée, il disparaît, pour des « sorties de pêche » en Amérique du Sud. Jamais depuis Moby Dick a-t-on connu sortie de pêche aussi longue. Quand je demande à ma mère s'il est trafiquant de drogue, je sais à sa façon de nier (*Qu'est-ce qui te fait dire ça ?*) que c'est vrai. Cet été, je lui annonce que j'en ai assez du ménage, que je veux travailler avec Liam au port.

Sans l'avouer, je m'imagine grimpant les échelons dans l'« Organisation », sur la filière colombienne. Le calcul est simple. Si j'arrive à partir, je me paie des études supérieures, sinon, ça vaudra toujours mieux que n'importe lequel des boulots de ma mère, dans une banque ou un restau, où je la vois se rendre tous les jours à contrecœur. C'est, à mon sens, la seule issue. De plus, je n'ai rien contre la marijuana. À son corps défendant, ma mère monte l'affaire. Liam m'emmène pour mon premier jour de travail et me présente aux autres. En route vers le port, il me prévient que je vais entendre un tas de conneries, qu'il ne faut pas tout croire, seulement le garder pour moi : c'est très clair.

Tony, le meilleur ami de Liam, est propriétaire des docks, que la Mafia a loués un week-end l'an passé. En pleine nuit, ils déchargent un bateau de marijuana. Tony et Liam font équipe depuis l'école à Winter Hill, un quartier chaud de Somerville. Gamins, ils volent des voitures, puis progressent et passent à l'équipement lourd, motoculteurs, pelleteuses, grues à nacelle, avant de se lancer dans le bâtiment, leurs débuts de petits escrocs. L'achat des docks est la dernière entreprise en date, avec jusque-là pour seule pratique illégale l'importation depuis le Canada d'espadons contaminés au mercure, proscrits aux États-Unis, et qui se vendent au noir à profit raisonnable. Le week-end où ils louent les docks à la Mafia, Tony et Liam les observent depuis leur voiture, et sur-le-champ prennent la décision d'entrer dans le big business. Le Rouquin et Gros-Bras, deux hommes de main qu'ils connaissent depuis Winter Hill, sont avec eux. Fusil au poing (les armes sont toujours dans le coffre : ils pourraient être chasseurs, non ?), ils font voler les portières d'un coup de pied, ensemble, comme dans un western contemporain, vont droit au chef de bande, qui supervise le déchargement depuis sa voiture, et le prennent en otage. Ils le traînent jusqu'à l'entrepôt à poisson, où ils le gardent deux jours, sous la menace de leurs armes, exigeant un million de dollars de rançon, qu'ils obtiennent, aussi surprenant que cela puisse paraître : du jour au lendemain, ils reprennent le trafic de drogue sur la côte Est. Tony est propriétaire des docks, des bateaux, des camions, fournit les chauffeurs, les mécanos, la façade commerciale, et vient de prouver qu'il n'a pas froid aux yeux. La copine de Liam (ma mère) travaille dans une banque, ce qui facilite les flux quotidiens de milliers de dollars. Le « blanchiment », c'est comme ça qu'on dit.

En un an, les caisses de la bande débordent. Liam a conduit avec succès deux expéditions, d'autres sont prévues. Ils laissent tomber leurs activités plus légales pour se concentrer sur le trafic. Charismatique et généreux, Tony a quelques flics et un juge dans sa poche, ce qui lui permet, grâce à son charme, d'éviter l'arrestation durant les quelques années qui suivent. Je débute au déchargement des poissons, sous le regard vigilant de la brigade des stups, qui campe sur les toits alentour et filme nonstop.

Dex dirige les opérations, dort dans sa voiture, garée en permanence à la même place, en face du port, audessus de la jetée. Il se pique, et il décolle. Il n'y a plus d'activité industrielle sur les docks abandonnés, situés non loin du point où débarquèrent jadis les Pères fondateurs. Loin d'être bête, Dex a suivi quelques semestres à la fac — la vraie, pas celle où tout le monde se fait boucler un jour ou l'autre. Il doit avoir dans les trente-cinq ans mais semble très vieux, avec ses dents de junkie, de plus en plus clairsemées, sans que ça le préoccupe. Il dort dans les vêtements qu'il porte pour décharger les bateaux, crépis d'écailles, tout visqueux de mucus, et il dort beaucoup. On pue tous le poisson, mais Dex a renoncé à simuler même le moindre effort de propreté. Dans l'attente d'un bateau se profilant à l'horizon, on cloue les caisses ensemble — « tonneler », dit-on, et pendant ces quelques heures, nous sommes les « tonneliers ». L'automne s'étire et dure, les bateaux se font rares, nous tonnelons de plus belle. À la fin octobre, des centaines de caisses sont empilées en colonnes plus hautes qu'un homme. J'emploie mon temps à construire des labyrinthes élaborés avec les piles de caisses, ménageant des passages secrets qui conduisent à une pièce centrale où je disparais pour fumer, lire ou dormir. L'essentiel de mon travail consiste à apprendre à me cacher, à paraître très occupé, à tuer le temps. En ce sens, c'est le prolongement de douze ans passés dans le système éducatif. Se cacher : c'est toujours l'essentiel, dirait-on.

Tout ça ne mène nulle part, et pas très vite avec ça. La monotonie de cette vie passée à planer en ayant l'air d'être occupé est pire que le ménage, je décide donc de démissionner, mais Keith, l'électricien, ne m'en laisse pas le loisir. Surnommé « Prof », Keith connaît ma mère, me demande toujours de ses nouvelles. Il m'invite à déjeuner et me propose de me prendre comme apprenti. Officiellement, Keith s'occupe de l'électricité sur les bateaux et dans l'entrepôt à poisson, et les apparences le confirment quand, ses outils à la ceinture, il bricole des boîtes d'où jaillissent des méduses de fils multicolores ; haut placé dans l'Organisation, il entretient les radios assurant la communication avec les bateaux qui ne sortent pas pêcher, le genre de bateaux sur lesquels Liam embarque. Il nomme la radio le « Vaisseau-Mère ». Travailler pour Keith, c'est une promotion. En surface, j'apprends un métier, ce dont j'ai grand besoin, en même temps que l'on m'introduit dans les hautes sphères, où se font les gros coups, les grosses sommes. Ça, c'est un plan qui me convient, avec l'électricité pour couverture.

L'un de mes premiers boulots me retient une semaine dans le parc à camions de Tony, derrière le bâtiment, à brûler des documents dans un bidon d'acier. Une fois par jour, Keith vient vérifier que même la cendre disparaît, disséminée. Je sais que je suis filmé, Keith m'indique l'employé des Télécom harnaché au poteau juste en face du parc et lui fait un signe de main. Mais personne ne m'approche, et en trois jours tous les documents sont réduits en poussière. C'est un genre de test, pour voir comment je me comporte face à l'idée d'illégalité avant de me frotter à la chose elle-même. Puis je reviens travailler au port, où je révise le système électrique sur les bateaux ; le poisson n'a plus rien à faire dans l'histoire, il s'agit simplement d'améliorer le confort en vue de plus longs trajets. Les cargaisons de poisson continuent d'arriver, sont déchargées, les filets prélevés, emballés pour l'expédition. Mais tout le monde sait que l'argent ne vient pas de là. Après le week-end de la prise d'otage et de son coup de force, Tony n'utilisera plus les docks, plus pour la drogue. Désormais, on décharge les cargaisons à Portland, dans le Maine, un port en fin de carrière, effacé de la carte. Red et Gros-Bras ramènent la marijuana du Maine en trente-cinq tonnes. Parfois, quand c'est la saison, ils la glissent dans un chargement de sapins de Noël. Mais j'ignore ces détails à l'époque. Comme le FBI et la brigade des stups, je sais seulement qu'il se passe des choses.

Parfois, Keith m'installe à la pose de néons dans l'atelier de découpe du poisson, et ne réapparaît pas de la journée. Il attend de moi que je pose un tube par jour, et encore, du moment que j'ai l'air de travailler. D'autres ont un vrai travail, les conducteurs, les employés à la découpe, et mon statut d'éternel apprenti n'est pas sans susciter des rancœurs. Un matin, Joey, qui vient de sortir de prison après avoir purgé dix ans pour avoir descendu l'amant de sa femme, s'amène avec une pelletée de glace alors que, debout sur une échelle, j'examine une boîte pleine de fils électriques. Keith tient à ce que je travaille sans couper le courant, maintient que je ne peux pas être électricien si j'ai peur du courant. Je ne compte plus les fois où j'ai pris des décharges, des averses d'étincelles, vu des tournevis me fondre dans la main. Joey me regarde en souriant, verse la glace dans la boîte à outils de Keith, puis reste là debout, la pelle sur l'épaule. Je le regarde, regarde la glace, hausse les épaules. Je passerai la matinée à faire sécher les outils.

Quiconque travaille pour Tony est grillé, d'une façon ou d'une autre. Il ne se passe guère une semaine sans que la presse locale avance que c'est un magnat de la drogue, et mieux vaut ne pas crier sur les toits qu'on est employé chez lui. Mais j'apprends un métier et il paie comptant. Ma mère et moi sommes plus proches que jamais. Chacun de nous travaille pour des gangsters, ce qui reste tacite mais qui nous unit. Nous avons tous deux l'espoir que l'argent va nous transformer.

Keith m'envoie parfois chez lui, chercher, dans une boîte à chaussures rangée dans le placard de la chambre, cinq mille dollars que je lui apporte sur un parking. Je commence à comprendre que c'est l'une de ses principales occupations : aller de banque en banque, y déposer du liquide, le blanchir. J'imagine qu'on me sollicitera bientôt pour des courses qu'on ne peut faire qu'à moto (j'en ai acheté une plus puissante après l'accident, dû, selon moi, à la légèreté de mon engin), des boulots où il faut aller vite, filer au ras du sol. La filière colombienne.

En janvier, deux mois avant la reprise des cours, je reçois une lettre de l'Université du Massachusetts, qui m'annonce mon admission, tous frais payés, je n'ai plus qu'à signer. Je ne me souviens même pas d'avoir déposé de dossier, peut-être pendant ma dernière année de lycée, au moment des tests de niveau, une pleine cafétéria de lycéens sollicitant l'inscription à l'Université publique, comme à un mariage Moon. Il se trouve que, malgré ma vie de débauché, mes notes me placent parmi les dix pour cent des plus brillants éléments de ma classe, à une époque où l'accès à l'enseignement supérieur est encore considéré comme un droit. La décision est un déchirement : il me faudrait laisser ma mère seule, renoncer à ma place dans l'Organisation. Le charpentier, qui vient de quitter sa femme et ses deux enfants pour vivre sous la tente dans le parc municipal, et vider en paix un plein seau de bière à la lumière d'une lampe à pétrole, me fait les gros yeux quand je lui annonce mon intention de ne pas y aller. *Fais pas le con ; t'as toute la vie pour bosser.*

Deux semaines plus tard, avide de savoir, après deux ans d'abrutissement, je me retrouve assis dans une salle de classe, à me torturer les méninges à propos du *Roi Lear*. *Qui donc pourra me dire qui je suis ? Est-ce ainsi que Lear marche ?* Je ne lâche pas mon boulot avec Keith, puisque je rentre chez moi un week-end sur deux et aux vacances. Pour une place sur un bateau, j'abandonnerais la fac aussi sec.

love saves the day

(1981) Emily, le visage frais, sans soutien-gorge : après un an passé avec les gangsters, j'ai l'impression à côté d'elle d'avoir cent ans. Lors de mon premier atelier d'écriture, je veille à m'asseoir tout près d'elle. Le récit d'Emily, l'histoire d'un dealer de coke qui perd pied et périt à la Jack London, dans une tourmente de neige, est bien meilleur que tous mes textes, que tous ceux de la classe. On engage la conversation et on décide d'aller ensemble à une soirée Halloween. Le soir dit, je me présente à sa résidence avec Doug, l'ami avec qui je suis allé en Europe et que j'ai fini par suivre à Amherst. Dans mon aube d'enfant de chœur, les yeux barbouillés de maquillage, je fais une piètre goule. Doug, un bout de lampadaire en plastique en guise de casque, drapé dans un rideau de douche, offre un exemple lamentable de costume improvisé. Emily n'a pas fini de se changer en lutin sylvestre. Je roule un joint, on le fait tourner. On boit de la bière, on bavarde de choses et d'autres. Une fois pétillante et mutine à souhait, elle sort un sac plein de poudre blanche, demande si on veut « sniffer ». Le sac renferme dix à vingt grammes de cocaïne, facile, et Doug

et moi échangeons un regard, nous qui, de notre carrière, n'en avons jamais vu plus d'un gramme à la fois. Elle a dix-huit ans, sort avec son patron de vingt-neuf, dealer de coke et propriétaire d'un magasin de hi-fi à Provincetown. Pas avare de sa marchandise, comme la plupart des hétéros de sa génération à Provincetown, surtout avec des adolescentes. Je fais sa connaissance quelques mois plus tard, il me prend à part, me dit de bien la traiter, me tend un sachet plein de Mandrax, avec autant de naturel que si c'étaient des clés de voiture. Doug et moi, on penche plutôt pour la méthamphétamine, qui coûte moins cher et dure plus longtemps, même si ses effets imprévisibles font froid dans le dos. Mais on ne dit pas non. On se prend une ou deux lignes, histoire de se défaire une santé. Puis, en l'honneur d'Emily, je détache la moitié de mon buvard d'acide, *Love Saves the Day*. C'est mon deuxième trip, peut-être le troisième, et le premier d'Emily, qui tremble d'excitation, ce qui se comprend. Je ne dors pas de la nuit, et je la découvre touchant son reflet dans le miroir des toilettes de l'étage, sous l'éclairage cru, et qui demande à voix haute si elle va redevenir comme avant. Je l'embrasse pour la première fois, et je lui chuchote *Non*.

C'est par Sam qu'on a eu l'acide. Sam vit dans une vieille caravane, un modèle ancien aux angles arrondis, évier minuscule, table pliante. En échange de deux ou trois cents dollars, il la stationne sur les terres d'un agriculteur pour l'hiver. Sans chauffage ni électricité, c'est essentiellement un lit posé dans un champ, entouré de carcasses mortes. Je ne lui demande jamais où il fait ses besoins. Cet hiver-là, on finit tous sur le campus, dans la piaule de Doug, censé y loger seul, hormis un colocataire fantôme qui ne s'est jamais présenté ; on y reste tant que dure le froid. J'ai oublié de m'inscrire à la cité-U, et après un mois à dormir dans ma voiture Doug me propose le lit vacant. De temps en temps, Sam passe prendre une douche, laissant sur place sa brosse à dents et une tenue de rechange. Le temps vire au froid. Il se met à sortir avec une adolescente, vraisemblablement en fugue. Un soir, il paraît vraiment insensé de les renvoyer à leur caravane à vélo sous la neige. Ils se pelotonnent derrière nos bureaux, où ils vont passer les nuits quelques mois durant, jusqu'à ce que la fille rentre chez elle.

Quand Sam ne dort pas par terre dans notre chambre, il enfile une combinaison avec un motif de squelette et se plante à côté des poubelles du réfectoire, un poster scotché au mur derrière lui donnant les statistiques sur la faim dans le monde, et le nombre d'enfants morts dans la journée. En silence, il plonge la main dans les poubelles, en retire la nourriture que d'autres jettent, la mange avec ses doigts, sur place, dans sa tenue de squelette.

Emily et moi restons ensemble six mois, jusqu'à ce que chacun rentre dans sa ville d'origine, à la fin de l'année scolaire. Cet été-là, je vis sur le bateau avec Phil, et je travaille pour les gangsters. Un jour, après quelques semaines d'« absence », Phil fait aligner sous sa véranda tous les marginaux du coin qui travaillent pour lui. Une liasse de billets de cent à la main, il demande à chacun ce qu'il lui doit. Ces derniers mois, j'installe l'éclairage autour de sa nouvelle piscine. Quand c'est mon tour, j'annonce *Huit cents*, ce qui me semble raisonnable. Tony secoue la tête en riant, regarde le charpentier en roulant de gros yeux : *Huit cents ?* Il tend le bras, me pince la joue, m'administre une petite tape, riant toujours : *Huit cents putain de dollars ?* Le charpentier hausse les épaules. *Il a rien dans la tronche, ce môme. Je vais le buter*, marmonne-t-il, en tirant huit billets du dessus de la liasse.

À la reprise des cours en novembre, Emily sort avec un autre, et on se retrouve tous chez elle un soir pour une fête. Elle raconte l'histoire d'un ami de sa famille, un excentrique qui vient les voir à Noël et pour Thanksgiving. J'écoute à moitié, suivant une autre conversation. Emily, d'ordinaire plutôt discrète, s'anime en racontant. Le type aborde une femme dans un bar, commence à la baratiner. Au bout d'un moment, elle l'interrompt : *Je suis sûre que tu ne sais même pas qui je suis.* Lui se dit qu'elle doit être célèbre, répond : *Je devrais ?* Elle conclut : *Un peu, mon neveu, tu m'as épousée.*

L'histoire sonne faux, semble montée de toutes pièces, et la chute — le type tellement largué qu'il essaie de draguer sa femme — ne tient pas debout. Emily raconte cette histoire en partie pour nous mettre en garde contre le sort qui nous attend, nous autres aspirants écrivains — l'homme en question se dit poète. Quand Emily prononce son nom, je tends l'oreille. Quand elle dit que c'est un écrivain raté, j'avale une autre gorgée de bière. Cet ami original a raconté l'histoire de sa rencontre avec son ex-femme au dîner chez les parents d'Emily. Ça a fait rire toute la famille, qui trouve divertissante l'attitude scandaleuse de cet ami. L'un de ses grands numéros en société consiste à lire à voix haute les lettres d'amour qu'il a reçues. Les parents d'Emily se souviennent de sa jeune femme, demandent de ses nouvelles, mais à part cette rencontre fortuite il ne sait rien. J'observe le visage d'Emily tandis qu'elle raconte qu'il boit trop, a fait de la prison, a perdu la mémoire après être tombé d'une échelle. Il prétend avoir écrit un roman, que nul n'a jamais vu. Intitulé *L'homme au bouton.*

On passe à d'autres histoires, dont je ne perçois plus qu'une rumeur. Je me laisse aller dans mon fauteuil, regarde chaque visage tour à tour, en essayant de reconstituer les faits. Je suis sorti avec Emily il y a un peu plus d'un an, ça a duré quelque temps, et nous sommes restés proches. Et voilà que mon père, à qui je ne pense presque jamais, sauf quand je reçois l'une de ses rares lettres, se révèle être un proche de sa famille. Ses parents, je l'apprendrai plus tard, sont Ray et Clare, dont je n'ai jamais entendu le nom, bien qu'eux se souviennent de moi. Au bout de quelques minutes, je tapote Emily sur l'épaule. *Le type de ton histoire, c'est mon père.* Je suis connu pour ne pas toujours dire la vérité, mais elle me dévisage d'un air horrifié. *C'est pas une blague*, lui dis-je.

un ami de la famille

Personne ne risque de remarquer Jonathan qui erre à l'étage tandis qu'en bas, la traditionnelle fête du 31 décembre chez Ray et Clare bat son plein. Peut-être cherche-t-il des toilettes libres, ou un peu d'air, ou simplement un endroit où s'éclaircir les idées. Depuis le début de la soirée, il essaie de boire un verre d'eau entre deux verres d'alcool, pour ralentir la cadence. Debout devant le lavabo, il observe ses yeux dans la glace. Combien de temps arrive-t-il à garder le regard fixe ? Est-ce qu'il a l'air aussi bourré qu'il se sent l'être ? Ce soir, le miroir est sans pitié, qui lui montre un visage ravagé. Mais comme d'habitude, ses joues ont pris la teinte rosée qui lui donne l'air rebelle, avec ses quelques mèches folles. *Une fête ? Bon sang, faut y aller !* En bas, il entend les filles qui chantent, des anges qui l'appellent. Il se réveille, la joue meurtrie contre le carrelage. *J'me suis endormi, sûrement.* En bas, la fête touche à sa fin. Il avance dans la maison, sait où se trouve la chambre des filles. Il veut juste passer les border, leur dire qu'il a adoré leur chanson, mais son cœur fait trop de bruit.

Jonathan vit avec Ray et Clare depuis des années, par intermittence. Il arrive à l'improviste, ayant fait les quarante-cinq minutes de route de Boston à Ipswich dans son taxi. Ray l'accueille toujours bien, s'attend à de bonnes bringues. Jonathan se montre généreux quand il est en fonds, surtout sur l'alcool. Il apporte souvent deux ou trois bouteilles, qu'il dépose sur la table d'un geste théâtral, et c'est la tournée générale. Je tiens tout cela d'Emily. Au fil des ans, il arrive de plus en plus souvent fauché. Ses affaires s'empilent dans leur cave, ou dans des cartons chez d'autres amis. Comme ça, il voyage léger, et trouve sur place des vêtements propres, un rasoir, une brosse à dents, un livre pour remplacer celui qu'il vient d'achever. À Ipswich, il laisse un costume au pressing, qui lui sert de dépôt. Il confie celui qu'il porte en échange du costume propre, qu'il enfile aussitôt. Au pressing, il est connu, il a donné le numéro de Ray et Clare, qui doit parfois répondre — *Je ne sais pas trop où il est, ni quand il viendra.* Mais il finit toujours par revenir, chercher son costume, faire un brin de toilette, passer deux ou trois jours : toujours plein d'optimisme, assurant que son roman avance bien. À une époque, Ray lui installe même une pièce avec un bureau et une machine à écrire, pour qu'il puisse travailler. Emily se souvient de son arrivée, un Noël, après son coup de fil du matin, disant qu'il est à la rue. Emily, la plus jeune, n'a que dix ans à peine, mais voit bien que Jonathan fait de gros efforts pour se conduire comme il faut. Les filles grandissant, il devient évident que ce n'est plus une bonne idée de les laisser seules avec lui. Si elles s'approchent, il se met à beugler. S'il reste trop longtemps seul à la maison, il fait un sort aux digestifs. Au retour de l'école, les filles le trouvent évanoui sur le sol. Ou pire encore. Un 4 Juillet, Clare fait un gâteau très élaboré, pour après le feu d'artifice. Au milieu de l'après-midi, tandis que tous sont autour du barbecue, Emily entre dans la maison et se trouve face à Jonathan, inconscient sur le sofa, un gros trou au centre du gâteau, du chocolat plein la figure, les mains, le sofa. *Il ne va jamais s'en aller, celui-là ?* se demande-t-elle.

Le soir où j'apprends qu'Emily connaît mon père, et mieux que je ne le connaîtrai jamais, on retourne ensemble dans sa chambre. Je ne sais pas comment elle a présenté ça à son copain, ou même si on l'a dit à nos amis, mais elle veut me montrer sa collection de disques, les albums récupérés au sous-sol, et dont certains portent le nom de mon père sur la couverture. La même écriture griffonnée que sur ses lettres, reconnaissable entre mille. On a souvent dansé sur son disque de *Zorba le Grec* à nos soirées, c'est même moi qui l'ai mis parfois, mais sans remarquer le nom de mon père sur le visage de Zorba, les bras levés, jetant le pied de côté.

mon beau sapin

(1982) Thanksgiving. À la maison pour le week-end prolongé, les vacances, le mariage d'un ami, par inadvertance, j'oublie mon cahier dans les toilettes. Sur ses pages, le début d'un récit, sur une femme qui a deux boulots, et qui essaie, entre les deux, de caser deux ou trois heures avec ses enfants. Cette femme veut que ses enfants soient près d'elle pendant qu'elle prépare le repas, et qu'ils lui racontent leur journée. Ils s'asseyent sur le plan de travail, elle coupe les carottes en dés. Je n'en suis pas encore au passage où on comprend que ces moments volés n'ont pas de prix. Je me suis arrêté avant. Ma mère doit avoir lu ces pages pendant que je suis au mariage ; je vide verres sur verres, elle commence le billet découvert après son suicide : elle vient de lire mon cahier, trouve que j'ai très bien perçu les choses. Deux semaines plus tard, elle achève le billet, tandis que je suis à la fac, en pleine préparation d'examens. Elle avale une poignée d'antalgiques et part se promener à Peggotty Beach. Une heure plus tard, elle rentre sonnée. « Je n'ai pas eu le courage de me jeter dans l'océan », écrit-elle d'une main de moins en moins assurée au fur et à

mesure que les substances chimiques gagnent chaque cellule, éteignent la lumière dans des pièces vides. Sur la dernière des quatre pages de son billet, elle écrit qu'elle nous aime, moi et mon frère, qu'elle aime son père aussi, puis une voix vient lui chuchoter *Et le fusil ?* Ce sont ses derniers mots.

Le lendemain, on me montre le billet, à la table de la cuisine chez mon grand-père. Deux amis m'ont ramené d'Amherst en voiture la veille au soir. La femme de mon grand-père essaie de me consoler en disant que ma mère ne tournait plus rond, le billet le montre bien, mais je reconnais l'effet de l'overdose, qui peu à peu lui engourdit l'esprit, fait trembler sa main, rend la lettre presque illisible vers la fin. Avec mon frère, on trouve cinquante mille dollars dans son coffre-fort le lendemain, et la même grand-mère souligne que ma mère n'a jamais beaucoup dépensé, que ce doit être le fruit de ses économies. Je lui explique que l'argent vient du trafic de drogue, qu'elle l'a récupéré sur ses gains de blanchiment, sa part, pour ainsi dire, d'une évidence flagrante. La présence de cet argent est déroutante. Moi qui m'étais figuré qu'elle en avait assez de travailler si dur, assez d'être pauvre, et soudain surgissent cinquante mille dollars, patiemment détournés, restés sans usage.

Deux semaines plus tard, Emily et moi traînons un sapin de Noël dans le salon de ma grand-mère. Depuis un an qu'on a découvert ce qui nous liait, on ne s'est plus quittés. Ma grand-mère se lève pour m'embrasser, et chuchote, assez fort pour qu'Emily entende : *Où l'as-tu chipé, Nicky ?* Même après le départ de Travis, je continue à prendre notre sapin à St. Mary à minuit, mais jusqu'à présent je ne me doutais pas que ma grand-mère savait, depuis le début. Les cendres de ma mère sont encore tièdes. J'ai vingt-deux ans.

J'ai piqué le sapin après avoir lu dans un bouquin d'autothérapie qu'il ne faut rien changer dans son mode de vie après un traumatisme grave, mais garder ses habitudes. Je serais bien retourné travailler avec les gangsters, mais ils ont tous été arrêtés. Tout s'est cassé la gueule cette année, quand ils se sont mis au trafic de coke, puis à en consommer, et à devenir négligents. Même ma mère s'y met, laisse des pailles coupées dans la boîte à gants de sa voiture, que je trouve aux vacances, quand je rentre de la fac, et que je fends pour lécher le dépôt amer. Maintenant, c'est *ma* voiture, sa première voiture neuve, un break Subaru. Je la gare et je n'y touche plus.

Je réapparais à la fac fin janvier, complètement vidé, mais où aller ? Je regagne ma chambre en dehors du campus, dans la maison que je partage avec quatre « radicales », des amies qui m'ont enfin persuadé de devenir végétarien. Je m'inscris aux cours, j'arrive à l'heure, mais pas moyen de me concentrer sur la seconde moitié de l'œuvre de Shakespeare, les comédies. J'oublie qu'il faut manger, aussi. Et je n'arrête pas de pleurer. Quelques semaines après le début du semestre, lisant Faulkner vautré dans l'un des confortables fauteuils réservés à l'élite à la bibliothèque Frost d'Amherst College, je m'aperçois bientôt que je n'ai pas tourné une page depuis plus d'une heure. Je me concentre sur une phrase, un mot, mais j'accroche, chaque fois c'est un nœud de problèmes, un nouveau code, jusqu'à ce que je comprenne que je tiens le livre à l'envers. Je le retourne, mais c'est mon esprit qui s'emmêle, une phrase me fonce dessus comme un camion sans chauffeur — *Ce n'est pas une femme qui l'a mise dans ce qu'elle n'appelle même pas de l'embarras.* J'essaie de l'esquiver, je la retourne dans tous les sens, mais c'est un écho plus qu'une partie d'un ensemble. Mes yeux naviguent, du point au premier mot, il y a plus de sens que je n'en peux déchiffrer. *C'est sûrement pas une femme… mise dans cet état… elle n'appelle même pas…* Je sais alors qu'il me sera impossible de finir l'année.

Dans une pièce à la lumière crue, debout devant l'un des guichets alignés, comme dans une banque, je m'entends déclarer par le secrétariat d'inscription qu'il faut faire état de circonstances atténuantes pour ne pas passer les examens sans être sanctionné pour « absence injustifiée ». Dans un souffle, je dis que ma mère vient de se tuer, mais peut-être cette femme entend-elle mal, elle fronce les sourcils, secoue la tête comme si elle ne comprenait pas, je répète donc, une fois de plus, un peu plus fort chaque fois, jusqu'à en crier.

Si tard dans le semestre, seul un psy peut me faire quitter la fac sans que je sois recalé. Le règlement sanitaire autorise dix visites, à raison d'une par semaine. Le médecin est à peu près de mon âge, à peine plus vieux, il a l'expression sereine d'un homme qui veut aider. C'est un interne qui travaille à la clinique universitaire en plus de son service. Au premier rendez-vous, nous nous regardons longtemps, de part et d'autre de son bureau, puis il me demande enfin comment ça va. Mon dossier, que j'ai rempli quelques minutes plus tôt dans la salle d'attente, est ouvert devant lui. Il voit bien que ma mère s'est suicidée récemment. Comment ça *va* ? Il hoche la tête, je lui souris en retournant la question dans ma tête. Je commence une phrase, je fais remarquer que ce n'est pas vraiment la question à poser, mais j'éclate de rire avant d'avoir pu finir, et je continue à rire, de plus en plus fort. *Comment* ça va ? Autant me demander *Encore un peu de sel sur vos plaies ?* ou *Et à part ça, chère madame Lincoln, la pièce vous a plu ?* Mon rire s'est changé en cri de hyène, et devant son visage à présent dévasté d'inquiétude à l'idée de perdre le contrôle face à ce détraqué, complètement fou, je ris de plus belle, un rire à en tomber de sa chaise, un rire douloureux, à se tordre en criant grâce, des ruisseaux de larmes sur les joues, un rire que relance chacun des regards furtifs qu'il glisse vers la porte. C'est de *moi* qu'il a peur ? Moi qui peux à peine mettre un pied devant l'autre, qui lis les livres à l'envers sans m'en apercevoir, bon Dieu ? À la fin de la séance, il me dit de venir aussi souvent que je veux, tous les jours même. J'imagine que j'ai dû au moins aller au bout des dix séances, puisque je finis par quitter la fac sans être recalé, bien que je ne me souvienne pas d'avoir passé un instant de plus avec lui.

evol

J'abandonne la fac au printemps et je rentre à Scituate préparer le Troyen. À peine est-il mis à l'eau, cependant, qu'il semble rétrécir : sur un bateau de cette taille, les tables s'abaissent et se changent en couchettes, les coussins en matelas. La mère de Phil est morte quelques mois après la mienne. D'un cancer. S'il a pu lui dire au revoir, en revanche il l'a vue mourir. Adolescent, j'ai passé des jours et des jours chez eux, sa mère, l'une de mes divinités tutélaires, m'ayant toujours clairement signifié que j'étais le bienvenu, même après que j'ai bousillé leur voiture un soir où j'étais ivre.

On essaie de s'amuser, cet été-là, Phil et moi, mais l'atmosphère est tendue. Plus rien n'a de sens, et on n'a plus de limites, ni pour l'alcool ni pour la drogue. En juillet, on décide, selon un instinct typiquement américain — une fois n'est pas coutume —, qu'un bateau plus gros, sur lequel on puisse passer l'hiver, sera la solution à nos maux. On le laissera à l'amarre dans un petit port que Phil a trouvé à Boston. Comme ça, on pourra continuer à habiter ensemble.

On se trouve un authentique Chris-Craft, douze mètres de la proue à l'arrière, un mât de trois mètres cinquante, coque en contreplaqué acajou. Un yacht à deux hélices, baptisé *Catherine*, appartenant à un juge. Il en demande trois mille dollars. Ça fait huit ans qu'il n'a pas vu l'eau quand on le découvre, joyau terni, quasi oublié dans un bassin de radoub à Scituate, le long de la North River, le bassin lui-même en retrait, invisible depuis la rue, le panneau qui l'indique envahi par les ronces.

En août, nous vendons le Troyen pour acheter le Chris-Craft plus imposant. En moins d'un mois, face à la masse de travail à accomplir avant que le temps tourne, j'abandonne la construction de serres avec le charpentier, rescapé comme moi de la bande décimée par une rafle, et me consacre à plein temps à la remise en état du Chris-Craft. Il a été construit en 1939, l'année de naissance de ma mère, et debout sur le pont, si je regarde au nord, j'aperçois presque le point, sur Third Cliff, d'où l'on a dispersé ses cendres.

De septembre à décembre, quand je ne dors pas, je suis au bassin, à grimper sur des échelles et à redescendre, m'interrompant régulièrement pour une course à la quincaillerie, à la boutique d'accessoires nautiques ou à celle de matériel de radoub. Le précédent propriétaire ayant commencé à refaire la cabine en plexiglas, il semble logique d'achever. Il nous faut quelques jours de beau temps ininterrompu pour que le bois bien sec prenne la résine, et le climat de la North River en octobre n'y met pas toujours du sien. Le doigt s'enfonce dans le bois, pourri en plus d'un point stratégique, et il y a beaucoup à remplacer. Tout l'assemblage de la coque est à refaire, en particulier en dessous de la ligne de flottaison. L'achat des vis pour la réparation ressemble fort à l'achat de la drogue : on va en voiture à Boston chez Boulons et Écrous Associés, dans le South End, où l'on remet cent ou deux cents dollars à un type dans une cage en plexiglas pare-balles en échange de deux ou trois petits paquets de vis en bronze silicium, fragments de beauté qui promettent de durer plus longtemps que nous tous. Tandis que les jours raccourcissent, nous découvrons dans la coque une brèche assez large pour y passer le poing, au niveau où le franc-bord rejoint la coque. Je ne sais comment, elle nous a échappé lors de l'inspection du bateau. Le propriétaire du bassin, très optimiste, a une idée : il nous prête quatre vérins hydrauliques, que nous alignons contre la coque ; avec une planche pour répartir la pression, on comprime la coque jusqu'à la voir revenue à sa forme d'origine. La plupart du temps, je me retrouve seul à travailler, car Phil a gardé son boulot ; souffrant moins que moi, peut-être, du sentiment d'être sans abri, il n'est pas aussi impatient de voir le bateau sur l'eau. Je me nourris de porridge au petit déjeuner, saute le déjeuner, fume de plus en plus d'herbe, résolu à le mettre à l'eau avant la mi-décembre, pour le premier anniversaire de la mort de ma mère.

Beaucoup viennent passer un ou deux jours pour donner un coup de main. Emily y consacre des heures de travail héroïque. Avec les lettres en bois récupérées sur un vieil étal de primeurs, on écrit *EVOL* à la poupe, le titre d'un album de Sonic Youth et « love » à l'envers. Au début de décembre, il est prêt. On fixe des roulettes sous le ber, on le hisse à grand-peine sur les rails qui descendent jusqu'au bord de la rivière, un câble d'acier reliant le ber à une poulie. Une fois au bord, il nous faut attendre une heure que la marée l'arrache à la terre. Il ne nous échappe pas qu'après huit ans, la coque va suinter pendant des jours, et qu'il faudra rester vigilant jusqu'à ce que les planches, gonflées d'eau, soient bien jointives. À peine la rivière touche-t-elle le bois sec qu'elle s'infiltre dans la sentine et vient peser dans l'embarcation. Même au plus haut de la marée, il n'y a pas assez d'eau pour le soulever, et il y aura trente centimètres de moins demain. Debout sur le ber, on essaie de le faire pencher, mais il est déjà trop plein. Un clou dépasse du ber, j'appuie ma basket dessus pour supprimer le danger en le courbant, me l'enfonce profondément dans le talon. Le câble d'acier nous retient fermement amarrés et, tandis que la marée commence à se retirer, le propriétaire du bassin le tranche à la hache. Ma chaussette s'emplit de sang tandis qu'*EVOL* s'éloigne, à la dérive.

foyer

On accoste à Boston juste avant la formation des glaces, et l'anniversaire de la mort de ma mère. On jette l'ancre dans une marina de Fort Point Channel, qui abrite une petite communauté vivant en péniche. Ce premier hiver, on invente des moyens de lutter contre le froid, des feuilles de plastique tendues sur les vitres, des plaques de polystyrène sous le parquet, un lit pour trois. Le tuyau d'alimentation en eau est souvent gelé. Un petit poêle à bois maintient une chaleur étouffante dans la cabine, qu'il vide de son oxygène, nous forçant à ouvrir les portes et à rester allongés par terre, suffoquant, pris de vertiges, tourmentés par des rêves d'asphyxie, cherchant désespérément les ultimes poches d'air, jusqu'à ce que le feu s'éteigne et que nous soyons réveillés, tout frissonnants, par le froid qui s'engouffre de l'extérieur. Nous accrochons des pneus usés sur les flancs du bateau pour empêcher que la glace en surface du canal ne soulève la coque et ne la brise. Après quelque temps, nous nous mettons à circuler drapés dans des couvertures électriques, le câble traînant derrière, appendice absurde.

Cet hiver-là, Ray et Clare, de temps à autre, demandent à Emily de m'inviter chez eux à Ipswich pour dîner en famille. *Super*, que je réponds, *ça marche*, mais je n'y vais pas. Emily me raconte, après la première fois, que j'ai bien fait de ne pas venir, que Jonathan y était, invité par ses parents qui voulaient qu'on se rencontre, que ça n'a pas été beau à voir. Je préfère arriver à l'improviste, sans régularité, qu'ils ne s'y attendent pas. J'ai eu assez de surprises comme ça, j'aime mieux les faire.

Je conduis maintenant un pick-up Chevy de 1963, une véritable antiquité dont la peinture a pris une patine vert-de-gris, comme du vieux cuivre, de l'adhésif autour des moyeux, l'avant déjà embouti par un trente-cinq tonnes quand je l'ai acheté. Deux ou trois tonnes d'acier, mon blindage, le genre qu'est-ce-que-ça-peut-me-foutre-la-peinture, un pick-up à la vous-croyez-que-mon-assurance-peut-me-payer-ça ? Quand il y a de la marge et que je veux changer de file, je mets le clignotant et je déboîte, que la BMW me laisse la place ou pas. Il sait se faire respecter, ce pick-up. Si je dois aller quelque part sans en avoir vraiment envie, un dîner chez Ray et Clare, mettons, à tout coup, le pick-up me lâche et s'immobilise, sacrée bourrique. Dans ce pick-up, je suis invulnérable.

Ils sont pourtant bien, ces dîners : mets raffinés à coup sûr, cadre exquis, pur comme le lis. On pourrait penser que j'apprécie ce répit, vivant dans le centre-ville de Boston. Mais je me sens toujours exposé aux regards. Comme si l'on comptait chaque verre que je vide. Ici, pour la première fois de ma vie, je suis le fils de Jonathan. Quelque chose ne va pas dans l'idée de nous réunir devant eux, à leur table, Emily à côté de moi, quelque chose de pervers. Ils ne sont peut-être animés que d'intentions généreuses, mais ce n'est pas mon impression. Ça fait penser à un défilé de monstres, et je n'ai pas envie d'en être. Ray me demande : *Tu as des nouvelles de Jonathan ? Il n'arrête pas de demander des tiennes.* Je lui réponds : *J'ai reçu deux trois lettres. Tu devrais lui faire signe*, dit Ray, *il se fait vieux, il est inoffensif maintenant.* Je réponds : *Oui, je vais passer.* Ray me dit que mon père vit dans un foyer à Beacon Hill, je note l'adresse, je glisse le papier plié dans ma poche, et en rentrant à Boston, je le flanque par la fenêtre. Des années plus tard, Clare me confie que Jonathan n'a jamais mentionné ni moi ni mon frère, que nous n'avons pas l'air de représenter grand-chose pour lui. Sur un ton de dégoût mêlé de respect — *Au moins, il était pas de ces alcoolos mièvres, qui cherchent à s'attirer la pitié avec des trémolos dans la voix*, Vous reverrai-je un jour, ô mes fils perdus ?

Phil est employé dans un cabinet d'architectes à dix minutes à pied du port. Moi, je travaille comme charpentier sur Commonwealth Avenue, un hôtel particulier que l'on transforme en appartements, du béton coulé de quinze centimètres remplacé par du placoplâtre, qui me laisse un mauvais goût dans la bouche. À la fin février, on me licencie (alléluia), alors je file au Nicaragua deux ou trois mois, rejoindre Emily, qui y étudie l'espagnol. On veut être près des sandinistes, de leur révolution qui apporte une étincelle d'espoir dans le monde, tout comme la chute du mur de Berlin, quelque années plus tard. On retrouve Boston et le bateau au début de l'été.

À la poupe, des touristes défilent sans interruption, prennent la pose pour être photographiés sur le pont du bateau de la Boston Tea Party, le soulèvement contre la taxe sur le thé, brandissant un petit ballot de polystyrène emballé de toile de jute, avec l'inscription THÉ, qu'ils s'apprêtent à jeter dans l'eau croupie. Au coucher du soleil, nous traînons sur le pont arrière, ouvrant une bouteille de rouge après l'autre, tandis qu'un millier de révolutions se livrent derrière nous. Le ballot est retenu par une corde qui permet de le hisser sur le pont, en vue de la prochaine photo, mais souvent il se détache et dérive jusqu'à nous. Giselle, une fille complètement défoncée qui vit sur le bateau d'à côté, travaille dans un foyer de SDF. Le Pine Street Inn. Ce ne serait pas plus mal que ce que je fais en ce moment. Après une période de surchauffe, l'immobilier à Boston sombre dans une ébullition rance, et de plus en plus de SDF apparaissent dans les rues. Comment ne pas avoir sur la conscience leur troupe grandissante ? Je croyais que tu voulais faire la révolution ? Selon Giselle, je peux trouver un emploi au foyer, si ça m'intéresse.

TROIS

chronique du désastre et de l'absurde

(1984) Août. Un an et demi après la mort de ma mère, je participe à la réunion de changement d'équipe au Pine Street Inn. Trois heures de l'après-midi, entre dix et douze membres du personnel se regroupent les uns après les autres au Réfectoire Jaune où, assis sur les bancs vaguement disposés en cercle, ils écoutent la lecture du Registre central. Dans deux heures, sur ces mêmes bancs, s'entasseront les sans-abri. La plupart boivent un café à petites gorgées, beaucoup fument, tous ne semblent écouter qu'à moitié. Chaque après-midi, l'équipe des trois-onze se présente à temps pour écouter le rapport de la sept-trois. C'est un rituel, entre ceux qui se retirent et ceux qui les remplacent. Je sais à présent que mon père vit dans une chambre à Beacon Hill, à une vingtaine de rues vers l'ouest, et Ray insiste pour que j'y aille. Mon père gravite sur mon écran radar, que j'éteins, le plus souvent.

> 10 h 20 : Deux ou trois militants d'un groupe religieux anonyme s'étant introduits dans la cour, certains pensionnaires se sont alignés à genoux sur le trottoir pour un genre de céré-

> monie. De tels incidents sont à décourager, compte tenu de la vulnérabilité et de la crédulité de nos pensionnaires.

Chronique des perdus, du désastre et de l'absurde, témoignage presque oublié de l'Histoire américaine, le Registre central du Foyer pour hommes de Pine Street. Les pages du registre sont presque toutes semblables, variations sur quelques thèmes : chutes, dégradations, vies qui partent en lambeaux, un nouveau pensionnaire, un départ. La lecture peut durer de cinq minutes à une demi-heure, selon les événements de la journée. Il y a des exclusions à voter, un mémo sur un pensionnaire en pleine décompensation, un autre qui parle de s'inscrire en désintox. Nos hôtes, qui ont passé la journée dehors, commencent à faire la queue dans la cour pour obtenir un lit. Certains sont à l'intérieur, attendent d'entrer à la clinique ou de parler à un conseiller. L'un semble avoir gelé sur place, assis raide comme un « i », la tête collée contre la table.

> Vers 12 h 30 cet après-midi, j'ai surpris Jack Styles en train de s'adonner à certaines pratiques sexuelles sur Bobo Jenkins. Il y a un temps et un lieu pour tout, et je ne pense pas que 12 h 30 dans les toilettes du Réfectoire Bleu soit le cadre approprié. Pour sa conduite, en violation flagrante du règlement I, et pour l'agitation causée parmi les pensionnaires, je propose que Jack soit expulsé.
> Et Bobo, EPN pour sa participation aux faits décrits ci-dessus.

C'est un théâtre ici, tous sont en représentation, peu ou prou, l'un assis dans un coin, un manteau sur la tête, un autre titubant, complètement allumé ce soir, après des semaines de calme. Il faut toujours pousser un peu plus loin pour se faire remarquer au milieu du chaos. Faire une scène, suffisamment voyante, dans une pièce de théâtre jouée en continu. Jack a pour signalement: « n/m, 1,80, peau brune, libido hyper active ». Le vote s'oppose à son exclusion. Quant à Bobo, pour une raison qui m'échappe, on n'envisage même pas l'exclusion, fût-ce pour une nuit (EPN). Peut-être estime-t-on que l'individu gratifié d'une fellation est dans la même position que celui qui reçoit un coup de poing, même si tel n'est pas mon point de vue.

Minuteries en panne, verrous grippés, radios refusant de retransmettre: tout est consigné, sous la formule *ENTRETIEN SVP*, pour être traité le lendemain, en théorie, prochainement.

D'ici quelques jours, les Services Psychiatriques doivent nous faire bénéficier du système « fiche rouge » le week-end, pour les pensionnaires psychotiques. C'est un formulaire qui permet, en cas de crise, de faire interner le sujet jusqu'à examen par un médecin, le lundi matin. En théorie, la police doit prendre en charge le transfert. Mais l'hôpital psychiatrique Solomon Carter Fuller décide de ne plus admettre aucun patient. Le décès d'une femme internée qu'on a oubliée pendant vingt-trois heures a fait la une de tous les journaux.

Le Samu est passé pour un blessé souffrant de coupures au visage et à la tête, qui prétend avoir été renversé deux fois par une voiture sur East Berkeley Street. Melvin perd son portefeuille avec 90 dollars dedans. Emmett, encore un nouveau pensionnaire, au moins le dixième du mois, entend des voix, et se tord de douleur chaque fois que résonne un bruit plus fort. Willie met un coup de poing dans une fenêtre parce qu'on lui a refusé une tasse de café. Rene se présente blessé par une lame à la main gauche. Anton se plaint d'avoir été volé par quatre exclus à l'angle de la rue à cinq heures du matin. Danny arrive le visage en sang. On installe des lampes à ultra-violets pour tenter d'enrayer l'épidémie de tuberculose. La brigade de déminage répond à un appel reçu à leur QG. Alphonse, sur qui on a trouvé un couteau de cuisine alors qu'on le traitait pour la gale, est exclu *ipso facto*. Une femme appelle à propos de son frère porté disparu, nous demande de lui dire de la contacter s'il se présente. Un autre homme appelle, lui aussi pour son frère, qui a laissé un billet annonçant son suicide, alors dans l'affolement il appelle tout le monde. Riddell a l'habitude de s'endormir avec une cigarette allumée et de mettre le feu à son manteau. Nick Hitler, dans une crise de furie, crache à la figure d'un autre pensionnaire. Un homme non identifié est retrouvé face contre terre sur Washington Street ; tombé sur du verre cassé, il s'est vidé de son sang.

« Encore une nuit bien calme pour l'équipe trois-onze », écrit Lucero à neuf heures. À dix heures, Ben Craig, lui aussi logé depuis peu au foyer, se présente, défoncé, complètement déboussolé. Ensuite, quand on lui indique un lit, il exige qu'on lui donne son « vrai lit ».

barre-à-mine

(1984) Noël. Employé au foyer depuis cinq mois, je commence à avoir ça dans le sang. Des volontaires emballent les dons — bonnets, gants, chaussettes et cigarettes — qui seront distribués aux pensionnaires le soir de Noël. Le pyjama rouge que reçoit Parker le ravit d'aise, mais suscite un dilemme : pour obtenir un lit, chacun doit échanger ses vêtements contre un bout de caleçon blanc, mais dans la file dont les méandres remontent la cage d'escalier, il y en a désormais un en rouge. Comment dire à un sans-abri qu'il ne peut porter le cadeau que l'on vient de lui faire ? À ce compte-là, autant lui offrir un grille-pain, ou un bon au pressing pour faire nettoyer ses tapis. Pendant deux semaines, Parker porte son pyjama jour et nuit, en guise de caleçon sous ses vêtements le jour. Puis un soir, je remarque une petite enveloppe dans sa poche de poitrine, y découvre dix joints. Je confisque le pyjama, lui rend ses vêtements, le renvoie dans le froid de la nuit. Mais je lui laisse son herbe. Je ne saurais pas dire pourquoi j'ai choisi cette punition. D'autres l'auraient privé de drogue, d'autres seraient passés outre. Quiconque ou

presque aurait pris le pyjama, par contre, qui commençait à sentir.

Ce printemps-là, Phil et moi décidons de déplacer le bateau jusqu'à Provincetown, un village d'artistes, de pêcheurs et de marginaux sexuels ; situé à l'extrême pointe de Cape Cod, à quelque cent trente kilomètres de Boston à vol d'oiseau, c'est un doigt d'honneur sablonneux tendu dans l'Atlantique. Les parents d'Emily y possèdent une maison de vacances, où l'on peut débarquer à l'occasion quand le port est trop agité. Après deux ans sur le Fort Point Channel, il nous faut une eau où l'on puisse se baigner. De plus, comme le prix de l'immobilier ne cesse d'augmenter sur le front de mer à Boston, notre « propriétaire » est devenu féroce. Des bateaux sont détachés, des fusillades éclatent à minuit. Un matin de mai, avant le lever du soleil, on disparaît, pour jeter l'ancre dans le port de Provincetown trois heures plus tard, à quatre cents mètres au large de la côte. Phil retourne à Boston, à son travail, sa copine. Une semaine sur deux, je vais en ville travailler une nuit ou deux au Pine Street et voir Emily.

Tous les matins, j'arrive à Provincetown à la rame dans une petite barque en alu, et je repars le soir. À marée basse, il me faut tirer la barque sur les bancs de sable jusqu'à l'eau, mon pantalon retroussé sur les mollets, mes chaussures abandonnées sur le quai. J'ignore sur quoi je pose les pieds, et très vite je m'en fous. À marée haute, c'est facile, la barque flotte au-dessus des herbiers de zostère marine abritant de petits crabes qui s'affairent dans la vase, et je n'ai qu'à embarquer, donner une première impulsion, proue tournée vers le point où je sais qu'attend le bateau, puis me mettre à ramer. Je fais l'aller-retour plusieurs fois dans la journée, sauf quand je ne quitte pas le bateau, ce qui se produit souvent, si j'ai assez de vivres et que rien ne m'appelle en ville. Si le jour suivant n'est pas plus rempli, je ne bougerai pas non plus, et ainsi de suite, sans poser le pied sur la terre ferme. Les parents d'Emily peuvent m'observer aux jumelles, s'ils le veulent, et quand j'ai assez fumé, je crois les voir dans l'embrasure de leur fenêtre panoramique, qui font la mise au point sur moi.

Quand je vais à Boston, je laisse Richard, un nouveau copain, garder un œil sur tout, vérifier la ligne de flottaison, la pompe. Richard est sculpteur ; venu de New York, il a débarqué à Provincetown quelques mois plus tôt, fuyant l'héroïne à laquelle il se sent devenir accro, malade comme un chien quand je fais sa connaissance. On travaille tous les deux au Restaurant des Moors, « un boulot de chiottes », comme dit Richard. Habitué des clubs du centre-ville de New York, Richard prétend avoir fait dormir Keith Haring sur son sofa, après avoir méprisé ses avances. Il a gardé son loft à l'ombre du World Trade Center et, au bout d'un moment, on se met à y aller en week-end.

Avant qu'on se connaisse mieux, Richard nage parfois jusqu'au bateau après minuit, l'heure de fermeture des bars, afin de se défouler ; trop timide pour se hisser à bord, il reste tout tremblant dans le canot pneumatique, le temps de reprendre son souffle ou jusqu'à ce qu'il ait trop froid, puis il repart en direction de la côte. Le lendemain, il me dit : *J'ai nagé jusqu'à ton bateau hier au soir. Tu aurais dû monter*, lui dis-je. Il nage avec un étui en plastique étanche de Marine Specialties pendu au cou, contenant une cigarette sèche et un briquet. En août, il commence à laisser des cigarettes à bord, et parfois y passe la nuit. Un soir d'août, nous plongeons depuis le pont supérieur, et quand nos corps entrent dans l'océan, ils deviennent soudain phosphorescents, tels des superhéros sous-marins.

Le bateau passe sept étés consécutifs à l'amarre dans le port de Provincetown, certaines années je reste seul à bord, d'autres avec un ami. Pendant de longues périodes, c'est mon seul vrai chez-moi, ce qui ne fait qu'exaspérer mon désir de le maintenir en état. Dans une brochure des garde-côtes, on est averti : « L'océan ne renonce jamais à infiltrer votre bateau. » Au port, entre voisins, on se raconte des histoires de coques fendues, de naufrage évité de justesse, de navire perdu corps et biens. On se raconte les tempêtes essuyées, celles d'où on est sorti indemne, celles auxquelles on a succombé. Je connais un type qui a perdu une planche de la coque tandis qu'on le remorquait ; en essayant de colmater la brèche avec des serviettes, il a passé la main à travers la coque et s'est coincé le bras, aussitôt soumis à la force des flots s'engouffrant par la brèche ; il a dû minuter l'espacement des vagues pour se libérer. Je connais des pêcheurs qui ont essuyé des ouragans proue face au vent, le visage cinglé au point de leur faire éclater les vaisseaux du globe oculaire. Quand ils racontent l'histoire, ce qui fut le blanc des yeux vire à l'écarlate. En marchant dans la rue, j'observe la cime des arbres pour évaluer la force du vent ; je sais sans regarder où en est la marée ; tous les deux jours, je plonge pour assurer l'amarrage de mes ancres dans le sable ; je constate que les cabines ont besoin d'un coup de peinture et j'essaie de trouver le temps. Tout cela m'occupe et m'évite de trop penser à ce qui me tourne dans la tête : une poignée de cachets, un impact de balle, une chaise fendue. Une chemise de nuit trempée de sang.

L'automne chasse l'été. Que le temps, ignorant l'absence de ma mère, continue à passer, me consterne. Abordant ma seconde année au foyer, je découvre en moi des réserves insoupçonnées d'énergie négative, qu'il faut canaliser. Provincetown est bien pour ça, l'ultime station, soi-disant, le bout du monde, le tremplin vers l'oubli. Provincetown peut absorber quasiment tout et n'importe qui : ceux qui n'ont pas de place ailleurs, trop déments, trop paumés, en trouvent une ici. Vers la fin octobre, la police fait sa virée annuelle post-estivale en ville, rafle les dealers les plus voyants, les épaves ambulantes, ceux qui sont restés à flot tout l'été grâce à l'appétit des touristes mais en sont maintenant réduits à manger leurs gains, fruits de leur récolte, à dépenser tout ce qu'ils avaient amassé. L'été est fini, murmure la police : achète un billet de car ou bienvenue au poste.

En novembre, je me laisse surprendre. Tandis que la ville se vidait, je suis resté, faute de savoir quoi faire après. N'ayant jamais mis le bateau en cale sèche, je ne sais pas comment m'y prendre : la saison déjà bien avancée, séparé de la côte par quelque quatre cents mètres, sans téléphone ni courant, un butagaz, une radio à piles alcalines, peu enclin à retourner à terre, séjour à mes yeux tout aussi temporaire et transitoire. Cela m'apaise de vivre sur l'eau. Qu'est-ce qui peut bien m'arriver, si mon avenir est sur l'eau ? Un Noël de plus au foyer ? Tandis que je contemple la côte — toutes ces maisons, leurs fenêtres illuminées, des familles à l'intérieur, des vies entières suivant leur cours — je me persuade que je n'y ai pas ma place, que les vies qui se poursuivent derrière ces fenêtres n'ont rien à voir avec la mienne. Le bateau en est venu à représenter l'isolation suprême, dont le choix me tient à l'écart d'un monde que de toute façon je ne comprends qu'à peine. Assis sur le pont arrière, plus rien ne peut me surprendre, ni le téléphone, ni un visiteur, que j'aurais vu venir depuis le bord, à quatre cents mètres de là. La possibilité de m'endormir un soir et de me réveiller en pleine mer — un nœud mal fait, une corde effilochée, l'ancre mal arrimée —, si loin que la côte a disparu, fait sens, selon une logique compliquée, qui reflète mon atmosphère intime. Une fois révélée la fragilité de toutes choses, il ne reste qu'un choix : la permanence, ou son contraire. Le bateau incarne l'éphémère à son degré sublime. Le matin, parfois, l'épaisseur du brouillard m'isole dans la clairière d'un globe étroit ; au-dehors, l'inconnu, les cornes de brume.

Bien que le bateau ne pèse que seize tonnes, j'ai sousestimé la difficulté de le mettre sur cale pour l'hiver. Non seulement le sortir de l'eau, mais lui trouver un abri sur terre. À l'avenir, je penserai à le sortir de l'eau bien plus tôt, au plus tard fin septembre, avant le vide et les vents de nord-est. Je penserai à embaucher des amis, qui connaissent ces eaux et les bateaux. Mais cette première fois, je suis encore novice, bête et naïf, et j'ai trop attendu. Il me faut quelqu'un pour haler mon bateau jusqu'au rivage, un camion qui l'attende à la rampe, avec une remorque spéciale, équipée d'une énorme pince dont les bras se referment sur la coque pour la soulever sur vérins hydrauliques. L'homme qui manie cet engin s'appelle Steve, capable de faire passer la coque la plus massive dans la rue la plus étroite, se frayant un chemin entre les poteaux téléphoniques et les voitures mal garées. Je ne connais pas encore Steve, je ne l'ai jamais vu à l'œuvre. Il me faut d'abord trouver Barre-à-mine, le seul, peut-être, à ne pas encore avoir rentré son bateau si tard dans la saison. On me donne son nom à la Taverne des Colonies, en me jurant qu'il sera là d'une minute à l'autre. Après avoir attendu une heure en vain, et éclusé deux ou trois Rolling Rock que le barman appelle des rock'n rolls, un ami de Barre-à-mine laisse entendre qu'il pourrait bien savoir où il se planque, si je veux qu'il me conduise. N'ayant rien à perdre, j'embarque dans son break, et nous voilà partis, tout doucement, dans les grognements du pot d'échappement, laissant une trace qui relie entre elles la douzaine de rues faisant la transition de Bradford à Commercial. Dans Mechanic Street, on s'arrête devant une maison pour prendre deux autres gars. On fait circuler un joint en silence. Puis on s'arrête chez Perry's, où de toute évidence on attend de moi que je paie une tournée générale de bière en échange du service que l'on me rend. Pas de Barre-à-mine à l'arrêt d'après, pas plus qu'au suivant. Le conducteur se gare, nous dit de surveiller le véhicule et disparaît, pendant un moment qui semble bien long. Il revient bredouille, en faisant non de la tête, et nous offre du valium. Le soleil décline, les ombres froides s'allongent, la voiture roule de moins en moins vite, et chaque arrêt nous éloigne un peu plus de Barre-à-mine. À un arrêt, une femme sort d'une maison, s'approche de la voiture pour nous dire qu'il vient de partir, mais nous oublions de lui demander où. Pendant qu'on stationne dans Nickerson, une vague dispute éclate, les deux types à l'arrière ouvrent leur portière d'un coup de pied et partent en trombe dans des directions opposées. Il fait nuit à présent, la nuit tombe vite en cette saison, et je me rends compte que la voiture est garée, j'y suis seul, sans savoir dans quelle maison le conducteur s'est engouffré, ni depuis combien de temps. La marée au plus bas, le bateau toujours ancré dans le sable sur les flots d'encre salée. Je rentre à la rame, pour vérifier les lignes, la pompe, peut-être même y passer une dernière nuit.

maroc

(1986) Passer à vélo devant des gyrophares qui renvoient par éclairs le bleu arraché à la nuit, passer devant un homme qui met le feu à un carton pour se faire du thé. Si on se penche assez, on croirait flotter, sans machine qui vous porte, et la terre qui défile juste sous vos pieds. Laisser la vue se troubler, chanter un petit air qui aide à se tenir droit, au rythme des coups de pédale. Raser la surface de la terre noire, bras écartés, un vrai signe de croix, *M'man, regarde, sans les mains*, crucifié par l'air, par la nuit. Qui ne voudrait simplement disparaître, à un moment donné, d'une journée, d'une année, être rayé de la carte et simplement flotter ?

Après bien des efforts, je réussis enfin à mettre le bateau à sec, et je m'envole pour Amsterdam, rejoindre Emily qui sillonne l'Europe depuis quelques mois déjà. Je ressens le besoin de quitter le foyer cet hiver, la nuit précédente m'ayant valu une griffure au visage, infligée par l'un des psychotiques avec qui je m'entendais si bien. Il est allé jusqu'au sang ; une goutte a affleuré.

En un mois, on se trouve un appartement à Paris, je découvre une machine à écrire dans le placard, et je m'invente des allures d'écrivain. La sous-location s'avère quelque peu illégale, le précédent locataire essayant de gagner de l'argent en nous prêtant la clé. En deux semaines, le propriétaire nous découvre et nous intime de déguerpir. Mais nous avons payé deux mois d'avance, et nous refusons de bouger, même après la coupure du chauffage et d'électricité : on mange à la chandelle, on récupère des cartons à brûler dans la cheminée. À la fin du séjour, Emily prend l'avion pour l'Amérique, et je pousse un peu plus au sud, Salamanque, Lisbonne, puis, en bateau, jusqu'à Tanger. Je n'ai pas l'intention de rester, de me défoncer ni d'acheter de la drogue, mais vers minuit, le premier jour, à Chefchouen, en rentrant à l'hôtel, je me retrouve à déambuler dans les méandres d'un quartier médiéval, cinquante grammes de haschich brut mal dissimulé sous mon tee-shirt, une boule de pollen vert vif de la taille d'un pamplemousse.

C'est au Maroc que j'apprends à acheter des cigarettes, à en fendre une après avoir léché le flanc, à vider le tabac dans ma paume ouverte, à rompre une barrette de hasch, à le placer en équilibre au centre, à en approcher la flamme d'un briquet jusqu'à ce qu'il mollisse, à bien mélanger le tout et à rouler un joint énorme, que je fume au lit le matin. Un seul suffit pour affronter la journée qui débute, dont il émousse la lame acérée. Se laisser glisser le long des allées du marché : planer n'empêche pas de parler ni de regarder. Des babouches jaunes pointues. Un chapeau multicolore. Le haschich rend tout moins intense et en même temps plus net, réduisant la journée à une tête d'épingle, un rire d'une voix intérieure, la planche sanglée dans le dos pour rester droit — tout se noie dans cette sensation planante, rien d'autre. Au deuxième joint, les portes se ferment, plus besoin de sortir. Pour aller voir qui, de toute façon ?

Je lis Duras, Bowles et Beckett, c'est noir, absurde, étonnamment réconfortant. Depuis deux ou trois ans que je travaille au foyer, je veux voir jusqu'où je peux m'approcher du bord sans basculer. Deux semaines plus tard, je me retrouve dans une ville appelée Mogador, en train d'acheter de l'opium à Mohammed et son ami dans une ruelle. Juste un peu. La ruelle s'achève en cul-de-sac, par un mur. Mohammed déplie un couteau pour tailler une portion d'un gramme (*De l'opium qui se coupe au couteau ?*) puis tourne la lame (*pourquoi toujours une lame ?*) vers moi, me l'appuie sur la poitrine, me demande d'une voix douce si je suis sûr de ne pas avoir plus d'argent sur moi, juste un peu.

Je me suis déjà pris un coup de poing dans la figure par la police de Lisbonne pour avoir photographié des gens que je n'aurais pas dû. En quelques jours, les flics de Mogador me coffrent pour avoir adressé la parole à une femme portant le voile. Je passe un jour en prison, le temps qu'ils décident de mon sort, le haschich et l'opium rangés à l'hôtel, dans le tiroir avec mon passeport. Quand j'arrive à la frontière de la Mauritanie, à l'orée du Sahara, je n'imagine pas de terme à mon errance. On peut passer sa vie à sombrer. Ce n'est pas une condition stable à laquelle on parvient, juste un état général de chute permanente. Quand on en ressort, si on y arrive, on se trouve face aux amis longtemps perdus de vue, sans reconnaissance possible.

l'été des costumes

En me traînant, je quitte le Maroc, et je finis par rentrer en Amérique. Emily sort avec quelqu'un d'autre, à présent, et je n'ai pas de toit. Je reprends le travail au foyer, parce que ça me manque, parce qu'il faut bien manger. Une nouvelle recrue, une femme employée à la Cage, me dit qu'elle quitte son appartement dans le North End, que je pourrais le reprendre, peut-être. Minuscule, mais offert : deux cent cinquante dollars par mois pour un lit, avec vue sur le frigo. On est en mai, le bateau est en cale sèche à Provincetown, et j'autorise Emily à le remettre en état pour y passer l'été. Phil a renoncé à vivre sur l'eau, et je décide de rester à Boston, pour l'essentiel, à travailler. Lentement, au fil des mois qui vont suivre, prudemment, Emily et moi revenons l'un vers l'autre.

Le propriétaire de l'appartement du North End est un Italien élégant prénommé Luca, qui, le jour de la remise des clés, me dit en la glissant dans ma main, sur un ton délibéré, en détachant les mots : *Au fait, c'est le North*

End, vous savez, autrement dit, pas de Noirs. J'ai en main la clé de mon nouvel appartement, et nulle part d'autre où aller, pourtant ma main se retire vivement, comme sous l'effet d'une brûlure.

C'est nul, je lui dis.

Je sais bien, c'est terrible, mais ça ne dépend pas de moi, c'est le quartier, répond-il, essayant de se rattraper.

Je prends la clé, conclus ce pacte avec le diable. En moins de six mois, je décampe.

Quelques jours plus tard, Luca mentionne des vêtements dans son sous-sol, qu'il voudrait donner aux SDF. Pas besoin de travailler longtemps dans un foyer pour se rendre compte que tout le monde a chez soi un sac-poubelle plein de vieux vêtements dont il voudrait faire don à la bonne cause. Beaucoup trouvent « noble » le « sacrifice » que vous faites, vous remercient, eux ne pourraient pas mais sont bien contents que vous le fassiez. Le maire, même, fait une apparition au foyer, toujours juste avant Noël, et déclare que, de tous les emplois en ville, le nôtre est le plus dur et le plus important. Luca sait que j'ai un pick-up, demande si je pourrais descendre au sous-sol avec lui un de ces jours, on chargerait les vêtements ensemble. Pas de problème, c'est ma réponse immédiate, mais il me faudra près de deux ans avant de lui faire signe. Ce n'est pas ma priorité, encore un sac-poubelle plein de vieilleries qui sentent le moisi. Quand il mentionne les vêtements, il me demande aussi mon avis sur les SDF, les causes, pourquoi il semble y en a avoir de plus en plus. C'est une autre des conversations que j'ai parfois, maintenant que je suis passé expert en la matière. Ce sont tous des soûlards, non ? Si on donne de l'argent à ceux qui font la manche, ils vont juste en profiter pour boire, pas vrai ? Ils veulent pas vivre enfermés, ils veulent pas bosser, ils ont la vie qui leur plaît, non ? Je comprends assez vite que ceux qui posent ces questions attendent de moi que je leur donne bonne conscience, en confirmant qu'ils ne peuvent rien faire, que le problème est aussi insondable que l'Afrique. Ou peut-être ont-ils peur de la nature labile du phénomène, qu'ils préféreraient voir déterminé par la naissance, comme pour les Intouchables en Inde. Il m'arrive de souligner que quatre-vingts pour cent des SDF sont invisibles, telle la partie inférieure de l'iceberg proverbial, que quand je me promène en ville maintenant, je connais une personne sur deux par le foyer, mais si on ne savait pas on croirait qu'ils profitent du soleil à la pause-déjeuner. *C'est qui, ton clodo préféré ?* me demande une fille, quand elle entend que je travaille à Pine Street. Je la croise avec son amie sur Boston Common, en train de discuter avec Warren, un autre des amis avec qui je me soûlais à Dreamwold il y a si longtemps, celui-là même avec qui j'ai écrit de la S-F quelques années plus tard. Il a déboulé à Boston deux ou trois semaines plus tôt, s'est pointé à ma porte sans un rond ni logement : tous les quatre ans, environ, c'est le même scénario, et ce jusqu'à ce jour. Ces deux filles voient traîner les mêmes types tous les jours sur Kenmore Square, et elles changent de chouchou sans arrêt. *Tu connais Karl*, me demande-t-elle, *avec sa guitare déglinguée* ? Même elle, elle a son sac de vieilles fringues, et me demande si je pourrais passer un de ces jours.

La plupart des gens que je fréquente à l'époque travaillent au foyer. Il m'arrive aussi de tuer le temps avec Ivan, un poète approchant la quarantaine, mais qui n'a guère, voire rien publié, et dont je n'ai pas lu une ligne. Le teint mat, les dreadlocks serrés, Ivan est un costaud qui fait bien quatre-vingt-dix kilos. Je le reçois souvent dans mon appartement du North End, on se défonce, et quand on émerge dans le couloir Luca est toujours là en train de changer une ampoule ; sinon, je ne le vois jamais, sauf le jour du loyer. Un appel d'urgence a été lancé dans le quartier, *Un Noir repéré dans l'immeuble !* Planant complètement, je descends les escaliers avec Ivan, sous le regard ébahi de Luca, qui n'en revient pas de ce monde où on vit. Avec Ivan, je suis en train de négocier la location d'un immeuble entier dans le quartier chaud, une boîte de strip-tease désaffectée dont Ivan a retrouvé le propriétaire, que l'on rencontre régulièrement pour arriver à un accord. Nous savons que ce nouveau propriétaire est de la Mafia, on parle de lui dans les journaux, mais nous n'avons rien à lui reprocher, et l'immeuble est idéal. Cette boîte, le Good Times, a été fermée par le FBI il y a dix ans environ. Les malheureux qui tournaient dans le quartier se faisaient littéralement tirer de leur véhicule par les prostituées. Un matin, on a retrouvé un étudiant de Harvard poignardé sur le pas de la porte. J'y vis depuis un an à peu près quand Liam, le gangster qui est sorti avec ma mère, me dit que c'était le bar qu'il fréquentait avec ses gars quand ils étaient à Boston. Il y a même amené ma mère, à deux ou trois reprises. La première fois qu'on entre, les verres à cocktail sont toujours là, bien alignés, les tentures en lamé or, la liste des filles qui vont monter sur scène ce soir, Crystal, Ambre, Cindi, scotchée à la porte des loges. Good Times, le panneau est encore suspendu au-dessus du porche quand j'emménage avec Ivan. Il prend le dernier étage, moi celui d'en dessous avec Richard, on va trouver des locataires pour les deux autres. Juste avant de s'installer, Richard apprend qu'il est séropositif, me montre les résultats des analyses dans mon pick-up, garé dans le North End. Je suis anéanti, mais — *Dieu me pardonne* — j'ai honte aussi : deux hommes qui pleurent dans un pick-up.

À ce stade, mon frère et moi avons vendu la maison de notre enfance ; c'est mieux comme ça, puisque je n'ai pas trouvé la force d'y passer une nuit depuis la mort de ma mère. Aujourd'hui encore, il m'en coûte d'entrer dans Scituate, et je dois me forcer au détachement. Mon corps s'écarte du volant, comme s'il voulait se pelotonner à l'arrière et y rester lové pour toujours. Maintenant, je ne vais à Scituate que pour voir mon grand-père, et je suis de retour à ma voiture avant la tombée de la nuit. On a organisé un vide-grenier, payé l'hypothèque, et mis le reste des affaires en garde-meubles, où elles resteront des années, soixante dollars par mois divisés entre mon frère et moi, puis il emporte ce qui lui plaît et je continue seul à payer. Mes deux grands-mères, la mère de ma mère et la seconde femme de son père, meurent moins de trois ans après ma mère. Il ne reste que les hommes, mon frère, mon grand-père et moi. Mon frère est devenu artiste, peintre plus exactement, et gagne sa vie comme charpentier. Il vit seul à Somerville, dans un immeuble acheté avec une centaine d'autres artistes, converti en studios, d'habitation et de travail. Nous prenons l'habitude de déjeuner tous les trois une fois par mois dans le North End. J'ai de l'argent sur un compte en banque, maintenant, et je ne sais qu'en faire. J'appelle ça le « prix du sang », qui reste sans usage.

En poste au Réfectoire Bleu, je remarque un jeune homme qui vient dîner et reste toujours en marge, tenant son plateau d'une main, observant la salle pendant qu'il mange. Il n'a pas l'air à sa place, surtout à cause de ses chaussures, très stylées. Le cuir, découpé, laisse voir deux bouts d'acier. Un reporter, me dis-je, pas doué pour le camouflage. J'essaie de le faire parler. *Elles sont belles, tes chaussures. Je viens de les acheter*, répond-il. Je voudrais l'encourager à ne pas s'habituer à la nourriture, le mettre en garde contre les dangers d'un foyer, pire que des sables mouvants, mais notre conversation s'éteint. Quand je le revois, les deux ou trois fois suivantes, je ne l'aborde pas. Il ne dort pas sur place, se contente de manger puis s'en va.

Un an après, il y a toujours un étage libre au Good Times. Deux types viennent visiter, Jasper et Sean, qui ont quitté l'Indiana ensemble en voiture l'année précédente. Ils étaient à la fête organisée par Richard, Ivan et moi quelques mois plus tôt, une vraie nouba sur cinq étages, deux ou trois groupes de musiciens, lumières tamisées. J'essaie depuis un moment de faire emménager des amis, mais le confort est toujours minimal, et tout le monde a peur du quartier chaud. Jeunes, débordants d'énergie, Jasper et Sean suivent des cours pour être artistes. Ils apportent de la came, on décolle. On les fait revenir, juste pour mieux les sentir, et à leur troisième visite, je remarque les chaussures : Jasper est le type du foyer.

Je te connais, tu dînes au Pine Street.

Ouais, ça m'arrive, répond-il en haussant les épaules, quand j'ai plus de fric.

Ces chaussures. Tu les a achetées le jour où on s'est rencontrés.

Ça m'a coûté cent soixante dollars, toutes mes allocs. Ça a été la dèche pendant un moment, après ça.

Sacrées belles pompes. Quelques mois plus tard, Jasper me les vend quarante dollars pour payer une partie de son loyer.

Il me faudra quelques années avant de faire signe à Luca pour son sac de vêtements. Comme j'ai refilé l'appartement à Warren, j'y suis assez régulièrement, et je vois Luca de temps à autre. Je prends rendez-vous pour passer en camion le dimanche suivant. Jasper m'accompagne. Luca nous conduit au sous-sol, où se trouvent plusieurs portants de costumes et de robes, emballés dans du plastique transparent, avec encore leur étiquette. Il s'avère que Luca était tailleur dans les années 50, début 60, et ce sont les vêtements que leurs commanditaires ne sont jamais venus chercher. Superbes. Ma période préférée pour la mode masculine : classieux, fuselé. Jasper et moi chargeons le tout dans le pick-up, portants compris, et nous rentrons à l'immeuble, prenant en route la décision de garder chacun un costume, puisqu'on n'en a jamais eu, et peut-être d'en donner un à chacun de nos amis. Robes de soirée pour les femmes, et même quelques fourrures. De retour au loft, on installe les portants, on essaie les costumes : tartan subtil pour moi, peau d'ange gris pour Jasper, Richard prend le costume de vigogne. On se défonce, et tout l'après-midi — pour commencer, car cela durera l'été — on déambule dans le quartier chaud vêtus de nos costumes, et tous nos amis en portent, on entre chez Foley's comme un gang de Mods, en somptueux costumes vintage.

clé d'argent

Le type de la cinq est parti hier, disparu, perdu dans la nature. Il avait de la famille en Floride, qu'il disait, un frère peut-être bien, il a laissé sa porte ouverte et il a filé, la clé dans la serrure. Il a même pas récupéré sa caution pour la clé, il doit s'en mordre les doigts, vingt dollars foutus en l'air.

Mon père a gardé dans sa poche la clé de sa chambre à Beacon Hill, mais le shérif est passé lui remettre l'avis d'expulsion. Février, pas un temps à coucher dehors, mais il ne peut pas retourner à sa chambre, trop difficile, ça ferait un esclandre. Quelque semaines plus tôt, il a menacé les nouveaux propriétaires (*foutus pédés*), qui exigent qu'il parte.

Assis au bord du lit, je regarde fixement la porte fermée, je la scrute. J'attends que la poignée tourne. Derrière cette porte, c'est les pédés et la ville. Un seul W.-C. sur le palier, ils arrivent par-derrière pendant qu'on pisse. Un seul W.-C.

pour cinq chambres. Ils savent toujours, les pédés: on frappe, on secoue la poignée. Je connais Victor, de la chambre d'à côté, je l'ai déjà invité à boire un coup. Le seul ancien, arrivé avant moi, il tient la porte comme un gentleman. Je lui ai amené ses journaux quand il ne pouvait plus se lever. La vieille, Malloy, était encore propriétaire, pas les pédés, eux, c'est après. Je n'ai jamais rien demandé, je paie mon loyer chaque semaine, je reste dans mon coin. Ça se voit qu'ils entendent tout. Quand je croise Victor dans le hall, on échange un signe de tête. Même les murs semblent plus minces, comme si on pouvait passer le doigt à travers, du vrai papier, avec rien derrière. Comment savoir? C'est si près, dehors: des sirènes qui s'évanouissent, des bruits de cavalcade.

Il arrive qu'il rentre en douce après minuit. Le lendemain, il ne peut pas partir tant qu'il entend du bruit dans le couloir. De plus en plus, ces derniers temps, il ne fait même plus l'effort et conduit toute la nuit. Au fil des rues, au volant du taxi, il repère des endroits où il pourrait dormir, en dernière extrémité. Une expérience de plus, matière à écrire.

Je rentre tôt le matin, après le boulot, tandis que la ville rêve encore. Quatre marches à monter, la clé d'or pour la porte massive, le couloir, la chambre de Victor, les toilettes, la clé d'argent pour ma porte. Je suis si épuisé parfois que je tombe dans mon lit dès le seuil franchi. Il m'ar-

rive de me réveiller sans savoir si c'est le matin ou le soir : sept heures à l'horloge, du matin ou du soir, rien ne l'indique.

Mon père a dû passer une ou deux nuits à l'Armée du salut pendant cette période, et plus d'une à la gare routière, assis bien droit sur un siège en plastique, remettant des pièces dans un téléviseur minuscule vissé à l'accoudoir. En transit, voilà tout, faisant des plans pour la suite. Il lui reste des amis, à qui il peut téléphoner. Vingt ans plus tard, il se dégotte une suite au Ritz pour six mois. À l'époque, il vend des encyclopédies au porte à porte, sans grand succès (*Des gonzesses qui m'ouvrent en chemise de nuit, « Non, mon mari est absent, entrez donc boire un verre »*), il passe la nuit sur le toit d'un ami à Beacon Hill ; un soir d'orage, enfin, il se réfugie dans le hall du Ritz. L'Encyclopaedia Americana s'est installée à Boston, annonce-t-il à la réception. *Service en chambre, et tout le tralala*, se vante-t-il.

La lueur perce les feuillages, des ombres de feuilles se projettent sur l'abat-jour, un murmure s'élève dans les immeubles. C'est plus logique de dévisser les portières, de les poser sur le flanc, de garer le taxi à côté de mon lit, de remplir la baignoire de glace et de me masquer les yeux avec des journaux. J'appelle mon fils de la cabine du couloir, en lui disant de venir en camion prendre ce qu'il veut, pas question que ces pédés récupèrent quoi que ce soit. Il n'est jamais entré dans la chambre de son père, n'a jamais vu la photo de sa mère à mon chevet, et moi qui le tiens dans mes bras devant la maison de Pinkney Street. Il va venir en camion et on va déménager, une autre chambre, ou dans le Maine si ça se trouve, avec une grange.

dehors dedans

(1987) Trois ans de travail au foyer ont fait de moi un ancien, moins présent l'été, voire absent, quand je vis sur le bateau. Trois ans au foyer, c'est une vie. Après la Cage, l'Hébergement, puis l'Étage. Maintenant à plein temps, en tant que conseiller et même responsable à l'occasion, je suis parvenu au sommet. Je ne pense guère à mon père à ce moment. Je reçois une lettre de lui de temps à autre, que je mets parfois des semaines à ouvrir.

Jusqu'à ce qu'un jour, sorti de nulle part, mon père me téléphone *Ramène-toi avec ton camion.* Première fois que j'entends sa voix au téléphone, que je lui parle, en fait, hormis ce « Bonjour » quand j'avais huit ans. *J'attends avec une carabine derrière la porte*, m'annonce-t-il, *que la poignée bouge.*

Je me rends à l'adresse indiquée, en camion. J'ai demandé à Emily et Doug de m'accompagner, pour servir de témoins, de renfort et de soutien. Quand il a dit « carabine », j'ignorais s'il en aurait une. Je l'ai pris au mot. *Je veux que tu emportes tout.* Depuis la naissance, je fais partie des gens que l'on dit sujets aux accidents : nez cassé, bras cassé, genoux, rate éclatée, dents cassées, doigts, mâchoire et côtes. En maniant le marteau-piqueur ou en coupant des tuyaux sur des chantiers, j'ai reçu des éclats d'acier dans l'œil à trois reprises, chaque fois retirés. Vous avez les yeux couverts de cicatrices, m'ont dit les médecins, si vous continuez, vous n'y verrez bientôt plus rien. Alors en l'occurrence, qu'est-ce que c'est qu'un ivrogne assis derrière sa porte avec une carabine ? Quand on arrive à l'immeuble toutefois, j'entre seul, car si carabine il y a, pas la peine qu'on soit foule dans le couloir. Je frappe, en restant à côté de la porte, comme les flics dans les films. Je ne touche pas à la poignée avant de l'entendre hurler *Qui c'est?* sur quoi, je me fais connaître.

Je le découvre assis tout nu dans une baignoire en fer-blanc chromé au beau milieu de la pièce, buvant de la vodka pure d'un calice argenté, souverain moyenâgeux dément au bain. Quand j'ouvre plus grande la porte, me tenant toujours de côté à la pensée de la carabine, il se dresse, nu devant moi. Il a les seins flasques, le pénis ruisselant de mousse. *Merci d'être venu. Une seconde, j'arrive.* Abasourdi, je recule avec maladresse jusqu'au couloir mal éclairé, en essayant de garder les yeux fixés sur son visage. *Y a pas le feu*, lui dis-je en marmonnant, tandis que les pensées se bousculent dans ma tête : pourquoi nu ? Pourquoi se lever à mon entrée ? Pourquoi avoir répondu à son appel ?

L'eau peut être symbole de purification, et se tenir nu devant l'autre, l'indice d'une volonté de vérité, de la part d'un homme qui n'a rien à cacher. Le calice abritant le saint sacrement renferme aussi le poison. La nudité est menace autant qu'offrande. C'est en se plongeant dans une baignoire qu'Archimède formula les lois de la densité et de la masse : Eurêka ! L'eau est le dissolvant universel ! Mais on se noie dans l'eau, les fleuves en crue rattrapent les berges, la boue envahit les champs, les albums de famille gorgés d'eau épaississent, les tasses en voguant quittent les placards. Pourquoi être venu ? Durant ses années de prison, j'imaginais sa cellule, les murs épais, les barreaux, une fente de ciel bleu très haut au-dessus de sa tête. Parfois je visualisais une cage, empilée sur d'autres, chacune avec un homme à l'intérieur. Ou un trou dans un sous-sol, une grille au plafond, qu'arpente un maton faisant tournoyer sa matraque. Dans une prison, j'arrive à le situer, lui demeuré jusque-là insituable. Mais c'était dix ans plus tôt, au début des lettres. Dix ans de conjectures, un père imaginé à partir de ses mots délirants. À son appel, l'idée ne m'a pas effleuré de ne pas répondre. Toute ma vie, je me serais interrogé, sur lui, ou sa chambre au moins, qu'il allait perdre, essayant de me la représenter, de la conserver dans un coin de mémoire.

Quand mon père me rappelle, il boutonne une chemise, à demi-vêtu. *Ravi de te voir, Nicholas. Malgré les circonstances.* Je scrute son visage, j'essaie de m'y voir. Je l'écoute un moment déclamer sur le compte des nouveaux propriétaires, puis je sors chercher Emily et Doug. Mon père adresse un sourire narquois à Emily, qu'il n'avait jamais vue avec moi, lui demande des nouvelles de sa famille. *Comment vont Ray le Réglo et Clare de Lune* ? Puis il entreprend Doug sur *ces pédés qui peuvent pas se retenir, il doit subir leurs bruits nuit et jour*, mais Doug l'interrompt. Je jette un coup d'œil alentour, à la pièce encombrée de vieux magazines et de tout un bazar apparemment inutile. J'ai lu dans le journal du matin qu'on peut maintenant par ordinateur simuler l'invisible, donner à voir la forme du « rien », les structures qui en assurent la cohésion : l'image d'une bouche béante. *Tout ce que tu veux, je t'assure.* Mes yeux tombent sur un tableau, tout en taches et giclures. *C'est un authentique Pollock, petit, c'était mon pote. Ça vaut une fortune maintenant. Il est à toi.*

Une demi-heure plus tard, je lui donne quelques centaines de dollars pour mettre ses affaires en garde-meubles ou se trouver un autre logement, avec pour seule condition qu'il ne se présente pas au foyer de peur qu'il me grille au boulot. Il me dit de ne pas m'inquiéter. J'emporte le tableau, avec un exemplaire de *Dans la dèche à Paris et à Londres* d'Orwell. Quelques jours plus tard, mon frère me fait remarquer qu'en signant, Pollock a mal orthographié son nom. Il n'y avait pas de carabine.

échangeur

Le monde est si vaste, chaque ville pleine de chambres bon marché, chacune derrière une porte. Des hommes y sont étendus, imprimant la forme de leur corps sur le matelas, lèvent le store au matin, font les cent pas la nuit, les yeux grands ouverts. Un jour ou l'autre, on vient vous chercher. Il faut bien finir quelque part, non ? Foutue loi de la physique.

Sans son taxi, mon père serait à la rue. *Il y a plein d'endroits où je peux aller, mais vivre, nulle part.* Facile de dormir dans le taxi, les mains serrées sur le volant. Il n'est pas sans abri, pas encore, pas prêt à dormir par terre, pas tant qu'il est sobre. Du jour au lendemain, son taxi devient sa chambre, le plan de la ville, celui de son étage. De Logan à Kenmore, de Beacon Hill à Harvard Square, retour au garage sur Fenway pour faire le plein, le grand rond-point de l'existence, l'échangeur de la vie. Il compte vivre de son taxi, qu'il loue par vingt-quatre heures, trois sessions de suite sans pause. Se garer au bord de l'eau dans Southie, dans Winthrop, regarder décoller les avions, fourrer une bouteille sous le siège, passer aux casiers récupérer des vêtements pour tenir quelques jours, manger un sandwich, et repartir. À l'époque, il gagne encore de l'argent, en suivant les indications du central, récupère deux ou trois passagers deci de-là, ignore les Noirs en costume qui agitent la main. S'il doit se soulager dans la journée, il se rend à la gare routière, où personne ne remarque un taxi qui reste garé une demi-heure. Un endroit réservé aux taxis. Pour se doucher, il va à l'auberge de jeunesse de Charlestown, de l'autre côté du pont, en face du North End. Au Dunkin' Donuts pour le petit déjeuner. Ce n'est pas drôle tous les jours. Chaque nuit, des chauffeurs de taxi se prennent une balle dans la tête : toujours bien fournis en liquide, les taxis, on le sait. Entre le siège et la portière est logée sa matraque cloutée, à portée immédiate de sa main gauche — *Et vlan, dans la jugulaire, cette racaille aura pas le temps de savoir ce qui lui arrive.*

Mais un soir de la fin mars, il oublie d'arrêter de boire, le compteur on, off, trou noir, réveil. Une nuit de plus passée en taule, pour se présenter, au matin, devant le juge. *D'après la police, on a trouvé un litron vide à côté de moi. J'aurais cogné sur un type ou fait je sais pas quoi au Common. Qu'est-ce que je pouvais dire ?* Une amende à payer, des torts à réparer, avant d'être rendu au froid soleil de mars, sans son permis taxi, en liberté surveillée.

Par bonheur, Boston est une petite ville, où l'on se déplace à pied. Il marche, donc, jusqu'à sa boîte postale de Beacon Hill, vérifier s'il n'a rien reçu pour les Faits qui ont Fondé l'Amérique, puis il file le long du Mall[1], sur Commonwealth, rejoint Mass Avenue, qu'il descend jusqu'à son casier. Il est presque une heure quand il

1. Jardin aménagé entre les deux voies de Commonwealth Avenue.

arrive, et le temps de changer de chemise, il est trop tard pour refaire tout le trajet jusqu'à Charlestown, où il pourrait prendre une douche. De plus, il a faim, ayant refusé les œufs en poudre qu'on lui a proposés en prison. Il retourne à Beacon Hill, parce qu'il connaît, s'arrête au Sevens, commande une assiette de soupe, la mange en prenant son temps, lit le journal entre deux cuillerées, redemande du pain, qu'on lui apporte, puis une bière, servie elle aussi, dépense la moitié de l'argent qu'il avait en poche, puis ressort dans la pénombre.

C'est le début, la toute première nuit, le noir inévitable. Ses pas le conduisent à la bibliothèque, dont il sait qu'elle ferme à neuf heures le mercredi. Il va écrire une autre lettre à Ted Kennedy, pour l'informer de ce qui lui arrive, de ce changement de situation. C'est important pour Kennedy d'être au courant, les pauvres et les miséreux sont son électorat, lui autant que Kennedy se sentent sincèrement concernés par leur sort. *On nous a mis sur cette terre pour aider autrui* sont les premiers mots de la lettre que m'écrit mon père.

Un quart d'heure avant la fermeture, un vigile lui demande de regagner l'entrée. On lui fait ouvrir son sac à la sortie, pour en montrer le contenu à l'employé assis au bureau, qu'il ne regarde pas, pas plus qu'il ne lui parle. L'homme plonge la main dans le sac de mon père, y déplace des classeurs, des feuilles volantes, cherchant distraitement des livres ; sa main finalement se referme sur une brosse à dents. Furieux, mon père lui arrache le sac et prend la porte. À une rue de là vers l'ouest se trouve le Dunkin' Donuts, mon père s'y rend tout droit, en marmonnant *abruti.* C'est du harcèlement, pur et simple. Demain, il ira trouver un responsable, pour déposer une plainte en bonne et due forme. Il voit son haleine devant lui, il ne doit pas faire plus de quatre degrés. Dunkin' Donuts ferme à onze heures, celui-là du moins. Celui à côté du Garden reste ouvert toute la nuit. La tasse de café peut lui durer deux heures, surtout s'il lit le *Herald*. Les clients ne cessent d'entrer et sortir, un barbu arrive comme par hasard, la fille au bar lui offre un café à condition qu'il aille le boire dehors. Elle connaît même son nom, l'appelle *Eric*, hausse les épaules à l'adresse de mon père, comme pour dire Qu'est-ce que je peux faire ? Mon père lui sourit en retour. Joli brin de fille. Juste avant onze heures, elle a commencé le nettoyage, verse le café dans l'évier, pousse des chariots de beignets invendus dans l'arrière-boutique. Mon père plie son journal, la remercie et s'en va. Il songe à lui demander où elle habite, à tenter — qui sait — d'obtenir une ou deux nuits sur son canapé, mais il y renonce. Demain, peut-être entamera-t-il la conversation, en expliquant son état de transit.

Le jour a décliné dans la bibliothèque, où règne une faible lueur qui met en relief le hall au plafond immense, tandis que le reste se dissout dans l'ombre. Trinity Park s'étend juste en face de la bibliothèque, et l'église, Trinity Church, se dresse comme une pensée médiévale au milieu des tours de verre et d'acier. Mon père choisit un banc face à Boylston. Quelle identité va-t-il s'inventer, assis là, que peut-il bien attendre, quelle histoire va-t-il sortir aux passants ? Malgré les lampadaires du parc, il fait trop sombre pour lire. Et puis, il a lu le *Globe* et le *Herald* dans leur intégralité. Ce n'est pas le printemps, ni la chaleur, pas encore, mais ça se réchauffe. Les taxis, lentement, s'acheminent vers quelque destination.

Une main fourrée dans sa poche le réveille, il hurle.

Un rasta émet un sifflement, puis titube un instant dans l'ombre de Trinity, de sa démarche rigide de dément. Mon père, levé d'un bond, vérifie ses poches, ne sachant plus trop ce qu'elles contenaient, ce qui a pu disparaître, commence à suivre le maniaque pickpocket, puis repart en sens inverse. Six heures encore avant l'ouverture de la bibliothèque. Il y a un arrêt de bus à l'angle, il pourrait attendre le bus, mais il ne circule pas à cette heure. Il pourrait s'asseoir dans l'abri mais le fou va le trouver, il va attendre, caché, qu'il se rendorme, pour lui passer ses sales mains dessus, des pieds à la tête. Mon père essaie de sauver quelques dollars pour le matin, un café, un peu de temps au sec, mais le taré va mettre la main dessus, déterminé à tout prendre, il lui rira au nez, l'enfoiré, même un sandwich, où cacher, comment garder quoi que ce soit ? C'est comme s'éveiller chaque matin seul, échoué sur une plage déserte, tous ses biens balayés par les flots.

S'il pleut, il pense à l'arrêt de bus, qui au moins offre un toit, et trois faces abritées. Mais impossible de s'allonger sur les bancs, à cause des accoudoirs soudés. Derrière la bibliothèque, il croit voir une couverture abandonnée, de plus près identifie un homme recroquevillé sur une grille. De l'air chaud et humide s'en échappe, le réchauffe comme un beignet. Ce n'est pas la première fois qu'il voit des cloches vautrées par terre en train de boire, mais il ne s'est jamais tenu au-dessus des souffleries, pour que l'air chaud se coule dans ses vêtements. L'air absorbé est rejeté dehors, il entend le ronronnement sourd des machines au-dessous de lui, une débauche de chauffage, même les nuits les plus froides il fait trop chaud dans la bibliothèque, les livres grillent dans les salles surchauffées, assez pour chauffer les trottoirs, et l'air du dehors. La neige ne tient pas sur les grilles, qui font des taches noires et humides sur fond blanc uniforme. Les ivrognes se laissent tomber dessus, amenés par les flics à coups de matraques, ou par le froid. Une sorte de radar interne les maintient en vie, ils affrontent la tempête en titubant, aveuglés par l'alcool, tout abrutis, jusqu'à ce qu'ils trouvent la vapeur et s'écroulent. Comme dans une oasis surgie au milieu du désert, ils laissent leur corps fondre sur les grilles, la vapeur infiltrer leur manteau, leur pénétrer la peau. C'est une sorte de prison, ces souffleries, on ne peut plus partir, s'il n'y a nulle part où aller, nulle destination, car au moindre écart c'est le froid, l'hypothermie une fois qu'on est trempé. Les couvertures, soulevées par le ventilateur comme un rêve, demeurent suspendues au-dessus du corps endormi, puis s'éloignent et sombrent dans la neige fondante. Les nuits les plus froides, ça se bouscule, et le dernier arrivé, relégué au bord, risque la mort : quelques centimètres et il est fichu. La soufflerie est une pièce pleine de chaleur mais sans murs. Mon père se trouve dans cette pièce, invisible dans une pièce invisible dans la ville invisible. Assis à côté des hommes tombés à terre, dans les volutes de vapeur qui les réchauffent.

la pisse du seigneur

Il arrive qu'un homme s'endorme en boutonnant sa veste, les doigts serrés sur le dernier bouton. Il arrive que l'on aperçoive, incrustée dans l'asphalte brûlant, une clé polie par les semelles des passants. On vérifie ses poches, soudain inquiet. Succombant à l'appel que lance le trottoir, aux ruses de la gravité, on tombe à genoux, on ferme les paupières et on sombre dans le sommeil. S'il y a de l'herbe, si on la voit, chaque brin capture une mince lame d'éclairage urbain, et crie de tenir bon. Face au sol, on jurerait qu'on sent tourner la terre, attention, si on ne s'accroche pas, on part en vrille dans l'espace. Oublier les plafonds, murs, portes, clés. Le pain mangé à midi déjà se change en terre dans les entrailles, une terre de nuit, dans le noir intérieur. Bientôt la chair partira en lambeaux, découvrira les os, le squelette blanchi que l'on ne remarquera pas demain, en allant au boulot, parmi les gobelets de polystyrène, récuré, impeccable.

Si ce n'était les rats, on pourrait se glisser sous les buissons. Buissons. Bancs. Bouches de chauffage. Tout un monde d'allitération. Les rats aussi se faufilent par le chas de l'aiguille pour entrer au paradis, c'est facile comme d'entrer dans un carton qu'on imagine être une maison. Des maisons dans les immeubles, des maisons dans les tunnels, qui durent un jour, d'autres, par miracle, un peu plus. Ce carton est un emballage de frigo, qui se trouve aujourd'hui dans un appartement, et il y a un homme dans le carton. Demain, le carton sera écrasé et jeté, on sait comme les éboueurs les piétinent pour les faire tenir dans la benne. On s'éveille dans l'herbe, trempé jusqu'à l'os. La rosée est la pisse du Seigneur. *Encore une nuit de merde dans cette ville pourrie*, murmure mon père.

Et puis il y a les Celtics, en train de perdre leur match à l'autre bout de la ville. Hier soir, Mackie installe un transat dans Rat Alley, et branche une télé sur l'éclairage public. Mon père passe chez Mackie, suit deux ou trois minutes de jeu — c'est ça, les jours de gloire de Bird ? Sortir de sa chambre, s'installer dans un fauteuil inclinable abandonné — est-on dedans ou dehors ? Placer sa chaise en face du poste, faire son petit tour, passer prendre son café, au matin il n'y paraîtra plus, ni dedans ni dehors, ni carton ni maison, ni vie ni mort, ni contenu ni contenant, un kôan zen, une putain de devinette. Un camion d'éboueurs embarque la télé, une autre sera déposée ce soir sur le trottoir. Mais un transat, bon Dieu, ça, on le voit qu'une fois dans sa vie.

compte à rebours

Quelques mois après son expulsion, et un mois avant son arrivée au foyer, j'aperçois mon père endormi sur un banc de l'Esplanade. Plus de chambre, plus de taxi, il échoue sur ce banc. Première belle journée de printemps, les familles sont de sortie. Il avance en titubant jusqu'au bord de la rivière pour pisser, le sexe à l'air, dans sa main. Une petite fille le montre du doigt. Je ne sais pourquoi, chaque fois que je pense à ce jour, c'est cette petite fille que je vois.

On dirait qu'il ne s'écoule pas une semaine sans que les chercheurs découvrent un gène, qui explique le comportement, la tristesse, la prise de poids. Il est clair, à présent, que les gènes sont des signes inscrits dans la formule sanguine, qui une fois déchiffrés permettent de reconstituer la vie. Aussi simple que de lire une carte géographique. Ce signe rouge est ton père, séparé de toi par une vaste mer. Selon les scientifiques, je pourrais me trouver un jour exactement où mon père s'est trouvé, dans la même posture que lui. Si j'ouvrais la bouche, il en sortirait ses mots. Ils présentent le phénomène en termes de « tendance », sous forme d'avertissement, ne parlent pas de destin, mais d'évolution possible.

Peu de temps après l'avoir vu sur l'Esplanade, je me défonce. J'ai ramené une pipe du Maroc l'année d'avant, au long tuyau peint, au fourneau de cuivre. Quand je raconte à Richard que j'ai vu mon père dormir dehors, il me répond *C'est un cauchemar, ton père.*

devinette

Dans le grenier de ma grand-mère se trouvait un livre, un recueil de devinettes, plutôt destinées aux enfants, avec leurs suggestions appuyées, mais se corsant vers la fin. Il y avait la question du Sphinx à Œdipe, une histoire de soupe d'albatros que je n'ai jamais comprise, une enfin qui m'a donné du fil à retordre des mois durant :

Je n'ai ni sœur ni frère,
Mais le père de cet homme est le fils de mon père.

Sur l'illustration, on voyait un homme debout sur le trottoir, le doigt tendu dans la foule. Au bout d'un an, je décidai qu'il regardait dans une glace, pour me le sortir de la tête. Des années plus tard, je me rends compte que j'avais tort.

le père de cet homme est
le fils de mon père

Un homme est venu cet après-midi qui te cherchait, me dit le Capitaine.

Nous sommes assis dans son bureau, une toute petite pièce qui donne sur le Réfectoire Jaune.

Ah oui ?

Il a dit être ton père.

Le Capitaine a une voix chantante, à l'intonation montante en fin de phrase. Je ne l'avais jamais remarqué auparavant.

Il avait ses papiers, dit-il de sa voix chantante. Il voulait un lit.

Un lit ?

Il en a exigé un, plutôt, en disant que son fils travaillait là, que son fils lui trouverait un lit.

Que répondre ?

Il s'est assis exactement où tu es, chantonne-t-il.

Je me lève malgré moi, en m'essuyant les mains sur mon pantalon.

Il a dit que ce n'était que pour quelques jours, qu'il avait dû quitter sa chambre.

Ça fait trois mois qu'il ne l'a plus, dis-je en agitant le bras en direction de la chaise vide.

Tu étais au courant ? me demande-t-il d'un air dégagé.

C'est normal qu'il me pose cette question, à laquelle pourtant, une fois encore, je ne sais que répondre.

Tu n'es pas obligé de rester, tu n'as qu'à prendre ta nuit — chantant toujours, mais en sourdine.

Je l'ai vu au bord de la rivière il y a un mois environ. J'essaie de lui expliquer, mais l'histoire paraît complètement folle. Sur un banc. Endormi. On se croirait dans un opéra délirant.

Tu peux rester si tu préfères, propose le Capitaine.

Une petite fille l'a montré du doigt, mais même ça, qu'est-ce que ça veut dire ?

Il sera là à six heures, me dit-il d'une voix douce. Après son travail.

Je ne le regarde pas franchement, je vais essayer.

Travail à la journée. Je lui ai donné un lit de travailleur…

Le téléphone sonne. Le Capitaine le regarde. Je le regarde. À la quatrième sonnerie, le Capitaine décroche. Non, n'appelez pas d'ambulance, il est comme ça depuis midi. Aah-aah. Dans ce cas, appelez-en une. Il raccroche. Sacré Billy, glousse-t-il.

Sacré Billy. Il a des preuves ? Tu les as vues ?

Il a dit qu'il apporterait les attestations. Tu ne crois pas qu'il travaille ?

Peut-être que si. Comment savoir. Je ne le connais même pas.

Silence.

Tu n'es pas obligé de rester ce soir. Rentre donc chez toi.

« Rentre » est devenu le refrain, le chœur qui s'élève à chaque couplet.

Qui d'autre est au courant ?

C'est arrivé au changement d'équipe.

Le registre ?

Le registre.

Tu as écrit dans le registre que mon père s'est présenté pour demander un lit ?

« Nouveau pensionnaire ».

Silence.

Long silence.

Le Capitaine me laisse seul dans son bureau. Le bras se soulève au-dessus du disque. Prends ton temps, m'a-t-il dit, mais il n'y a pas de temps. Seulement un certain nombre de minutes qu'un conseiller peut s'arroger à l'abri du tumulte. Je regarde autour de moi : est-ce que les murs se resserrent ? Y a-t-il des planètes qui s'entrechoquent dans ma tête ? Le Capitaine vient-il de me chanter une chanson ?

Je reste assis dix minutes seul dans le bureau, puis je retourne travailler. Quelques heures plus tard, mon père se présente, gagne la Cage, sort le ticket donné par le Capitaine, disparaît à l'étage. Sans musique menaçante, ni cordes grinçantes. Il n'a pas fait voler les portes, éclairé à contrejour et laissant le vent s'engouffrer, la terre ne s'est pas arrêtée de tourner. Un « nouveau pensionnaire », voilà tout, le lot quotidien. Comme les autres, il a levé les bras à l'entrée pour la fouille. *Je n'ai ni arme ni bouteille de bière, mais le père de cet homme est le fils de mon père.* Ça n'a pris que quelques minutes. Pas un mot échangé.

mayberry rfd

Mon enfance a été bercée par l'image d'Otis à la télévision, le pochard du village dans la série *Mayberry RFD*, s'introduisant chaque soir dans la prison avec un passe-partout qu'il accroche à l'extérieur, à portée de main, pour pouvoir sortir le lendemain matin. Chaque petite ville a les siens, du moins les villes que je connais. Son Mugsy. Son Mickey. Le signe de sa tolérance. Inévitable. Il paraît qu'il ne faut pas grand-chose pour rendre Mickey violent, pour qu'il agresse quelqu'un, mette le feu à une maison, vole une voiture. Une bouteille suffit. On a eu son frère comme moniteur au centre aéré, il nous faisait chanter « 500 Miles » dans le car du retour, et on connaissait tous son frère Mickey, le fils perdu — *Mon Dieu je peux pas rentrer comme ça*. Les enfants de Mugsy étaient dans mon école, un dans ma classe, toute mon enfance j'ai joué avec lui. À la guerre. Aux Indiens. On les connaissait, eux et leurs familles, leurs problèmes étaient de notoriété publique, une tare chaque jour avérée, chaque jour pardonnée. Ceux d'entre nous qui savaient prier priaient pour eux.

Quand j'avais quinze ou seize ans, Mugsy nous achetait

de l'alcool ; on le trouvait sur le parking du magasin, et en échange de deux ou trois bières il nous en ramenait une caisse. Quand les flics étaient dans le coin, il fallait qu'il monte en voiture avec nous, comme si on allait tous à une soirée, entre potes ; on le lâchait quelques rues plus loin, pour repartir dans la nuit liquide.

Au début, mon père sauve les apparences. Récemment expulsé, il vit seul depuis des années. Il n'est resté à la rue qu'un mois environ, n'a plus un sou mais se maintient, a encore toute sa tête, reste à peu près propre. Il arrive avec un œil baladeur, lui qui depuis des années souffre de strabisme. Il flotte sur son visage comme un satellite fantôme. Ray trouve que ça lui donne un regard intense. Il porte des bas de contention, contre la phlébite. Mais il n'a pas l'air d'un psychotique, clame haut et fort qu'il n'a jamais été interné, jamais sous traitement, ni en désintoxication. D'accord, il porte les traces d'une blessure à la tête, d'accord, on l'a bouclé un temps dans le secteur « psychotiques » en prison, mais les médecins n'ont rien diagnostiqué, du moins rien dont il accepte de parler. L'alcool, sa chute sur la tête : dégâts « organiques » exclusivement, selon les responsables du secteur « psychotiques », on ne peut pas le toucher. Un bravache, esquinté par la vie, mais il y a bien pire que lui. Où le placer sinon ici ?

que ça te plaise ou non

Cher Nick, 22-06-87

Sois vivement remercié pour l'aide que tu m'as récemment apportée. Autant de matière pour mon œuvre. Il y a douze ou treize ans, un titre m'est venu à l'esprit, j'étais alors pensionnaire — de passage — au foyer de l'Armée du salut. J'arrivais de Palm Beach, en attente d'un autre coup en banque avec ce terrible Dippy-do Doyle. Le titre, « Dans la dèche à Boston et à Cambridge » — l'original, de George Orwell, est « Dans la dèche à Paris et à Londres » — ces deux derniers mois me l'ont remis en mémoire.

Les écrivains, et en particulier les poètes, sont sujets à la folie. La crise de folie guette toujours le créateur.

Pourquoi les créateurs sont-ils plus exposés à la folie ? C'est qu'ils sont doués à la fois d'une énergie peu ordinaire et d'une exceptionnelle capacité à voir le monde sous un jour nouveau, tandis que leur tendance dépressive les rend sensibles à la souffrance.

J'ai vraiment beaucoup apprécié — en tant qu'écrivain — mon séjour au Pine Street Inn. Quel plaisir de rester debout, le dos au mur, à regarder travailler mon fils. Elles ont été longues, bien longues, ces vingt-cinq années.

Que ça te plaise ou non, tu es moi. Je le sais.

Lors de ma dernière soirée à Pine Street, en attendant huit heures, j'ai songé que si ta merveilleuse mère était vivante pour voir cette scène, son fils cadet au travail et son Père hébergé à Pine Street — un foyer de SDF, pour les hommes déchus, meurtris, les exclus du grand jeu de la vie, Jody aurait éclaté de rire face à cette caricature de scène macabre. Je ne peux pas récupérer mon permis avant un mois, j'essaie de trouver un autre travail. C'est dur, très dur.

Quelques lignes pour finir, Nick. C'est une honte que le Pine Street autorise à fumer dans son enceinte. Indécent, tout simplement. Je suis un non-fumeur invétéré.

D'après Eno les Moineaux, au 27 Putnam Street, tu serais tombé dans la drogue : bien du plaisir, si c'est le cas.

Avec toute mon affection, et ma considération,

Ton Père, Jonathan.

Même avant qu'il trouve le chemin du foyer, nos routes auraient pu se croiser. Nous avons tous deux travaillé dans le bâtiment, par éclipses : sur un chantier donc, peut-être, chacun appuyé sur sa pelle, à se dévisager de part et d'autre du fossé creusé par nos soins. Puisque nous nous prétendons écrivains, nous aurions pu venir écouter le même poète lors d'une soirée littéraire, respirer le même air. Il a conduit un taxi, j'aurais pu être client un soir, si j'empruntais les taxis. Nous buvons tous les deux, nous aurions pu nous croiser, en virée le même soir, nous disputant l'attention de la serveuse. Sans être une très grande ville, Boston compte quand même quatre millions d'habitants : nulle nécessité, donc, que l'on se rencontre. J'aurais pu me garantir contre cette éventualité en m'installant à New York, à San Francisco, n'importe où sur la planète. Mais c'est à Boston que je m'établis, que je prends ce boulot au Pine Street, dès cette époque un village dans la ville, son envers, dont les habitants sont en majorité, et pas exceptionnellement, des ivrognes, ou ce que l'on nommait autrefois les tarés du village.

transparent

Cela fait trois mois que mon père a franchi le seuil du foyer pour la première fois. Ce soir, il est relativement sobre, capable de lever les bras pour la fouille sans attirer indûment l'attention, de passer sans encombre entre les corps assoupis jusqu'à la Cage, où il dépose ses objets de valeur, et signe. De l'autre côté du Réfectoire, je l'observe sans broncher. Les yeux fermés, je peux me représenter chacun de ses pas. À l'étage, en échange du ticket de lit, il va recevoir son panier avec le cintre, la boîte à chaussures et le bracelet numéroté. Assis sur le banc, la boîte posée à côté de lui, il se voit dans le miroir déformant, sa tête grossièrement agrandie, son corps réduit à la taille d'un oiseau, ses mains énormes. Il ôte soigneusement ses vêtements, les suspend tous sur le cintre numéroté, place chaussures et chaussettes dans la boîte. Tout nu, il se lève, remet l'ensemble au comptoir, prend son morceau de savon et sa dose de shampooing. Pas loin de neuf heures, l'heure de pointe est passée, les douches vides, à part lui. Le long du périmètre, telles des douves, court un sillon qui évacue l'eau sale, la sueur et la mousse de savon.

Le jour où mon père a franchi les portes, je suis devenu transparent. Rien à faire : je ne peux pas parler de lui avec mes amis, mes collègues. Certains tentent d'aborder la question de biais, tels des crabes, m'offrent leur soutien, leur sympathie, mais ne font qu'alimenter ma honte. Au bout d'un moment, sous l'effet de la frénésie qui règne dans nos murs, cela devient un fait parmi d'autres : son père est pensionnaire ici. Un nouveau venu, en général, essaie de l'admettre et de s'y accoutumer, de faire rentrer ce fait dans le cadre de son expérience. Peut-être son propre père a-t-il disparu, ou c'était un ivrogne, qui l'a déjà mis mal à l'aise une ou deux fois. Un mois plus tard, c'est devenu normal. Son père couche en haut, dans une maison parallèle, en quelque sorte.

En caleçon, enroulé dans un drap de bain, mon père monte une autre volée de marches. Les jours sont longs maintenant, une lueur atténuée se distille dans les dortoirs. Un employé résident, sans un mot, pointe une torche sur son poignet. Ils passent entre les rangées d'hommes, qui ronflent ou, les yeux écarquillés, fixent la pénombre. L'un marmonne un monologue ininterrompu, un autre fait des allées et venues aux toilettes. Debout à une fenêtre, un homme observe les sillages lumineux sur le Southeast Expressway, une moisson d'étincelles qui s'évanouissent dans le noir.

Un soir, une collègue me dit que de tous ceux qu'elle connaît, c'est moi qui ai le moins de chance (*La culture des plaies, par les mendiants, c'est aussi le moyen pour eux d'avoir un peu d'argent*). Une forme d'empathie, j'imagine, mais je n'ai pas vraiment envie d'aborder le sujet. Si on sort boire un coup après le travail, si je me retrouve à passer la nuit avec elle, peut-être que j'en dirai plus, dans la conversation qui suivra, en guise d'explication de mon comportement, de qui je suis, pourquoi je suis dans son lit et non celui d'Emily. Une aventure, c'est une chambre où disparaître quelques heures, une cachette de plus. Mais si l'on me pose la question sur le mode direct, je réponds immanquablement que c'est un ivrogne parmi d'autres, c'est ce que j'ai toujours entendu dire, un ivrogne et un escroc, rien à voir avec moi. *Je ne te connais pas*, dit-elle, quelques mois après le début de notre relation, *mais si un jour tu veux parler…*, je lui souris, un sourire de cadavre, et l'une après l'autre toutes les lumières s'éteignent en moi.

la même chose

Comme d'habitude. Sang du Christ. Essence. Spiritueux. Potion. Une larme. Une lichette. Une lichée. Une chope. L'étagère du haut. Vas-y remplis. Deux doigts. Un coup. Une goutte. Une gorgée. Et une tournée, une. Vous êtes prêts ? À s'en jeter un. En vider deux trois. Lever le coude. Cul sec. Gueule ouverte. Dalle en pente. Allez, amène. Un petit remontant. Qu'est-ce que ce sera. Choisis le poison. Santé. Une carafe. Un pichet. Un godet. Un verre. La même chose. Tournée générale. Mon brave. Mon poteau. Prends-toi ça. Fais péter une roteuse, pour casser la glace, un vite fait, un dernier, pour s'endormir. On s'en descend un. S'en vide un. Je suis sur mon soda scotch. Ça dégage. J'en flinguerais bien un. Allez engouffre. Et gloups. Et glou et glou. Allez avale. Pousse-au-crime. Nectar. Cuvée maison. Raide. Contrebande. Frelaté. Piquette. Eau de feu. Antigel. Une compresse. La dose. Zombie. Tord-boyaux. Picton. Calmant. Là, tu me plais. Faut vivre un peu. Sèche-le. Achève-le. Ça chauffe. À peine allumé. Planant.

Encore un de foutu. Un réveil en beauté. Les bonbons, c'est tout bon, mais l'alcool, ça décolle. La bière qui a fait la gloire de Milwaukee. Houston, on a un problème d'alcool. La cause de tous les problèmes dans la vie, et leur solution. Un pauvre diable est le seul Dieu quand il est soûl. Qu'est-ce que je serais sans toi. Assoiffé. Déshydraté. Faut m'humecter. Une soif atroce. Mort de soif. Lape-moi ça. Laisse-toi faire. Desserre les dents. Un puits. Un trou. Lichetronner. Picoler. Pilier de bar. Mon annexe. Je sors avec les gars. Me détendre un peu. Faire durer. M'appliquer. Prendre une muflée. Toute une nuit. Un zinc. Complètement cuit. Rutilant. Glacé un grand un bien frais. Un pour la route. Il pompe. Tonneau troué. Se méfier de ceux qui ne boivent pas. Tous sous la table, moi debout. Le défaut des bons. C'est parti pour un tour une virée une goguette une crise. Retour à quatre pattes. Tapageur. Bagarreur. Je boirais bien un coup. Pour me donner de l'assurance. Me calmer les nerfs. Noyer mon chagrin. Vendrait sa mère pour un verre. Continue à servir. Un bien tassé. Plus vite. Faut s'y mettre. Grandes gorgées sans s'arrêter allez attaque. Un coup dans l'aile. À moitié murgé. Il a morflé. Il accuse le coup. Il retient le bar. Intoxiqué. La tête dans le seau. Beuverie. Charger les wagonnets. Recharger les accus. Casquette plombée sur le crâne. Requinqué. Bituré. Rond comme un boulon. Un coup dans la musette. C'est l'alcool qui parle. Ça tourne. Lancé. Sans douleur. Éméché. Humecté. Gai. Pompette. Privé de ses facultés. Torché. Beurré. Bourré.

Cuité. Pionardé. Imbibé. Fait. Refait. Farfelu. Rétamé. Macéré. Enivré. Laminé. Derrière les écoutilles. Ça plane. Ça vogue. Ça gaze. Excité. Débauché. Et qu'ça roule et qu'ça trinque et qu'ça coule allez aboule. Y en a marre. Tout trouble. Injectés de sang. Puis vitreux. Chassieux. Nez rouge. Langue pâteuse. Idées pas claires. Vertige. Groggy. Se rincer les amygdales. Se piquer la ruche. Se ramasser une malle. On s'y remet. Bonne descente. Occis. Lichetronner. La boisson. La bouteille. Banque du sang. Hup hup hup, boire un truc. Un verrunverrunverre. Alcool alcoolo alcoolique. Une lampée. Un gorgeon. Se rincer le sifflet. Se mouiller la meule. Fusillé. Schlass. Mal en point. Déchaîné. Je vois double. Vaseux. Ça calme. J'aime mieux ça. Fichu. Noir. Murdingué. Déjanté. Ensuqué. Titubant. Anesthésié. Arsouillé. Fin bourré. Faut se maintenir. Ivre mou ivre gai ivre triste ivre aveugle ivre mort. Buveur acharné. Buveur chevronné. Un ivrogne. Boire comme un trou. Assoiffé. Artilleur. Absorber. Cloche. Clodo. Éponge. Un soupçon. Un soiffard. Un pochard. Perdu. Pleurnichard. Dans les vapes. Dans le coton. Quel jour c'est ? Tu me *connais* ? Tu m'as déjà *vu* ? J'ai commencé *quand* ? Je me suis *arrêté* ? Bredouiller. Tituber. Chanceler. Il a abusé. Soûl comme un Polonais. À tomber raide. Rouler sous la table. État d'ivresse sur la voie publique. Haute tolérance. Haute capacité. Je dis lubrifiant social ; eux, garde à vue. Sucer laper liquider. Arrangé. Dans un bel état bien parti pas très clair disjoncté. Ossifié. Annihilé. Fossilisé. La bibine. La biture.

Jambes coupées. Explosé. Esquinté. Blindé. En brosse. Étourdi. Gorgé. Gavé. Gris. Grisé. Mûr. Pété. Paf. Pinté. Ventre plein. Saturé. Sursaturé. Destroy. Désinfecté. Abruti. Comateux. Mort au monde. Au-delà de l'au-delà. Bon vieux K.O. Le délire. Les moineaux. La tremblote. Delirium. Toutes ces bêtes. Eléphants roses. Mémorable. Sacrée course. Ça vous marque. Pas de main morte. Vas-y mollo. Dernières commandes. C'est la fin. On ferme. Arrêter ce bordel. Arrêter de pomper. Réveiller ce cuité. Extinction des feux. Trou noir. Et que ça saute. La lie. Éponges ambulantes. Paralysés du week-end. Ça plane pour moi. Noir comme dans un four. Plus de ce monde. Foutu. Plus d'espoir. Chtarbé. Une épave. Dehors ! Décuver. Réveil sur le plancher. Finir au caniveau. Se sevrer. Ceinture. Haut-le-cœur. Nausée. Tout blême. Petite nature. Un dernier pour décuiter. Y voir clair. Ça ouvre les yeux. Une goutte. Un coup. Une larme. Une gorgée. Une rasade. Mûri en fût. Derrière la cravate. C'est pas de refus. Comme lui. Le prochain, c'est pour moi. Je te suis. Cul sec. C'est sur ma note. Allez encore un. La même chose.

le camion

(1988) Cela fait bientôt deux ans que mon père est SDF. De nouveau, j'ai passé l'été à Provincetown, sur le bateau, en travaillant à la marina ; toutes les deux ou trois semaines, je vais jusqu'à Boston faire quelques nuitées au Pine Street. Emily a trouvé du travail à la clinique du foyer, elle distribue des médicaments, change les pansements, lave les pieds. Mon père a toujours son lit de travailleur, nos chemins se croisent de temps à autre, et parfois nous échangeons quelques mots. Il me dit qu'il est en contact avec les éditions Little, Brown, que Kennedy travaille sur son cas, qu'il s'est fait voler. En septembre, je retourne à Boston, et après deux ou trois nuitées, je me rends compte que je n'y arrive plus. Je ne supporte plus d'être au foyer (*Ce monde de douleur, visqueux de crasse, repoussant !*), pas avec lui qui risque de surgir à tout moment, comme un diable ivre de sa boîte. Je me mets à faire des remplacements, de plus en plus fréquents, au Camion. L'entreprise a connu le jour l'année précédente, afin de proposer des services à ceux qu'on ne voit pas à Pine Street, pour cause d'exclusion ou pour éviter ce qui leur semble un enfer. En

travaillant au Camion, je commence à penser qu'il y a plus d'espoir dans la rue qu'au sein du foyer. Ceux qui choisissent la rue n'ont pas été soumis à tant de discipline : pas de file d'attente, il faut se frayer son chemin. Ceux qui se présentent à nous viennent d'immeubles abandonnés, de gares, ont dormi dans des cartons, sur des pas de porte. On les accueille au Camion de neuf heures du soir à cinq heures du matin, les heures mortes. Au bout de quelques semaines, je sollicite un travail à plein temps. Ainsi, je n'aurai plus à voir mon père, qui sera couché quand je prendrai mon travail, s'éveillera juste quand je finirai.

Mon nouvel emploi consiste en des études de cas : j'établis des relations avec nos visiteurs afin de déterminer les services appropriés — désintoxication, service psy, hospice, une chope de Thunderbird, que sais-je. Certains matins, quand je quitte le boulot, Joe Morgan est là qui rôde autour des voitures, et un jour je lui demande s'il aimerait prendre un petit déjeuner. Personne ne sait depuis combien de temps il traîne par là. Dix ans ? Vingt ? Il franchit les portes telle l'ombre d'un autre, le visage rasant le mur, presque incrusté dedans, comme s'il s'en aidait pour avancer. Toujours à grommeler ou à siffler, petit, de grosses mains, le nez crochu, les cheveux grisonnants lissés en arrière, Joe Morgan ne couche jamais dans un lit, ne fait jamais la queue derrière les autres, et toutes ces années durant, presque personne ne lui a adressé la parole. On va dans un restaurant de Southie, où il manque nous faire tuer en grommelant quelque chose à propos des « hippies » à la banquette d'à côté, que je nommerais plutôt des « bikers ». On prend l'habitude de petit-déjeuner ensemble une fois par semaine.

Comme je commence à mieux le connaître, je lui pose les questions principales : sa situation familiale, son numéro de Sécu, sa dernière adresse, ses emplois successifs. Tout est confus. Au service psy, ils n'ont rien sur lui, bien qu'il admette avoir pris des « cachets pour les nerfs » à un moment, qui lui ont fait du bien.

Un matin, il me demande pourquoi je l'appelle Joe, alors que son nom c'est Martin. Martin Adams. Je ne sais absolument pas d'où lui vient ce nom de Joe Morgan, et d'ailleurs lui non plus. Il me raconte que quand il marche dans la rue, il entend la voix de son père qui l'appelle, *Martin*, *Martin*, *Martin*, et guide ses pas, qu'il s'en éloigne ou s'en rapproche. Maintenant que je connais son nom, je le conduis aux bureaux de la Sécu pour voir s'il est enregistré. On découvre qu'il reçoit une pension pour invalidité depuis vingt ans, versée à son frère, un bourgeois qui vit dans une banlieue cossue, et qui est sa tutelle. Au tout début, le frère vient à Boston, retrouve Martin, l'invite à manger, lui achète des vêtements neufs, et sur les trois cents dollars, lui en laisse cinquante. Parfois il va jusqu'à le ramener chez lui deux ou trois jours, pour qu'il se lave. Mais après quelque temps, ses visites s'espacent. La pension étant versée régulièrement, le frère peut faire construire une extension à sa maison, une véranda donnant sur la cuisine. Quand ils se retrouvent assis chacun à une extrémité du Réfectoire Bleu, après douze ans de silence, Martin ironise : *Ça fait un bail que je ne t'ai pas vu, tu étais passé où ?*

On avance dans l'automne, et je commence à laisser Martin dormir dans mon studio. Tant de matins à l'avoir vu rôder dans la brume autour de mon immeuble, après ma nuitée au Camion : je l'invite à entrer, étale une couverture par terre, comme pour un chien, lui fais du café quand il se réveille, le laisse filer l'après-midi. Le travail que je fais me pénètre le corps, en imprègne chaque cellule. Je prends une photo de lui et il me demande *Pourquoi j'ai l'air si vieux ?* persuadé que je l'ai retouchée. Dedans, dehors, chez soi, sans-abri, les limites se brouillent. Il a l'âge de mon père mais ce n'est pas mon père. Chaque nuit, au volant du Camion, je me rends dans des immeubles abandonnés, m'arrête au pied d'escaliers dans des ruelles, sous des ponts suspendus. Je connais le nom de tous les occupants : Kevin au Horseshoe, le terrain vague sous l'échangeur, Skid sur la bouche de chauffage de la bibliothèque, Gabe sur le Mall, avec une semelle de plus clouée sous son soulier, chaque soir il essaie de les équilibrer, et se tient maintenant juché en position instable sur des plate-formes de douze centimètres. Près de la gare de North Station, je m'accroupis dans le renfoncement d'une porte auprès de Black George, qui parle de faire une cure. Un ami de New York, à peine descendu du train, nous passe devant sur le trottoir, à quelques pas de là. Sans réfléchir, je l'appelle, *Chris*, il se retourne, hésitant, fait un pas vers nous, s'arrête net. Je suis assis dans l'ombre avec Black George, vêtu d'un manteau que j'ai pris au vestiaire de Pine Street, une bouteille entre nous. Le manteau ne me fera pas la nuit, finira sur des épaules qui en ont plus besoin. *Comment ça va ?* me demande Chris, tout désorienté.

Cela fait neuf ans que je suis avec Emily, quatre ans à Pine Street. Je passe la nuit d'Halloween dans l'East Village, avec une amie que je vois par intermittences depuis des années. Emily l'apprend, exige des explications, je m'aperçois que je ne sais plus où j'en suis, à la dérive, comme disent les bouddhistes, sur une mer d'oubli. Un fantôme affamé. Emily me menace : si je ne commence pas une thérapie, c'est fini entre nous. J'appelle Lou, un spécialiste recommandé par une autre amie. On prend rendez-vous pour la semaine suivante, le sixième anniversaire de la mort de ma mère.

Ce week-end-là, une amie m'emmène à une soirée dans le South End, dans le loft du frère de l'un des Beastie Boys, prétend-elle. Avec mon pull récupéré au vestiaire de Pine Street, je me sens miteux à côté de ces jeunes gens superbes. Après une heure de malaise, j'atterris avec mon amie dans une petite pièce à l'écart, où nous fumons du crack jusqu'au lever du jour. C'est ma première et dernière fois, mais pendant un quart d'heure d'affilée, j'ai l'impression d'être Superman, plein de confiance en moi, séduisant, jusqu'à ce que la pointe s'émousse et que chacun de mes nerfs, à grands cris, en réclame encore. Avant la première bouffée, celui qui tient le briquet me demande si je sais ce que je fais, si c'est la première fois. Il cherche même à m'en dissuader, me dit qu'en trois jours il n'a pas pu se détacher de cette pipe. Je hoche la tête d'un air entendu, de l'air de celui qui sait tout, et je me laisse aller sur le canapé, les poumons pleins de fumée.

le pine street palace

Cher Nick, vendredi 13, 1989 (janvier)

Qu'est-ce que ça te fait de conduire un camion pour Pine Street, de cueillir les corps dans nos rues répugnantes pour les emporter dans ce modèle d'organisation qu'est le Pine Street Palace ?

Un homme d'âge respectable, ce matin, dans le chaos de la queue pour le linge, m'a souri en se retournant pour me dire : « Depuis la mort de M. Sullivan, c'est la débandade. Ce nouveau patron est un abruti ; il embauche des abrutis qui font du travail d'abrutis ! »

Je suis entièrement d'accord. À l'assaut ! Pine Street, un Palais de serfs.

Avec mes respectueuses salutations,

Jonathan

Cette lettre succède à une autre, reçue quelques jours plus tôt : « J'ai écrit à M. Ring il y a quelques semaines de cela pour poser ma candidature pour un emploi — de conseiller — à Pine Street. Pas de réponse. J'ai appris depuis par la bande qu'il faut avoir quitté Pine Street depuis un an révolu avant de pouvoir prétendre à un emploi. C'est ainsi. Je dois continuer à me battre. »

Une nuit de la fin janvier, un conseiller en poste à l'Hébergement ne parvient pas à réveiller mon père. Tout nu, avachi, il regarde fixement dans le miroir déformant en répétant : *Mais je n'ai que vingt-huit ans, je ne peux quand même pas ressembler à ça ? Qu'est-ce qui est arrivé à mon corps ?* Le conseiller, arrivé depuis peu, ne croit qu'à moitié à l'âge de cet homme — trente ans télescopés. Plus tard, la même nuit, ce conseiller me rejoint au Camion, s'excuse de son retard et m'explique avoir été retenu par un ivrogne qui prétendait avoir vingt-huit ans alors que son corps, complètement ravagé, lui en donnait quarante de plus. J'ai su qu'il parlait de mon père avant même qu'il prononce son nom. C'est moi qui ai vingt-huit ans. En moins d'une semaine, l'entrée suivante apparaît dans le registre :

> 6 février 1989
>
> 8 h 20 Jonathan Flynn, s'étant vu demander par un autre pensionnaire de partager un déodorant, a réagi avec une agressivité verbale d'une extrême violence, sur des thèmes sexuels et racistes. Sur notre intervention, M. Flynn a refusé d'obtempérer, a au contraire redoublé de violence dans ses propos, toujours sur les mêmes thèmes, mais sur un ton plus ouvertement narquois, et lâchant un flot d'insultes peut-être encore plus colorées.

8 h 50 Les officiers de la police spéciale, Chris, Paul, Greg et Brian, ont escorté monsieur Flynn jusqu'au Réfectoire Bleu enveloppé dans un drap, l'intéressé ayant refusé de s'habiller.

Ce soir-là, j'arrive au travail à neuf heures, après m'être arrêté pour consulter le registre. J'y lis la note concernant mon père, remarque le regard de la jeune femme à l'accueil posé sur moi pendant que je lis. Puis je traverse le Réfectoire pour récupérer le Camion, que je stationne à la porte de derrière, où je le charge de vivres, de café et de couvertures ; l'arrêt du soir avant ma tournée. Dans le Réfectoire, j'aperçois mon père, en train de déclamer, debout bien droit, dodelinant de la tête, son corps nu emballé dans un drap. Je passe devant lui, devant mes collègues, qui viennent de se débattre une heure avec lui pour le faire descendre des douches et qui, ayant finalement renoncé à faire se rhabiller l'enfoiré, ont attrapé un drap, l'en ont couvert pour le traîner jusqu'en bas. Je n'avais jamais vu ça. Un homme vêtu seulement d'un drap dans le Réfectoire Bleu. Romain. Presque impérial.

cham

Noé avait des plans grandioses pour sauver le monde. Noé, ne l'oublions pas, était un homme à la réputation discutable, qui un jour entendit une voix. Cela fit rire les villageois, ses voisins. Noé, qui aimait boire, ne fut pas pris au sérieux. La voix lui avait dit : *Par ton œuvre, tu sauveras le monde.* Ainsi, d'abord à contre cœur, Noé entreprit l'œuvre de sa vie, un projet impossible, qui le dépassait infiniment. Mais la nuit, de nouveau le doute l'assaillait, et Noé buvait pour faire taire les voix. Les habitants du village parlaient en couvrant leur bouche sur son passage, et riaient en touchant leur chapeau. Le village se trouvait à des lieues de la mer, et Noé passait ses journées à construire un bateau. *Il l'a bâti en noyer, o-yé.*

Noé avait trois fils, Sem, Cham et Japhet. Un jour, Cham surprit son père nu, à déclamer, construisant son arche impossible dans un état de semi-conscience. Dieu s'était adressé à lui, continuait de lui parler, ne s'arrêterait plus. Pour avoir vu son père nu et ivre, Cham et toute sa postérité furent maudits à jamais, jusqu'à la fin des temps.

Peut-être mon père n'entend-il pas de voix, mais lui aussi a un projet impossible, animé lui aussi d'une force qui le dépasse. Des lettres envoyées par mon père durant ces vingt-cinq dernières années, pas une où il ne déclare que son projet d'écriture avance vraiment très bien. Son roman, en l'espèce, si tant est qu'il existe, écrit en prison, dans un état de semi-conscience, est son arche à lui, l'œuvre qui va le sauver, et le monde avec. La plupart sont impressionnés par sa détermination, sa foi inconditionnelle en son propre talent, son pouvoir de changer un monde déchu, d'en restaurer l'unité par un mot, un récit. Son idée que si l'on reste assez longtemps fidèle à sa vision, le rachat est assuré. Alors que tout apporte les preuves du contraire. Son passé, son présent — son alcoolisme, ses crimes, les décennies passées dans la misère, à la rue — ne sont que des épreuves, et qu'est-ce qu'une foi qui ne serait pas éprouvée ? Noé a dû rassembler des clous, trier les animaux, convaincre ses fils. Raboter ses poutres et assembler les couples de la coque. Son arche serait plus vaste que le temple. Tous, nous devons inventer l'histoire qui donnera sens à notre vie, à nos tâches quotidiennes. Pourtant, chaque nuit, le doute revenait hurler en lui. Sans doute, point de foi. Au lever du jour, Noé regarda le ciel qui s'assombrissait et jura de se hâter. Mon père me dit qu'il ne peut pas mourir, ne mourra pas avant d'avoir achevé son œuvre. Mais s'est-il fixé une échéance, tel Noé, un jour où la pluie se mettra à tomber ? Où le navire, achevé ou pas, quittera son ber ?

Moins d'une semaine après que je l'ai vu déclamer, emballé dans un drap, les pieds dans une flaque de sa propre pisse, mon père a encore décliné, il arrive au foyer chaque soir un peu plus ivre, plus provocant, plus dur à maîtriser. Il s'en prend à Cookie, la traite de gougnotte, mais Cookie lui laisse une chance, l'exclut pour la nuit — *C'est ton père, bon sang*. Mais à la fin de la semaine, quand j'arrive à neuf heures prendre le Camion, mes collègues me regardent avec lassitude — encore une longue nuit à tenter de le mater. J'ai choisi de les laisser se débrouiller avec lui, de vider les lieux, de passer la nuit dehors au volant. Finalement, l'exclusion est sollicitée :

> 13 février 1989
>
> EPN ce soir, Jon est devenu fou de rage quand on lui a dit de passer au Linge. Il s'est mis à pousser des cris, à hurler des insultes racistes, anti-lesbiennes, tous les jurons possibles et toutes sortes de menaces verbales à l'égard de Dianne et de Cookie. Imbibé d'alcool, il était dans un tel état d'excitation qu'il a été impossible de le calmer. Finalement, toujours criant et jurant, il a été escorté par Paul jusqu'au bout de la ruelle. Jon a créé de nombreux problèmes dans le dortoir et n'en est pas à son premier éclat à l'entrée. Quand il est soûl, il est très difficile de l'approcher : le moment est venu d'un BH20, ça fera des vacances au personnel.

Le verdict est « BH20 ou exclu », autrement dit, s'il refuse les trente jours d'incarcération dans l'établissement pénitentiaire de Bridgewater State pour désintoxication, il sera exclu pendant deux mois au moins. Son signalement : « b/m, cheveux blancs, yeux en amande, menton mal rasé grisonnant, 70 kg ». Je sais que jamais mon père, de son plein gré, ne retournera en prison. Lors des réunions de changement d'équipe, son exclusion est mise au vote. J'assiste à l'une des réunions. Neuf voix sont pour l'exclusion, une contre, et une abstention. J'aimerais pouvoir dire que je me suis abstenu, mais je ne me souviens pas si c'est vrai. Il se peut tout aussi bien que je me sois prononcé en faveur de l'exclusion de mon père, par solidarité envers mes collègues.

Enfin, nous le savons tous, la pluie vint. L'arche s'éleva au-dessus du monde englouti, les incroyants périrent, à la grande surprise de Noé. La première fois de sa vie qu'il avait bien agi, et encore, sous l'injonction d'une voix que lui seul entendit, que les autres tinrent pour preuve de sa folie. Et Cham alors ? Peu importe qu'il ait parlé ou non de l'ivresse de son père, qu'il l'ait réprimandé, essayé de le vêtir, de le maîtriser pour le remettre au lit ; peu importe qu'il lui ait pris la main, dit où poser le pied : il restera témoin. Peut-être a-t-il ouvert une porte sans y penser, attiré par les cris de Noé maudissant Dieu et les cieux, peut-être, se détournant, n'a-t-il rien vu. Vraisemblablement, Noé n'a pas vu la porte s'ouvrir, serait bien incapable de dire lequel de ses fils est entré et, de toute façon, l'aurait oublié. Apparemment, telle est la volonté divine. Cham a vu son père ivre et nu, et pour cela fut maudit, lui et toute sa descendance, ainsi que les races par elle engendrées, maudites à jamais.

QUATRE

tête la première

Partout dans la ville, des hommes tombent – en piqué, en plongée –, glissent en biais d'un banc qui se rapproche du sol, jusqu'à ce que la terre se soulève et les rattrape, décide de dire *stop*, jusqu'à ce que le trottoir bascule et les lumières s'éteignent. On les voit d'en haut, à l'infrarouge, les contours des corps semés de par la ville, qui tombent à genoux, roulent sur le côté, figés en une pose caricaturale imitant le sommeil. Des points sur une carte routière électrifiée, les sites touristiques se détachant, éclairés. Inspectez les coins, les bords, l'à-peine-visible, les urinoirs improvisés : toute forme à l'horizontale entre dans la catégorie. L'une de ces lumières pourrait bien être mon père, mais il se déplace sans cesse, dans la nuit, se trouve un matelas de pierre, et s'endort.

putains de beignes

La scène se déroule dans un point de vente de beignets, le soir.

Marie : J'ai vu ton père l'autre jour.
Le fils : Je ne savais pas que tu le connaissais.
Marie : Ça n'avait pas l'air d'aller.
Le fils : Peut-être que ce n'était pas lui.
Marie : Qui d'autre ?
Le fils : Peut-être que tu as confondu.
Marie : Confondu ?
Le fils : Avec quelqu'un d'autre.
Marie : Qui ?
Le fils : Un autre homme.
Marie : Quel homme ?
Le fils : Quelqu'un d'autre. Un autre que mon père.
Marie : Pourquoi est-ce que je me tromperais ?
Le fils : Je ne sais pas. Je ne savais pas que tu le connaissais. Tu le connais ?
Marie : C'est dur de ne pas le connaître.
Le fils : Peut-être que ce n'est pas lui.
Marie : Ce serait qui, alors ?

Le fils : Ça peut être un tas d'autres types.
Marie : Il dort bien dans le parking ?
Le fils : Ça lui arrive. Quel parking ?
Marie : Barlow et Ron lui ont fait passer un sale quart d'heure l'autre jour.
Le fils : Le parking de Barlow ?
Marie : Et ce gamin qui a été brûlé...
Le fils : Kevin ?
Marie : Il était mignon, avant qu'ils lui mettent le feu. Ça se voit.
(pause) C'est Barlow qui l'a fait.
Enfin, peut-être que c'est lui. Il devient fou, quand il a bu... *(dans un sifflement, à l'adresse du gérant)* SERPENT !
(pause) Tu veux pas m'offrir un café ? Le patron me surveille.
(pause)
Le fils : *(debout)*
Marie : Toi, tu continuerais à voir quelqu'un qui t'a peut-être foutu le feu ?
Le fils : Tu prends quelque chose, un beignet ?
(pause) Moi, je prends un beignet. Tu en veux un ?
(pause) Ce sera deux.
(pause) Tu connais un certain Eno ?
Marie : C'est dingue, rester avec quelqu'un qui t'a foutu le feu !
Le fils : Eno les Moineaux ?
Marie : Tu lui parles souvent, à ton vieux ? Ça n'a plus beaucoup de sens, ce qu'il dit, ces jours. Ça fait peut-être trop longtemps qu'il est à la rue.
(pause) C'est quoi, l'émoineau ? Une drogue ?

Le fils : Tu n'as jamais entendu parler de lui ?

Marie : Je connais un Eno. Il vend de la drogue. Il a un chapeau atroce.
(pause) Il planque la drogue dans son chapeau ; il se croit malin.
(pause) Il est dans la drogue, ton père ?

Le fils : Ce Eno a dit à mon père que moi, j'étais tombé dedans.

Marie : *(pause)* C'est ce que tout le monde dit.

Le fils : Mais enfin, c'est qui, ce type ?
(pause) *Qu'est*-ce que tout le monde dit ?

Marie : Ben, c'est vrai que tu y es, non ?

Le fils : Je ne le connais même pas.

Marie : *(pause)* Il a neigé la nuit dernière.
C'est un peu tôt, non ?
(pause) J'ai fini par aller au parking. L'étage du haut, ça peut aller.
(pause) J'entendais la voix de Barlow dans la cage d'escalier. J'ai pas bougé.
(d'un ton désinvolte) Il a pas bonne mine, ton vieux. Il faudrait pas le laisser à la rue.

Le fils : C'est toi qui devrais pas y rester.

Marie : Alors, tu reprends un café ?

Le fils : *(s'assied)* Je ne le connais même pas.

Marie : Il a des yeux de fou, complètement déjanté.
(en louchant, à l'adresse du fils) Tu as de la chance de ne pas lui ressembler.
(pause) Le patron s'est mis à harceler les gens. Il fourre son nez dans mes affaires.
(pause) Tu vas prendre un coup si tu consommes pas.
Même si t'as rien fait.

Il peut bien grêler, l'hiver nucléaire : plus de café, t'es viré.
Le fils : On peut essayer de te trouver une place.
(pause) C'est notre boulot, tu sais.
Marie : *(l'ignore)* Dimanche dernier, Barlow et Ron n'avaient plus rien à boire.
Ils cherchaient comme des malades.
Le dimanche, il y a que le bootlegger. Et chez lui, pas de crédit.
Pour Barlow pas plus que les autres.
Il faut payer cash.
Mais qui a du liquide, un dimanche matin ?
(pause) Barlow a tué un homme.
Le fils : J'ai entendu dire ça.
Marie : Quand même, ça doit être quelque chose.
Seize ans à Walpole.
(pause) Ils n'auraient jamais dû le laisser sortir, un type comme lui.
(pause) Barlow et Ron attirent le vieux en haut…
Le fils : Ils…
Marie : Ils attirent *ton* vieux en haut.
Au dernier étage. Dans le bâtiment vide à côté du parking.
Ils lui ont dit qu'ils avaient une bouteille.
Tu vois celui que je veux dire, où il n'y a plus de fenêtre ?
Là, il y a pas un chat, le dimanche.
(pause) Une fois en haut, ils le chopent…
(pause) Tête la première, cinq étages.
Ils l'ont pris par les chevilles. *La tête en bas.*
Le fils : Ils ne l'ont pas lâché, quand même ?
Marie : Cinq étages, c'est ce qu'on dit.

(pause) Ils lui ont même pris son manteau.

Le fils: *(pause)*

Marie: Il a *neigé* la nuit dernière. De la neige fondue *de partout.*

Le fils: On a des manteaux, au Camion.

Marie: Barlow racontait l'histoire hier au soir.
Sa voix remontait par la cage d'escalier, comme s'il m'avait parlé à l'oreille. *(frissonne)*
Il a dit que la prochaine fois, il le lâcherait.
Tu vois le bâtiment que je veux dire ?

Le fils: *(pause)* J'ai pas fait attention.

Marie: C'est un putain de taré, Barlow.

Le fils: Comment ils ont fait pour rentrer ?

Marie: Ton vieux, il a pas bonne mine. À coucher dehors tout le temps.
(pause) Le patron, il vire tout le monde à neuf heures et quart.
Hier au soir, il m'a mis sa tête tout près, comme ça. Je te promets.
J'ai dû essuyer les postillons.
Ça ne ferme qu'à neuf heures et demie. C'est écrit sur la porte.
Il a pas le droit de faire ça. C'est pas légal.

ça va, comme je conduis ?

(1989) Je pilote le Camion le long du Mall, qui divise Commonwealth Avenue, le long des trottoirs envahis de statues de riches inconnus : un homme en tenue de marin regarde une mer de bronze ; un autre, main dans la poche, palpe ses pièces pour l'éternité. On passe devant les bancs où mon père traîne souvent ; trois heures du matin, mon radar se met à bourdonner faiblement. De quelle couleur sa couverture hier ? Vert-de-gris ? Bordeaux ? Il a neigé la nuit dernière, on aurait pu suivre ses empreintes depuis son banc jusqu'au porche de l'église, avant que la neige les emplisse. Lentement, je passe devant une couverture à forme humaine, un homme en forme de couverture, de carton, de banc. Facile de le manquer. Si c'est mon père, et que je dépose un sandwich à côté de son corps endormi, est-ce que ça fait un repas de famille ? Ce banc est-il promu au rang de table familiale ? Avons-nous retrouvé un toit ? Est-ce que c'est ça, l'esprit de famille ? Est-ce que je fais face ? Ça va, comme je conduis ?

Ce soir, il y a un absent : je suis seul avec Jeff. Crâne rasé, haltérophile, ex-Marine, Jeff travaille avec les SDF depuis qu'il a arrêté de boire, l'année dernière. Son amie ne l'a pas suivi au pays de la sobriété, ce qui a jeté Jeff dans un trouble profond. Mais sa colère peut être un atout au Camion. Plus d'une fois, je l'ai vu aplatir contre un mur un sans-abri devenu menaçant. Conseiller à poigne, le genre cow-boy, ou terminator. C'est contraire à nos règles, mais non sans un côté rafraîchissant, de temps à autre. Mieux vaut l'avoir de son côté. Hormis ses coups de colère peu fréquents, il a la douceur posée de certains ex-alcooliques, qui adressent à la vie un oui inconditionnel, conscients d'avoir jusque-là gâché la leur. Il est toujours à la dérive, pourtant, emporté par le dangereux courant de la rage qui l'habite.

Je fais sauter le trottoir au Camion pour rattraper Boston Common, strictement illégal, mais les flics nous ignorent. Sur le Common, on a le droit de faire paître un troupeau – moutons, chèvres, vaches, ou autres – selon les actes d'incorporation de 1634, conformément à l'usage d'origine de ce terrain public. Mais il est interdit d'y dormir. Si le berger s'endort, il risque l'arrestation. Chacune des bêtes peut bien dormir, le berger, lui, n'a le droit que de les regarder. Russell arpente les environs. Veste écossaise, chemise rouge, cravate à pois, souliers blancs. Difficile de le manquer. Ces temps derniers, c'est devenu notre favori (Allez, dis, c'est qui, ton clodo préféré ?). Ce soir, il arbore une casquette de capitaine. J'ai récemment réussi la prouesse de lui faire accepter un chewing-gum. Après trois ans du même manège : on le voit dormir dans la rue, il nous dit qu'il rentre chez lui, on le retrouve plus tard sous un porche sur Newbury.

Cher Nick… qu'est-ce que ça fait… de cueillir les corps dans nos rues répugnantes… pour les emporter dans ce modèle d'organisation qu'est le Pine Street Palace ?

J'arrête le Camion à côté d'une forme non identifiable, endormie sur un banc, et propose de rester à l'intérieur en cas d'appel radio. Jeff sait pourquoi, ne me pose pas de question. J'inscris dans le registre 3 h 5, ____ sur un banc, le terrain public à côté du kiosque à musique. Jeff s'accroupit contre le banc, pour voir si notre compère respire encore, s'il a faim, s'il a de quoi se couvrir. *Cueillir les corps dans nos rues répugnantes.* Qui est notre compère ? Qu'est ce que ça fait, vraiment ?

– 4°. La neige construit une ville monochrome. Les statues, le regard fixe au-dessus des formes humaines endormies, blanchissent peu à peu. Pas assez froid encore pour faire rentrer les purs et durs, Bobbie les Yeux-Bleus, Jimmy-Chapeau, Black George, Dave l'Indien. Les couvertures sur eux sont blanches elles aussi. Jeff revient. *C'est Paul. Il voudrait juste une couverture de plus.* J'inscris : « Paul Carney, couverture. » Jeff secoue la couverture, voile rouge sur une mer de blancheur, fait tomber ce qu'il peut de neige, enveloppe le corps de Paul dans la laine rugueuse. Sa masse occupe tout le banc, la couverture se change en château fort, que son souffle emplit et réchauffe. Des mots nous parviennent du côté de la tête. On frappe à ma vitre, Denis Delaney, le visage couvert de goudron. Ses doigts laissent un noir baiser sur le carreau. Toujours un peu fou, mais cette fois, c'est un cran au-dessus, même pour Denis. Je descends, mentionne le goudron. Denis me répond que ça vient du Seigneur. *Le Seigneur m'a offert Sa coupe et je l'ai bue, j'ai bu sa douceur, pour me vider du mal.* C'est ce qu'a fait le Seigneur, car Denis est le diable.

Et comment ça ? lui demandé-je.

Je découpe les gens, répond-il.

Un nouveau plan de la ville se dessine, ou plutôt plusieurs, en couches transparentes, superposables. L'un n'indique que les bornes à incendie, l'autre les feux tricolores, un autre encore, l'ensemble des écoles. Sur mon plan figureraient les lieux où dormir, si l'on est, devient ou compte devenir SDF. On y verrait chaque banc, chaque marche de parvis d'église, les ponts, toute surface horizontale, le moindre carré de verdure. On demande à Paul s'il veut rentrer au foyer avec nous, sachant qu'il va refuser. *Non non,* dit-il, *je prends l'air, c'est tout. C'est là que j'arrive le mieux à réfléchir.* Une fois, on a réussi à lui faire consulter un psy, qui lui a demandé s'il entendait des choses que les autres n'entendent pas. *Bien sûr*, a-t-il répondu, *j'entends les oiseaux le matin, pendant que tout le monde dort, le bruissement des arbres quand les rues sont vides.* Nous parvenons à convaincre Denis de venir faire un tour avec nous, j'étale une couverture sur le siège, lui offre des cigarettes, du café. *Et si on allait parler du Seigneur à quelqu'un*, lui dis-je. Il regarde fixement le bout de la cigarette entre ses dents, marmonne quelque chose. Luminosité huileuse, de la vapeur s'élève des fissures dans l'asphalte, le centre de la terre bouillonne, usines de chaleur au bord de l'autoroute, pluie acide. On s'achemine lentement vers l'Hôpital municipal, en parlant posément, espérant trouver une infirmière de service en psychiatrie, mais quand on se gare devant, Denis refuse d'entrer, et s'éloigne sans but sous les lampadaires.

De retour au centre-ville, on fait un crochet par la ruelle donnant sur Bromfield (*bomb*field). Mieux vaut faire du raffut quand on descend Bromfield à pied, et de grands arcs avec la torche devant soi pour chasser les rats, en appelant *Moïse, Moïse* ? Il arrive qu'on ait un message pour lui, son exclusion a été levée, ou des médecins l'attendent à la clinique. Au bout de la ruelle se trouve un portail que l'on ouvre d'un coup d'épaule, pour déboucher sur un escalier à l'arrière de l'Orpheum Theater. Si ce n'est Moïse que nous découvrons sur l'un des paliers, c'est un autre, recroquevillé dans l'obscurité totale et l'odeur d'urine, qui connaît Moïse ou pas, sait ou non où le trouver. Ça dépend, il n'y a pas de règle. Certains s'inscrivent en désintoxication pour l'hiver, d'autres s'enfouissent sous les couvertures.

Un peu plus tard, je suis debout au-dessus de mon père, endormi sous le lampadaire halogène, devant l'église. Une lumière infernale. Jeff, resté dans le Camion, me laisse faire cette fois. Sa couverture, ses sourcils, le sac accroché à son poignet tel un garrot sont saupoudrés de neige. Je peux lui tomber dessus toutes les nuits. Des étourneaux se sont rassemblés dans les arbres au-dessus de nos têtes — n'est-ce pas un peu tard pour les étourneaux, est-ce qu'ils ne migrent pas vers le sud ? Sa poitrine se soulève régulièrement, faisant d'infimes fissures dans le revêtement neigeux, des avalanches en miniature, l'écho d'un éboulis dans le lointain. Le bourdonnement de l'halogène emplit la sphère de lumière que j'habite. Je ne sais plus comment m'y soustraire. Il respire ce bourdonnement. Je respire *son* bourdonnement. Tant que sa poitrine se soulève, que ses couvertures semblent suffire, je ne pénétrerai pas l'enceinte qu'il a construite. Un pas dans le hall de sa poitrine, et je m'enfonce dans le néant jusqu'aux genoux. Je vais perdre pied, comme dans un marécage. *Enfants,* dit-il, *nous avions des jardiniers, des chauffeurs. Quand tout ça sera fini, j'irai dormir au Ritz, dans mon monde.* Debout sur le trottoir, je cherche dans mes poches la clé qui est incrustée dans l'asphalte à mes pieds. *Qu'est-ce que ça fait… dont le corps répugnant… encore loin, ce palace… ?*

fort point
(montagne de chaussures)

Une montagne de chaussures s'élève presque jusqu'au plafond. Dans un autre coin, une montagne de tee-shirts à côté d'une montagne de pulls. Des montagnes de pantalons, costumes et sous-vêtements se dressent un étage plus haut. Tectonique des plaques, géologie de la mode. Ces massifs récents se dressent au-dessus des hommes endormis. C'est l'abri de « délestage », Fort Point, un entrepôt en face de Pine Street, de l'autre côté de la nationale. Sa transformation en abri de « délestage » pour libérer Pine Street s'est négociée avec la mairie en 1987. De plus, d'autres foyers ont ouvert, la Buanderie de l'Hôpital municipal, où l'on est bercé par les sèche-linge ballottant des draps toute la nuit ; l'Église ronde, qui offre ses chaises à dossier rigide, et punit d'expulsion quiconque s'endort et tombe de sa chaise ; l'Armurerie, où l'on dort à côté d'une pièce bouclée au cadenas, pleine de mitraillettes et de dynamite. Aujourd'hui, il n'est guère d'église dans les villes d'Amérique dont le sous-sol n'a pas au moins une poignée de lits de camp alignés contre ses murs. Un soir, au dîner, chez les parents d'Emily, Ray me demande combien de SDF il y a en Amérique. Un million, à mon avis, peut-être deux. Quatre cents millions d'habitants en Amérique, beugle-t-il, même deux millions, c'est un pourcentage acceptable.

Dès l'origine, Fort Point est une Australie en son genre : une île en bord de nationale, flottant au niveau d'un échangeur sur la I-93, difficile d'accès. Y sont employés les cow-boys, les renégats, qui font leurs propres lois. Il arrive qu'un pensionnaire exclu de Pine Street se voit accorder une seconde chance à Fort Point. Entrepôt de dix étages promis à la démolition, sur le tracé du futur « Grand Fossé », peut-être tiendra-t-il encore cinq ans. Il serait stupide d'investir dans ses infrastructures, changer les fenêtres cassées, réparer les fuites, ou même refaire les peintures. On croirait un décor de théâtre, avec le strict minimum, de quoi nourrir les pensionnaires, les doucher, les coucher. Les repas sont amenés de Pine Street en camionnette, en même temps que les hommes incapables de négocier la nationale, ceux qui, même accompagnés jusqu'à la station Mobil à l'angle, munis d'un petit plan assorti d'explications, *C'est ce bâtiment, juste là,* partiront quand même dans la mauvaise direction. Un abri vraiment temporaire, peut-être idéal.

Au-dessus des hommes endormis au Fort Point condamné (« le Fort ») s'élèvent les montagnes de vêtements. Quelques employés résidents déchirent les sacs-poubelle, répartissent les vêtements donnés entre les piles appropriées, munis de pelles et de râteaux, se servant surtout de leurs mains. Deux ou trois ont pour fonction d'inscrire les tailles des chaussures et des pantalons sur du ruban adhésif de couleur. Tâche de Sisyphe, face aux montagnes qui croissent plus vite qu'ils ne peuvent accomplir leurs mesures. On décide finalement de vendre certains vêtements au Chiffonnier, au poids, pour acheter des chaussettes et sous-vêtements neufs. On n'en a jamais assez. Le Chiffonnier fait un tri rapide : tout article encore mettable va dans sa corbeille à un dollar la livre, le reste finira en lambeaux pour bourrer des matelas, ou en dons aux pays du tiers-monde, déductibles d'impôts.

Mon père se retrouve à Fort Point, y reste même après la levée de son exclusion de Pine Street. Six mois à la rue l'ont empli d'amertume. Ou fait affleurer l'amertume déjà présente en lui, maintenant dirigée contre Pine Street. Pendant les mois qu'il passe à Fort Point, je ne le vois guère. En six mois, il s'en fait exclure aussi, pour avoir introduit une bouteille de vodka, au terme d'une longue déchéance. C'est de nouveau février, il redevient Johnny-des-Bancs.

Je gagne douze dollars de l'heure, brut, plus prise en charge des soins médicaux, dentaires, arrêts-maladie et congés payés. Les dix premières visites à mon thérapeute sont également couvertes. Ce printemps-là, dans le cadre d'un mouvement de protestation national, des villages de tentes sont érigés partout en Amérique. Je propose qu'en tant que personnel de foyer, on fasse imprimer des tee-shirts portant le slogan LES SANS-ABRI PAIENT MON LOYER, mais personne d'autre ne trouve ça drôle. En face du village de tentes qui a poussé sur Boston Common se trouve un marchand de glaces, Emack & Bolio's, du nom de deux hommes qui passent parfois au foyer. Plus jeunes, c'étaient des vedettes de la radio dans l'Ohio, des chansonniers. Nous les connaissons tous. Dix ans plus tôt, on les expulsait de leur appartement de Boston ; un jeune avocat assure leur défense, bénévolement. Ils perdent, mais l'avocat leur offre vingt dollars chacun pour utiliser leur nom dans une affaire qu'il lance avec un ami. Emack & Bolio's. Sur leur panneau publicitaire, on voit deux clochards léchant des cornets de glace. Ils se retrouvent SDF des années durant, mais peuvent consommer à vie des glaces gratis.

Mon premier été à Pine Street, je parcours les rues de Boston en camion pour récupérer des dons, des vêtements pour l'essentiel. Brooks Brothers est au nombre de mes arrêts, là même où mon père s'est fait payer ses costumes par mon grand-père bien des années plus tôt. Un homme élégant guide le camion dans la ruelle à l'arrière, où il m'attend à l'entrée latérale, une caisse de la taille d'un petit téléviseur sur les bras. Il me remet des papiers, m'indique où signer. Y glissant un coup d'œil, je remarque la valeur déclarée : dix mille. Quatre costumes, de plus de deux mille dollars pièce. Déductible d'impôts. *Dix mille ?* je m'exclame, la pointe du stylo en l'air. J'essaye de m'imaginer Bill-aux-Yeux-Boules dans un costume à deux mille dollars. Mon interlocuteur a l'air agacé. *D'habitude, Ralph se contente de signer, vous êtes qui, vous ?*

le bootlegger

Le bootlegger ne vend qu'une seule denrée à la fois, du porto blanc Pastene, un tord-boyaux liquoreux, quatre dollars pièce, pas de crédit, pas d'histoire, le coffre ouvert tant que tout n'a pas disparu. Dès avant l'aube, il tourne autour du foyer au volant de sa camionnette défoncée, se gare dans l'ombre entre deux lampadaires. On l'y aperçoit avant le lever du soleil, quand on ramène le Camion après une nuit de travail. Personne n'a jamais vu son visage, pas distinctement, ni ne connaît son nom. Il habite quelque part dans Southie, achète par caisses. Même en les achetant à l'unité au magasin, ça ne coûterait qu'un dollar cinquante la bouteille. Mais il est fermé jusqu'à huit heures, et en trois heures beaucoup de choses peuvent arriver, et rien de bon. C'est un commerce à haut risque, entre les patrouilles de police, une clientèle en manque, l'obscurité, d'où le surcoût. Il faut que l'ivrogne soit assez lucide pour mettre quatre dollars de côté la veille au soir. Certains essaient de planquer une bouteille avant de sombrer dans le sommeil, mais encore faut-il se souvenir où, il faisait nuit, il ne fait pas plus clair maintenant, et à condition qu'elle s'y trouve encore, avec la ville entière en chasse, ne serait-ce que pour une gorgée, de onze à huit, le couvre-feu. Même si on a les moyens de se payer le bar, et à supposer qu'on porte des vêtements moins élimés et moins puants, les bars ferment à une heure. De une à huit, c'est toute une vie. Si on se débrouille bien, on sombre vers onze heures, pour s'éveiller les lèvres brûlées par les rayons du soleil. Une fois le soleil levé, il y a toujours moyen de rafler assez pour une bouteille, un *bonjour,* une *bonne journée*, la paume tendue. Mieux vaut ne pas laisser voir qu'on tremble, la plupart ignorent qu'il faut une rasade pour y remédier.

À l'aube, la rosée brille sur le bitume. Après avoir consigné mes remarques de la nuit dans le Camion, je quitte le foyer en même temps que les gars, qui partent à l'agence d'intérim ou voir le bootlegger. J'aperçois mon père devant l'immeuble du *Herald*, à moins d'une rue de distance, non loin des lieux où Martin entend son père l'appeler. Des porches éclairés, le ciel s'illumine, la ville superbe et vide, purifiée par la nuit. Je rattrape mon père, lui emboîte le pas, et ensemble, nous nous dirigeons vers le centre-ville. Je lui demande comment il va. Il prétend ne plus boire, mais je ne crois pas qu'il sache ce que ça veut dire. *J'essaie de mettre de l'argent de côté*, dit-il, *de repartir sur de nouvelles bases*. Puis il me pose une question surprenante : est-ce que je pense qu'il a un problème, on lui a parlé de délire paranoïaque et, parfois, il a le sentiment que c'est vrai. Je lui demande si un diagnostic a jamais été émis, s'il a déjà consulté un psy. *Oh, non, mais on m'a dit que je suis paranoïaque, que je délire.* Un château de cartes qui s'écroule. On passe devant Danny, qui se lève de sa grille, enroulé dans la laine, une couverture de l'armée, qui glisse à terre. Ce que l'on a redouté toute sa vie finit par se produire. Toute une vie tendue vers ce que l'on s'efforce de fuir ; le pied arrimé au trottoir, on décrit des cercles autour jusqu'à l'épuisement. Je regarde mon père et pour la première fois, je vois combien il a peur, lui qui depuis longtemps essaie de fuir. *Tu crois que je délire ? Tu me trouves paranoïaque ?* Et comment, je n'hésiterais pas à prendre ma voiture, et sur mon temps, pour te conduire chez le médecin. Mais il ne veut pas entendre parler de médecin, ni de rendez-vous, il est en retard pour la traite des esclaves, tous les boulots seront partis, tous les camions pleins, il faut bien qu'il amasse quelques sous. À l'endroit où le pont enjambe l'autoroute, nous nous séparons, je poursuis mon chemin, les dix blocs d'immeubles, puis la ruelle le long de la grille en fer forgé, une cage autour de moi, sous l'œil de la caméra.

plus de 50 kg ?
plus de 100 km ?

Dans son sac, mon père transporte un change de sous-vêtements, des chaussettes, du savon, une brosse à dents et un peigne. Des stylos, du papier à lettres, les justificatifs habituels requis dans les agences. Dernier emploi ? Dernière adresse ? Nom de jeune fille de la mère ? Un sac en papier à poignées, renforcé à l'adhésif, à l'intérieur d'un sac en plastique, de ceux qu'on donne dans les supermarchés. Dans les toilettes de la bibliothèque, à la gare routière, c'est à ce sac qu'il se reconnaît, dans sa lutte quotidienne pour ne pas oublier qui il est. Trop de nuits passées dehors changent un visage, le marquent en profondeur. À force d'essayer de se rendre invisible dans les lieux publics, de feindre d'attendre quelqu'un, de ne pas s'attarder sur cette banquette, une tasse de café entre les mains, du moins pas si longtemps. Il faut faire durer, car plus de café, plus d'excuse pour rester.

À sa table dans la salle de lecture de la bibliothèque, mon père remplit un formulaire pour les Services sociaux. Il tente d'obtenir une pension pour invalidité, face à la difficulté croissante de trouver du travail – même à la journée – quand on passe la nuit dehors, et qu'il faut avoir l'air présentable en se sortant d'un sac. Sur le formulaire, il décrit son expérience de travail : « Débardeur » « Manœuvre », « Chauffeur de taxi ». Le type d'activité correspondant à chacun : « décharger des bateaux », « construction », « transports ». Les dates auxquelles il a exercé ces fonctions (mois et année) : de « variable » à « variable », de « variable » à « variable », de « 7 jours » à « 10 ans ». Le nombre de jours par semaine : « ____ », « ____ », et « sept ». Le salaire, « SMIC », « SMIC », et « pourboires ». Sur le deuxième volet, il change son titre de débardeur en « malandrin », un vaurien ou un fripon, d'après mon dictionnaire. Sur le formulaire sont posées les questions suivantes :

A. Dans le cadre de votre travail, avez-vous :

- utilisé des machines, des outils, ou des équipements d'autre nature ? oui ou non. *non.*
- utilisé des savoirs ou compétences technologiques ? *oui.*
- rédigé des rapports ou autres documents, ou accompli des tâches assimilables ? *non.*
- exercé des responsabilités de surveillance ? *non.*

B. Décrivez votre travail :

Décharger des bateaux arrivés à Portsmouth, N.H., depuis l'étranger, pour le compte de Richie Moore. J'ai vécu à Portsmouth, N.H., avant que cela ne devienne une ville de bobos, à l'époque où les loyers étaient humains, je suis poète, j'ai besoin de vivre à un endroit où les loyers sont bas.

C. Encerclez le nombre d'heures quotidiennes passées :

À marcher	*8*
Debout	*0*
Assis	*0*
Courbé	*en permanence*

Décrivez la charge soulevée et la distance couverte en la portant :

Plus de 50 kg ? plus de 100 kilomètres ?
(sans réponse)

III REMARQUES

Utilisez cette section pour toute information que vous souhaitez fournir concernant votre carrière ou toute remarque venant étayer votre demande de pension pour invalidité.

La conduite du taxi m'a donné de l'hygroma, je ne dors plus du tout. Une femme médecin de l'hôpital m'a ordonné par écrit de cesser de conduire; les chantiers m'ont privé de mes jambes; je souffre de phlébite létale, je dis bien létale, et j'ai perdu l'usage de ma main droite quand j'étais débardeur; je suis affligé d'une difformité classique au (illisible); *et de plus, je suis à 50 % aveugle, atteint de strabisme visuel, absolument pas de perception de la profondeur, ce qui m'invalide à 90 %. J'ai eu la mémoire complètement détruite lors d'une agression sur ma personne…*

Mon père passe le reste de la nuit tout droit sur un banc, non loin du Ritz. Face à son perchoir, un millier de fenêtres, chacune ouvrant sur une chambre, contenant, contenu. Un millier de chambres où il n'est pas.

roi d'irlande

La ville se vide la nuit, de tout sauf l'essentiel. Chaque immeuble se révèle alors, banque ou bijouterie, clairement distinct des autres, resplendissant. Se dressant devant vous comme pour la première fois. Un rocher émergeant d'une rivière, vagues, débris, courant, tout passe, il demeure. De jour, le vent souffle en tous sens ; une feuille de journal plaquée contre la jambe, tourner la tête face au vent. Mais à trois heures du matin, même le vent se repose. Les phares d'une voiture apparaissent sur la crête à côté de la Bouilloire qui Siffle, dont l'enseigne est, précisément, une énorme bouilloire en bronze d'où s'échappe un jet de vapeur continu. Les phares illuminent les devantures, les boîtes à journaux, Alice, calée dans son renfoncement de porte, la tête sous la couverture. Alice ne dort plus au guichet automatique, où il n'y a plus personne, depuis que les flics ont renvoyé tout le monde aux grilles de chauffage. Nous savons maintenant qu'Alice a eu une famille, un mari, deux ou trois enfants ; une nuit, une voiture l'a renversée alors que, en panne sur la I-93, elle attendait d'être remorquée, et quelque chose s'est détraqué dans sa tête. Dégâts organiques. La police a apporté une photo de Bill-aux-Yeux-Boules à Pine Street, prise par les caméras d'une banque, nous a demandé si on le connaissait. Arrêt sur image dans le foutu film de sa vie. De la vapeur encore s'élève des bouches d'égouts, la vie souterraine s'impose à nous. Puis la voiture s'éloigne, la musique s'évanouit le long de Park puis de Boylston, jusqu'à ce que les phares tombent sur Brian. Une vraie pile électrique, les nerfs à fleur de peau par manque de sommeil, Brian porte trois couvertures de l'armée sur la tête, tels des ponchos empilés, une ouverture taillée au centre de chacune ; lentement, il remonte l'avenue, s'arrête devant un tonneau d'où il retire une moitié de sandwich, une demi-canette de bière, fait une pause à chaque cabine téléphonique, où il vérifie le retour de monnaie, sachant que les téléphones émettent des pièces en secret. Si l'on reste assis assez longtemps sur un banc, on entend tomber la pièce, en tout point de la ville : la dîme, la part de récolte laissée dans le champ.

Mon père ferme les yeux. Une sirène descend Charles Street en fendant l'air, et l'espace d'un instant, son crâne n'est plus que sirène. Puis elle s'amenuise, son crâne aussi, jusqu'à ne plus faire que la taille d'un grillon, ou la taille du bruit du grillon, il doit être juste en dessous du banc, à gratter les violons de ses pattes. Debout devant mon père, Brian déballe un caramel, défait lentement l'emballage en cellophane, mon père sent son crâne se changer en cellophane, la ville entière est en cellophane. Il garde les yeux fermés. Brian fourre le losange doré dans sa bouche, froisse le papier, qu'il lance sur la joue de mon père. Il ouvre un œil.

Qu'est-ce que tu me veux ?

Ce que je veux ? T'offrir un caramel, c'est tout.

Quoi ?

Un caramel.

Non merci.

Vraiment ?

Non, ça va.

Ça va ? Tu trouves que ça va, toi, mon gars ?

Brian fait rouler dans sa bouche le bonbon dur qui déforme ses mots. Il tire de sa poche un autre caramel qu'il pose dans sa paume ouverte. Mon père voudrait le prendre, mais il sait que ce sera donnant donnant, et il n'a rien à donner. Pas de cadeau à faire.

Flynn, c'est bien ça ?

Tu le sais bien, gronde mon père, chaque nuit, c'est la même chose, non, *camarade*, j'ai pas de lampée, pas de rasade, rien à partager par cette nuit bien froide.

Ah. Je t'ai demandé quelque chose, monsieur Flynn ? *Votre majesté* Flynn ?

Brian lui offre le caramel une dernière fois puis, en haussant les épaules, le déballe et le met dans sa bouche.

On était les maîtres, en Irlande. Tu t'en souviens, camarade ?

En Irlande, on était les rois. Regarde-le, notre royaume à présent, le royaume des bancs, qu'on ne quitte que pour faucher des bonbons aux étals des boutiques.

Une voiture de police ralentit, poursuit sa route.

Tu t'es déjà trouvé allongé dans un champ, camarade, en fin d'été, avec l'herbe tassée sous ton dos, deux trois pissenlits et du trèfle, peut-être, tout ce qui reste, et les nuages qui défilent au-dessus de ta tête tellement vite que tu vois leur ombre approcher ?

Moi, je suis plutôt océan, grommelle mon père.

Ah, mais ça arrive à l'océan aussi, non, si tu regardes dedans assez longtemps ? Il faut bien que la roue tourne, il y en a qui finissent en haut, d'autres en bas. Mais elle continue, même en ce moment, elle tourne, rien ne peut l'arrêter. C'est dans sa nature, comme pour nous, de boire. Alors quoi, camarade, mon pote, chair de ma chair ? T'en as, ce soir ? J'arrive pas à imaginer ce qui t'amènerait sur ce banc-*là*, à cette heure-*là*, si t'avais pas une petite lampée.

De nouveau, mon père a fermé les yeux. Il connaît assez Brian pour savoir que s'il sort sa vodka, Brian va la siffler ; debout, sous son nez, en louant la bonté du ciel, le corps tout entier penché en arrière, jusqu'à avoir descendu la bouteille. Ils peuvent bien être camarades, ou avoir été rois, seul Brian sera ivre, tandis que mon père, lui, restera sur son banc. Une feuille de journal emportée par le vent se plaque contre le banc, hésite puis, ballottée, se prend aux pieds de Brian. Il la ramasse d'un geste large.

Tu as vu le titre ? « Deux Irish repérés devant l'arrêt Park Street ». Personne ne les a jamais vus l'un sans l'autre. Le bruit court qu'il s'agirait d'une seule et même personne. Et voilà. Tout est écrit là…

Debout sur le banc, Brian fait signe en direction des jonquilles des parterres derrière eux,

... et non seulement cet article parle de nous,
mais le journal entier, l'encre, la pâte à papier,
c'est nous, tout entier. Et ces fleurs...

Brian fait le saut de l'ange dans les jonquilles, se vautre dans les tiges cassées, les bras en croix, en riant,

... ces fleurs, camarade, ces fleurs de clown...
Ça suffit, tu vas faire venir les flics, lance mon
père d'une voix cinglante, sortant sa bouteille.

CINQ

petit papa lear

Chaque soir, comme dans une pièce de théâtre depuis longtemps donnée, j'erre dans les rues désertes, m'arrête devant les corps gisant, jusqu'à le trouver, chaque couverture une nouvelle source de tension. À chacun son rôle, le roi fou, et le fou du roi. L'un lance ses terribles mises en garde, un autre ourdit un complot contre nous, un autre encore essaie de nous venir en aide. Je suis condamné au rôle du fils. La plupart des nuits, nos chemins se croisent avant l'aube, mais il arrive que des mois s'écoulent sans le moindre contact entre nous. Le décor est une scène de rue, dans une ville américaine anonyme : des néons cassés, des panneaux publicitaires faisant l'article pour les produits du bonheur, l'étendue, le vide. Dans la faible lueur, on distingue des silhouettes enroulées dans des couvertures, sur des bancs, dans les renfoncements de portes, sous des buissons. Chaque nuit, je vais de l'une à l'autre, échange parfois quelques mots, laisse de la nourriture. Une couverture supplémentaire. Un manteau. N'importe laquelle peut être mon père. Bien que le public attende la rencontre – c'est pour ça qu'il a payé – il n'est pas sûr que je le trouve. Des semaines passent sans événement marquant. Interné peut-être, mort, ou ayant quitté la ville — ce qui est toutefois peu vraisemblable. La tension se relâche, l'attention du public aussi, bercé par la répétition monotone, toujours les mêmes visages, quand en surgit un nouveau (*Lili Taylor, ce soir, dans le rôle de Suzy*), qui devient vite, lui aussi, encore le même visage. La nuit où ce sera bien mon père sous la couverture, que suis-je censé dire ? *Toute proche est une hutte* ? ou *Mon gracieux seigneur, vous ne pouvez voir votre route* ?

À la rue depuis le début février, bientôt décembre à présent, le nombre de mois se décompte sur les doigts. L'an dernier, par une nuit glaciale, mon père a eu le pied gauche gelé. Dans une lettre, il m'écrit, *Je suis en train de perdre mes orteils gauches (pour ne pas avoir ôté mes chaussures la nuit)*. Peu à peu, il prend congé du monde (*Maudit fornicateur ! Comment vont tes moignons ?*), mais pas de bombe pour venir le cueillir tout entier. Cette lettre a rejoint les autres dans le carton. Certains mois, il vend son sang pour payer le loyer de son casier au dépôt (*au Joyeux Traqueur, le moindre retard dans le versement, et tu retrouves tes affaires à la décharge*). À ces mots, je lui donne de l'argent, ce que j'ai sur moi. Le gars des bancs, l'homme aux cartons, le dîner des rats, je voudrais qu'il ne soit qu'une image produite par la machine cachée dans un coin de mon cerveau, qu'il tombe de la fenêtre du sixième étage, débrancher la machine. Parfois, je me vois l'écraser avec le Camion — *votre père est mort*, m'annoncera-t-on par téléphone, *il est ici, à la morgue.* J'y suis déjà allé, j'ai vu les portes des mini-congélateurs empilées jusqu'au plafond, les civières à roulettes couvertes de draps, les orteils étiquetés, comme dans les films. Où accrocheront-ils l'étiquette de mon père ? Des mois plus tard, je le retrouve boitillant. *Le médecin voulait amputer,* explique-t-il, *mais j'étais déterminé à marcher.*

Toujours à la rue, l'hiver est partout, la neige tombe (*Les grains s'ajoutent aux grains, un à un, et un jour, soudain, c'est un tas, un petit tas, l'impossible tas*), ses orteils virent au noir dans ses chaussettes.

À l'approche des fêtes, il fait le père Noël pour l'Armée du salut : costume ceinturé, cheveux postiches, barbe bouclée, tout l'uniforme. Planté sur un trottoir devant un chaudron noirci, il agite une clochette. Je l'apprends de sa bouche un matin, après mon service de nuit au Camion. Je tombe sur lui alors qu'il s'apprête à revêtir son costume. Il me montre même une photo, et bon sang, c'est bien lui, en père Noël du centre-ville ; à agiter sa clochette ; mon père. Plus tard, en marchant dans les rues, je m'aperçois pour la première fois de la quantité de pères Noël, j'en passe des douzaines, un à chaque coin de rue, même chaudron, même costume élimé, mais désormais plane le soupçon que l'un d'eux soit mon père. La Brigade de Noël de l'Armée du salut, chaque visage grimé, les joues roses, les yeux roses, le nez rose, beuglant chacun son *Oh-Oh* discordant. Si j'en regarde un avec quelque insistance, il me retourne à coup sûr un clin d'œil, un battement de paupière, ce qui ne veut pas dire que c'est lui. Peut-être lancent-ils tous des clins d'œil, en plissant les paupières, *Oh-Oh.* Il y en a un debout devant un Dunkin' Donuts, une masse monstrueuse rose glacée, de la taille d'un camion, en vitrine derrière sa tête.

décor
Un trottoir devant la vitrine d'un marchand de beignets en ville. L'heure de pointe. Foule sur scène, action figée. En fond, un disque de chants de Noël qui craque. Sur un écran, projection de diapos de beignets luisant dans la lumière agressive, d'une couleur nauséeuse, dix fois plus gros que la normale. Peu à peu, la scène s'illumine et se vide, ne laissant que cinq PÈRES NOËL *et trois* FILLES. *Les* FILLES, *en costumes semblables, exactement, tablier blanc et perruque noire toute bouclée, se tiennent debout en rang devant l'écran.* PÈRE NOËL *numéro* CINQ *traque un homme d'affaires qui flâne ; il s'approche subrepticement par-derrière, tête rentrée dans les épaules, en gesticulant, le majeur des deux mains dressé bien droit.* L'HOMME D'AFFAIRES, *mal à l'aise, regarde par-dessus son épaule, mais* NOËL CINQ *se redresse, regarde ses pieds, les murs, en feignant l'innocence, jusqu'à ce que* L'HOMME D'AFFAIRES *se retourne et sorte.* NOËL *numéro* UN *s'accroupit, un porte-voix à la main, devant un mange-disque, et passe des chants de Noël, l'air distrait.* NOËL DEUX *et* TROIS *tournent autour d'un chaudron noirci suspendu à un trépied de bois, sonnent leur clochette sans entrain et, la cigarette aux lèvres, se glissent quelques mots à l'oreille, se grattent et, de temps à autre, lâchent un oh-oh.* NOËL QUATRE, *allongé sur une petite montagne de souliers, a perdu connaissance.* NOËL CINQ *à présent fourrage dans un bidon d'ordures, en lançant alentour des regards de*

paranoïaque. Les lourds flocons de neige peu à peu se calment.

Fille numéro Un : Sept jours par semaine ça…
Noël Un : *(dans le porte-voix)* Que la neige continue ! Je survivrai, même par une nuit comme celle-ci !
Fille Un : *(agacée)* … se passe comme ça.
Noël Deux : *(fait un grand geste à* NOËL UN*)* Ses esprits commencent à chanceler.
Noël Trois : Peux-tu l'en blâmer ?
Fille Un : Lundi. Premier Jour, nature, beignet classique. Un don du ciel, de la farine, des œufs, du lait, du beurre, bien bon, très sain, rien que des ingrédients naturels.
Noël Un : *(dans le porte-voix)* Les aaaah, les ooooh.
Fille Deux : *(l'ignore)* Ceux que l'on ne vend pas le Premier Jour ressortent au Second, glacés. On les appelle « glacé-miel », bien qu'il n'y ait pas de miel. Le même beignet que le Premier Jour, mais transformé. Beaucoup de gens attendent le Second Jour, le beignet tout luisant.
Noël Trois : *(attrape le porte-voix, s'adresse aux* FILLES*)* À quoi bon tout ça ?

NOËL QUATRE *se lève. Des applaudissements enthousiastes s'élèvent au-dessus de la musique de fond, avec peut-être un prompteur lumineux en hauteur.* NOËL QUATRE *quitte son rôle l'espace d'un instant, d'un petit geste remercie pour les applaudissements, sur la pointe des pieds, passe derrière le comptoir où il rafle un beignet, puis continue en trébuchant jusqu'à la cellule, dans laquelle il s'introduit grâce au passe-partout géant suspendu à l'extérieur des barreaux. À la porte, il se retourne vers le public.*

Noël Quatre : *(lève le beignet à hauteur d'yeux)* Vous vous rendez compte que la toute dernière théorie sur l'univers est qu'il est en forme de beignet ? Putain, c'est pas croyable. *(Il entre dans la cellule et, pelotonné, se met à ronfler très fort, jusqu'au bout du récitatif sur le traitement des beignets.)*
Fille Trois : Le Troisième Jour, on saupoudre le beignet glacé-miel de sucre glace : c'est maintenant un beignet au sucre. Le faux miel commence à faire une peau, comme sur une pomme caramélisée, ce qui donne un certain croquant, et le voile léger du sucre en surface ressemble au pollen en suspension au-dessus d'un étang au printemps.

NOËL QUATRE *se plaque l'oreiller sur la tête pour se protéger du bruit. Jurons étouffés.* NOËL CINQ, *debout devant les* FILLES, *fait signe qu'il veut un café. Les* FILLES *l'ignorent. Quand elles ne regardent pas,* NOËL CINQ *leur tend deux doigts bien haut.*

Fille Un : Le Quatrième Jour…
Noël Trois : *(porte-voix)* Sacré bon Dieu, tu peux pas accélérer ?

Les NOËL *remettent en place l'oreiller qui leur tient lieu de panse.*

Sur l'écran, l'image vacille, se change en un mur de morgue, avec ses colonnes de petites portes de congélateur en acier inoxydable, sur cinq niveaux, et peut-être huit en largeur, sous le même éclairage que les beignets. Les FILLES *troquent leur tablier enfariné contre un tablier d'usine en caoutchouc noir. Chacune d'elles pousse une civière à roulettes jusqu'à hauteur des* NOËL UN, DEUX *et* TROIS, *qui s'allongent et sont recouverts d'un drap blanc. Tous sont pieds nus, on s'en aperçoit maintenant, une étiquette accrochée au gros orteil, à présent visible en position allongée. Les* FILLES *déplacent les civières pour aligner les corps, pieds en avant, et se postent chacune derrière une tête. Une lumière aveuglante vient frapper les corps d'en haut. Chacune à son tour, les* FILLES *lisent les données inscrites sur les étiquettes, et le temps de la lecture, le* NOËL *concerné se redresse brièvement, lance un clin d'œil et raconte une histoire, avant de se rallonger, mort.*

Fille Un : S'est vidé de son sang après être tombé sur une bouteille cassée ; ses derniers mots portent sur une fraude bancaire.
Noël Deux : Toute l'entreprise, les ooooh, les aaaah, les allez-lez, les allez-là, c'est mon idée, mon bébé. Ces abrutis n'ont fait qu'exécuter mes ordres. Doyle-la-Combine ? Il ne saurait pas sortir tout seul d'un sac en papier. J'ai gagné des millions, ma petite, des millions. Ça, c'était la vie, boire au même bar que Joe Kennedy à Palm Beach. J'entre, le garçon m'envoie un Johnnie Walker Black et me demande, Vous écrivez quoi ces jours-ci ? Des chèques, surtout, que je lui réponds, ah ah.

NOËL QUATRE *sort de sa cellule, de nouveau sous les applaudissements, prend le porte-voix, tousse dedans, frotte ses yeux ensommeillés. Sagement assis par terre, il se met à passer des chants de Noël sur le mange-disque et, scratchant comme un DJ, improvise un morceau. De légers flocons se mettent à tomber.*

Fille Deux : A gelé sur place, impossible de détacher la clochette de sa main.
Noël Un : Dès le début, j'étais foutu, dès le premier chèque. C'est Doyle qui m'a lancé. Il savait, pour les gamins, il savait où vous étiez, et il m'a menacé de vous tuer, toi et Taddy-tu-tu, si je le laissais tomber. Il allait vous kidnapper, sacré bon Dieu, qu'est-ce que je pouvais faire ? J'en ai retiré que deux trois mille, de toute cette affaire, vraiment rien.
Noël Trois : *(se redresse soudain, et s'adresse à* NOËL UN*)* Attends voir, couille sèche. Moi, je me suis retrouvé devant Garrity, le Grand Gourou Gloussant, le juge le plus réputé de tout le système judiciaire américain... (*aux* FILLES*)* Vous écrivez, hein ? Couille sèche, c'est un classique.

Les FILLES *échangent des regards perplexes, en prononçant les mots « couille sèche ? ».*
NOËL QUATRE *se lève et essaie de maintenir le porte-voix devant* NOËL TROIS.

Noël Trois : Il n'avait jamais souri avant de me condamner. *(Aux* FILLES, *dans le porte-voix)* Tournez la page, couille sèche, il faut une nouvelle page.

Les FILLES, *lentement, se mettent à prendre en notes sur des carnets.*

Noël Trois : Six officiers m'ont fait entrer, dans les fers, pénis compris. *(Les* FILLES, *perplexes, prononcent le mot « pénis »)* Un coup à deux millions de dollars. On m'a arrêté au moment où j'entrais dans l'Hôtel des Brisants avec une gonzesse superbe.
(Aux FILLES, *dans le porte-voix)* Hé, bande de niaises, vous écrivez pas assez vite, vous devenez connes ou quoi ? J'étais amoureux de cette gonzesse, je lui ai dit que je revenais de suite, dès que j'aurais parlé aux flics. Si ça se trouve, elle m'attend encore, la pauvre gourde.
Noël Quatre : Il reste des beignets ?

Les lumières vacillent.

Fille Deux : Nous roulions de nuit, la ville bouclée à double tour, assoupie, de la vapeur s'élevant des égouts, des flancs des immeubles. La vapeur l'attirait, lui resté pure énigme jusqu'à ce qu'il parle, pure forme, la forme d'un homme endormi. Je suis là pour vérifier qu'il respire, que la couverture se soulève régulièrement.
Noël Quatre : *(dans le porte-voix)* Lorsque l'esprit est libre, le corps est délicat.
Fille Trois : Ici, le vent, ça veut dire quelque chose, la neige aussi, les traces de pas dans la neige. Il n'y a pas de traces qui mènent jusqu'à lui. Il s'est mis à neiger à minuit. Il s'est donc couché avant. Ça aussi, ça a du sens.
Noël Trois : Enfoui sous un arbre, pour l'essentiel, je ne te dis pas où, espèce de salaud, mais sache qu'il est là, qui attend que les choses se tassent.

Fille Un : Moteur en marche, l'air chaud qui me souffle sur les jambes. As-tu froid ? L'homme non paré n'est rien de plus qu'un pauvre animal nu. Inhaler, exhaler, vapeur du corps, moteur interne, évidence de l'âme, nuée blanche du rêve. J'ai froid, moi aussi.
Fille Deux : Durant les quelques mois qui ont suivi mon retour du Mexique, j'ai sérieusement envisagé de lui offrir un aller pour Mexico. Le soûler un soir, le coller dans un car tant qu'il est inconscient.
Noël Un : *(morose)* Si seulement je pouvais faire revenir votre mère d'un claquement de doigts...
Fille Un : *(pose la main sur* NOËL DEUX*)* Il est vivant, celui-ci, dis-je à Jeff, comme si c'était le premier. Je tends le bras, je touche l'épaule, mais seulement après avoir chuchoté tout près, Hé, besoin de quelque chose ?
Noël Deux : (*se redresse)* Et un appartement, bordel ? T'en as un ?
Noël Un : *(à* NOËL DEUX*)* Toi, l'ouvre pas, espèce de trou du cul, pas un mot.
Fille Un : C'est Malachi, et lui, il est exclu à vie, sans recours. Il a attaqué un flic dans l'enceinte, à coups de couteau.
Noël Quatre : *(dans le porte-voix)* La vie de l'homme vaudra celle de la bête.
Fille Un : Ah, Malachi, tu as vraiment fait suer tout le monde.
Noël Deux : Vous pensez me voir pleurer ; non je ne pleurerai pas.
Fille Deux : Beaucoup ignorent qu'ayant gravi une colline abrupte, ils dominent maintenant la mer et les rochers.

Noël Cinq : *(arrache le porte-voix à* NOËL QUATRE*)* Quelle est la cause du tonnerre ?

Tous s'interrompent et regardent NOËL CINQ *fixement. Les lumières vacillent.*

Fille Trois : Le Cinquième Jour les invendus sont nappés de chocolat. Ça marche très fort, surtout auprès des enfants et des junkies, ils font la queue au Jour Cinq, en chantant et en se grattant.

Sur l'écran, les images, en alternance précipitée, passent de la morgue aux beignets, bégayent comme sous l'effet d'un court-circuit.

Noël Quatre : *(par la force, récupère le porte-voix, puis chuchote, à l'attention des* FILLES*)* Regardez-moi ça. *(Il susurre dans le porte-voix)* Martin. Martin. Martin.

NOËL CINQ *sursaute, lance à la ronde des regards terrifiés, se bouche les oreilles et court se cacher derrière la montagne de souliers. Les lumières vacillent.*

Noël Un : Bon Dieu ce qu'elle me manque. Et je vais te dire, tête de nœud, c'est la vérité vraie.
Fille Deux : Ça marchera pas. Il arrivera jamais jusqu'à Mexico. Il y a pas assez de vodka sur terre pour le maintenir inconscient aussi longtemps. Il faudrait que je le tue.
Fille Un : Il y a un sacrifice à faire.

Noël Un : Le cul, les chevilles, les pieds : tout en moi la veut.
Fille Un : Même les fusées pour la lune larguent les propulseurs avant de rentrer.
Fille Deux : Paie-lui une bouteille, assure-toi qu'il la descend. Quand il tombe, que ça soit tête la première, sur un banc de neige, enlève ses souliers, desserre sa veste. Mais... mais... mais sûr que quelqu'un va le trouver, un Samaritain, une putain de Mère Teresa. Comment camoufler le corps le temps que la chaleur s'en échappe ?
Fille Trois : Après cinq jours, les beignets font presque deux fois leur taille d'origine, c'est devenu un vrai repas, pas plus cher qu'au Premier Jour. Bon rapport qualité prix.
Noël Un : Ta gueule ! Dis rien !

NOËL CINQ *pointe la tête de derrière les souliers, essaie d'attirer l'attention de la* FILLE, *se frotte le ventre, fait signe qu'il veut un beignet, montre sa bouche, hausse les sourcils d'un air plein d'espoir.*

Noël Un : Regarde cette photo d'elle qui te tient dans ses bras. Je lui parle, espèce de trouduc.
Fille Deux : L'hémorragie, ça doit aller plus vite que le froid. Mais il y a la neige, qui va s'illuminer sous lui comme un signal d'alarme, une putain de soupe rouge, même les flics vont s'arrêter.
Noël Un : Si elle était vivante, on serait ensemble, je le sais.
Fille Trois : Jour Six — vermicelles colorés ! Ils s'in-

crustent dans le chocolat comme des joyaux sur une couronne. À ce stade, le beignet d'origine n'est plus qu'un support pour les vermicelles, l'échafaudage que l'on peut retirer. Tout ce que nous voulons, bien souvent, c'est en fait les vermicelles.
Noël Quatre : Mais y en a combien, de ces putains de jours ? *(Aperçoit* NOËL CINQ, *susurre dans le porte-voix)* Martin. Martin. Martin. *(Glousse)* Mon gracieux seigneur, toute proche est une hutte.

NOËL CINQ *regarde autour de lui, complètement perdu.*

Noël Trois : Attends voir un peu, couille sèche, laisse-moi parler. Connaître du monde, c'est d'une importance capitale en Amérique. Les relations qu'on a, et le degré d'intimité. CAPITAL !
Noël Deux : Il me semble que le terrain est plat.
Noël Quatre : Horriblement abrupt.

Noir total.

Lumière sur NOËL UN, *son costume dépenaillé, le bonnet dans sa poche arrière, la barbe autour du cou, pendant jusqu'à mi-poitrine, l'air tout maigrichon maintenant qu'il a perdu l'oreiller. Celui-ci se trouve sur la civière qu'il pousse devant lui, à côté d'un carton de beignets, une brosse à dents, une tasse, et un classeur — son roman. Il se trouve à présent dans le couloir d'un dépôt, les caveaux de la morgue changés en compartiments individuels, dont le sien, où sont stockés les biens qu'il ne porte pas sur lui. Il ouvre sa porte, commence à décharger. Sur l'écran, le logo de Rangetout.*

Noël Un : *(empilant des journaux)* De la matière pour mon œuvre. Tout ira dans mon livre — *Pine Street Palace* — et mon fils n'y sera qu'un personnage parmi d'autres. Putain de vermine. Laisser son propre sang pourrir à la rue. Comme ces polacks qui habitaient le long de la voie ferrée, qui ont regardé partir les trains pour les camps en faisant au revoir, appuyés sur leur pelle. Mon imbécile de fils, debout à agiter le bras. *(Il frappe du poing dans sa paume)* Petit con de bon à rien. Si on croit pas en soi, tout est foutu.

NOËL QUATRE *fait son apparition* (APPLAUDISSEMENTS)*, ayant quitté son costume de Noël, il pousse sa propre civière, avec dessus seulement sa brosse à dents et une tasse, il s'arrête devant un casier, en tire une bouteille d'eau, se brosse les dents, crache par terre, sort une chemise du casier, enlève la sienne, s'essuie les aisselles avec, la fourre dans le casier, enfile l'autre. Se tourne vers* NOËL UN.

Noël Quatre : D'où est-ce que je te connais, t'es de la télé ou quoi ?

Rires du public sur la bande-son, peut-être un prompteur qui s'allume, RIRES.

Noël Un : Je t'ai jamais vu.

Noël Quatre : Pourquoi t'es habillé en père Noël ?
Noël Un : Je te connais pas, j'ai dit.
Noël Quatre : Bien sûr que si, tu me connais. Comme tout le monde. En plus, on est voisins, maintenant.

NOËL CINQ *fait son apparition, les dépasse furtivement, en poussant sa civière pleine de beignets. Court-circuit des lumières. Noir total.*

SIX

dharma

(1989) Je prends l'habitude de m'enfermer pendant une semaine, pour m'efforcer de cultiver la compassion. J'écoute le maître zen, j'essaie de comprendre ses mots. *L'esprit a tout créé, il peut tout réparer.* Je le comprends quand il le dit, je prends des notes pour m'en souvenir, et là il nous dit de ne pas essayer de comprendre, que le « dharma » se répandra sur nous telle une pluie. Assis en tailleur sous une tente immense, un chapiteau de cirque à trois pistes, plusieurs centaines d'auditeurs, et tout ce que j'entends, c'est qu'il faut faire la paix avec son père. Je ne suis pas venu pour ça, ce n'est pas ce que je veux entendre. Est-il en train de me dire que mon père est une création de mon esprit ? Que mon esprit va le réparer ?

J'ai atterri dans la tente du dharma après un an de thérapie. Au premier rendez-vous, après quelques questions générales pour me situer, Lou secoue la tête. Pourquoi avoir tant attendu pour faire une thérapie ? Je crois qu'il fait des miracles ? Je réponds en plaisantant que j'avais peur qu'il me fasse boucler, que parfois je doute de mon équilibre mental. Sans que je sache pourquoi, les larmes se mettent à ruisseler sur mon visage. Ça ne fait pas rire Lou, qui au contraire me dit qu'il peut me faire hospitaliser en service psychiatrique, et qu'il le fera s'il sent que je mets ma vie en danger. Il le fera pour moi, ne me laissera pas me faire du mal. Trente jours, sur un simple coup de fil. En secouant la tête, je lui dis qu'il me fait marcher, *Attendez, je travaille dans un foyer de sans-abri, c'est quasiment impossible de trouver une place. — Moi, je peux,* dit-il en décrochant le téléphone. Mais je n'ai jamais parlé d'attenter à mes jours, si ? L'idée ne m'a même pas effleuré. Pendant les cinquante minutes de cette première séance, il me dit aussi que je suis alcoolique, ce que je reconnais. Je le sais depuis toujours, bien que cela me semble être le moindre de mes soucis. Il m'explique qu'il ne va pas perdre son temps à me soigner si je n'arrête pas, et qu'il faut commencer les réunions de cure en douze étapes. *Parfait,* je ferai tout pour m'en sortir au plus vite. *Cela signifie aussi que vous ne pouvez plus vous défoncer,* m'informe-t-il, *plus jamais.*

Pas de problème, je suis sincèrement résolu à tout laisser tomber.

Emily comme Richard m'ont dit que je n'avais aucun problème d'alcool ni de drogue, que ce Lou avait l'air fêlé, que je ferais mieux de ne plus y retourner. Les séances suivantes, je fume un pétard dans le pick-up au retour, ce qui me soulage en dissipant le ressentiment qui a pu resurgir. Je me mets à boire un pack de six canettes de bière sans alcool chaque soir. J'assiste aux réunions une ou deux fois par semaine, sans aucun sentiment à l'aller, désespéré au retour. Je n'arrête plus de pleurer.

Je pleure chaque jour pendant un an, puis le flot se tarit. J'ai la chance que mon travail au Camion m'ait amené à fréquenter Jeff, sobre depuis deux ou trois ans, durée qui me semble inconcevable. Quand je dis à Jeff à quel point je déteste ces réunions, il se contente de hocher la tête, et de sourire quand j'explique dans quel état j'en sors.

Un soir, Russell, qui arbore toujours sa casquette de marin et ses souliers blancs, accepte un autre chewing-gum, tel un poisson avalant l'appât. Lentement, au cours de l'année qui suit, on le ramène comme au moulinet, on suit sa piste, on le traque, on lui fait faire des tours de Camion. On finit par découvrir que, âgé de soixante-seize ans, il est à la rue depuis presque vingt. Dans les années 60, Russell avait une copine, Rosie, dont la sœur s'appelait Louise. Ils traversaient Charles Street un jour tous les trois, quand une voiture a percuté Rosie. Selon les termes de Russell — *Elle est partie en l'air puis elle est retombée. Purée, fallait voir.* À partir de là, Russell s'est mis à errer, de porche en porche finalement, sur Newbury Street, passant auprès de chaque femme sans-abri pour voir si ça va. *Mes copines,* comme il dit. Louise, la sœur, est dans un hospice depuis des années, et j'emmène Russell la voir. Il a l'intention de la demander en mariage, me raconte-t-il, par amour et parce qu'elle doit avoir de l'argent planqué. Il se demande si je pourrais l'aider à s'acheter une voiture, qu'il l'emmène loin de l'hospice. Louise a perdu la tête, répète la même chose sans relâche, un enregistrement qui passe en boucle, bloqué dans sa tête. Elle l'appelle *Mon petit Russell, mon cher petit Russell,* les jours où elle se rappelle qui il est, et lui dit qu'elle croit être déjà mariée.

Je suggère à Russell que s'il avait son propre appartement, cela augmenterait ses chances auprès de Louise. Bien qu'il rechigne à l'idée de quitter ses amis sans-abri, la perspective d'épouser Louise suffit à le convaincre. On lance les démarches. Cela prend des mois, de paperasses à n'en plus finir, de rendez-vous manqués, d'estimations cryptiques, de mauvaise volonté générale, mais le jour où il tourne la clé dans la serrure de son logement social, la main sur la poignée, il est frappé de plein fouet : *La clé du paradis,* murmure-t-il.

Le maître zen me dit que mon corps est la continuation de celui de mon père. C'est un fait indéniable, selon lui. J'ai déjà passé d'innombrables heures aux Alcooliques et Toxicos Anonymes, perché sur un fauteuil pliant, à écouter des connards raconter des conneries dans des sous-sols d'églises divers et variés : un pilote, qui s'est réveillé à Paris sans aucun souvenir d'y avoir atterri la veille au soir, avec trois cents passagers ; un type, avec qui je suis devenu ami, qui se versait de l'essence sur la main et l'enflammait, juste pour qu'on le mette sous morphine. Il me faut un an pour me rendre compte que je suis comme tout le monde. D'après le maître zen, si je comprends la nature de mon corps, je comprendrai aussi celle du cosmos, c'est l'une des promesses du bouddhisme. Malheureusement, telle qu'on me l'enseigne, la voie du savoir passe par le corps de mon père, qui semble être aussi mon corps, c'est incontournable. *Être prisonnier d'une notion du soi n'est pas une bonne chose. Être prisonnier d'une notion de non-soi est pire.* Je l'ai vu dormir au soleil sur un banc de l'Esplanade. Il s'est levé, s'est avancé en titubant jusqu'au bord de la rivière pour uriner. Jésus a dit *Pardonne !* Bouddha a dit *Réveille-toi !* Première chaude journée de printemps, les familles en promenade dominicale. Je les ai regardés le regarder, faire un détour pour l'éviter. Foutue gamine.

Au milieu des années 70, les années que mon père passe en prison, je parcours les rues sombres de ma ville natale avec Phil dans des voitures énormes que nous appelons des « péniches ». Un soir, on teste au volant les amphés coupés de marijuana, le soir suivant, c'est le valium relevé de schnaps. Cheap Trick joue « I Want You to Want Me » en quadriphonie, une chanson d'amour, on comprend le sentiment. *Le présent est tout entier fait du passé.* Le maître zen me fixe en disant *Vivez dans le présent, mais tirez les leçons du passé.*

Il faut bien vous figurer que Boston est par essence une petite ville, dont les rues sinueuses, simples voies à bétail recouvertes de bitume, ne suivent pas de quadrillage. J'aurais pu me lever n'importe quelle nuit et gagner à pied d'une traite le lieu où dormait mon père. En un quart d'heure tout au plus, je lui prenais la main et le reconduisais chez lui. J'ai préféré fermer ma porte à clé, me défoncer, pour dormir jusqu'à ce que de nouveau le soleil me pénètre. D'après le maître zen, nous sommes à la dérive sur un océan d'oubli, et certains jours, il semble qu'il y a pire.

tous les chemins mènent à Brooklyn

(1990) Après un an de sobriété, c'est la rupture avec Emily. Je n'ai aucune bonne raison à lui donner de ne pas aller sans moi à l'université en Californie. Cela fait dix ans que nous avons découvert qui nous étions. Elle est prête à fonder une famille, moi, à me terrer dans mon coin quelques années de plus. Je passe l'été sur le bateau, et en août, Lou déclare qu'il faut que je cesse de travailler à Pine Street. Bien que je me sois juré de tenir plus longtemps que mon père, de ne pas le laisser me faire perdre mon emploi, je démissionne. Ou, plus exactement, je n'y retourne pas à la fin de l'été. Les dix années qui suivent, je ne mettrai pas les pieds à Pine Street. À la place, je reprends mes études, je termine ma licence, je décroche mon diplôme. Lou trouve que c'est une bonne idée. Si Lou m'avait dit de passer un an à construire des châteaux de sable, j'aurais emménagé dans un bac à sable.

Un jour, lors du premier hiver où je ne suis pas à Pine Street, j'aperçois mon père en train de fourrager dans une poubelle, ce que je ne l'avais jamais vu faire avant. Ça ne changera plus, il mourra dans la rue. Mais en moins d'un an, sa demande de logement est satisfaite. Dans le cadre du même programme que Russell. L'un des nombreux formulaires qu'il a remplis est arrivé avec succès au bout des méandres de l'administration. À mon insu, les relations ont joué, sous l'influence de certains de mes anciens collègues. Lauretta. Tommy. Hilary. Après cinq ans à la rue, mon père s'est encore un peu plus éloigné de la réalité, il a failli perdre ses orteils, qui ont gelé, et sa démence éthylique s'est aggravée. Mais il a survécu à la rue. Un an plus tard, je déménage à New York, à Brooklyn, pour continuer la fac. Et étudier la poésie.

Avant de quitter Boston, je passe rendre visite à Russell une fois par mois environ. Il a du mal à s'adapter à la vie sous un toit, par exemple il n'arrive pas à faire fonctionner le robinet trop perfectionné de la douche, et fait sa toilette dans le lavabo. Sans animosité, il se plaint de ce que la douche est cassée, et de nouveau je lui montre comment la manipuler. Je renonce à lui expliquer comment changer de chaîne à la télé : ce n'est déjà pas mal de brancher pour allumer, débrancher pour éteindre. Comme les murs étaient nus quand il a emménagé, je lui ai donné un canevas mural avec un motif de tournesol, fait par ma grand-mère des années plus tôt. Dans la pénombre du début de l'hiver, je la vois encore l'étaler sur ses genoux, une pelote de fil jaune vif se dévidant à ses pieds, ballottée par l'un des chatons de la dernière portée, tandis que *Dark Shadows* passait à la télé. Puis elle le repliait, passait à la cuisine d'où elle revenait, son verre de whisky glaçons à la main.

Jasper, le Jasper aux souliers luxueux de l'été des costumes, qui joue les SDF, fait son apparition à Brooklyn peu de temps après moi. S'étant vu offrir une bourse pour faire des études d'art à Cooper Union, il vient vivre à New York et tombe aussitôt dans l'héroïne. Il ne lui faut que deux ou trois ans pour faire la manche devant la station de métro de Bedford Avenue. À trente-trois ans, toujours beau : *Mais qu'est-ce que tu fous, Jasper ?* Il me répond de façon évasive, mentionne un travail qui a foiré, un plan-boulot qui a tourné court, une dette qu'on doit lui rembourser bientôt. Il dort sur le toit de l'immeuble de son ex-copine, mais tout devrait s'arranger la semaine prochaine. La dernière fois que je le vois, il part pour L.A., où les hivers « sont moins violents ». Jasper a emménagé dans notre immeuble du quartier chaud au moment de l'expulsion d'Ivan. Le mafioso avait appris qu'Ivan dealait de l'héroïne devant l'immeuble, ce qui était intolérable. Je n'ai jamais rien voulu savoir de sa relation à la came, de peur sans doute d'y tomber moi-même. Ivan loue un local commercial dans le South End, mais en un an se retrouve à l'hôpital. Quand je lui rends visite, je sais que ce qu'il appelle une hépatite est en fait le sida. D'après Norma, une collègue de Pine Street, Ivan a fait son apparition après mon départ de Boston, mais refuse de lui parler. Puis il disparaît, sans donner signe de vie, un an, puis trois, puis l'on apprend qu'il est mort. Richard meurt quelques années après mon arrivée à Brooklyn. Je reviens à son chevet quelques jours à l'hôpital, mais il a déjà du mal à respirer, et à son regard, semble déjà loin.

Après l'obtention de mon diplôme, je reste à New York, pour enseigner la poésie dans des écoles publiques. Dix ans au foyer m'ont donné envie de travailler avec les enfants. J'enseigne à Harlem, à Crown Heights, dans le South Bronx. Certains de ces quartiers ressemblent à Dresde après les bombardements. Je croyais m'éloigner des sans-abri, mais ce n'est pas en venant s'installer à New York qu'on leur échappe. Dans certaines écoles, la moitié des enfants vivent en foyer. Certains d'entre eux écrivent la plus belle poésie que j'aie jamais lue, étrange et vivante, d'autres ne savent pas lire en CM2. Je suis exaspéré, je voudrais leur agripper le bras et leur crier *Vous n'avez plus beaucoup de temps.* Les lettres de mon père me suivent, réexpédiées de Boston à Brooklyn, de véritables bombes psychiques. Il a un toit depuis cinq ans à présent, et un jour je décide de lui rendre visite. Je veux voir sa chambre et, droit dans les yeux, lui poser deux ou trois questions sur ma mère.

mon carton

Il vient à moi pour la première fois par le biais d'une lettre, manuscrite. Expédiée de la prison fédérale, elle me parvient durant le Bicentenaire de l'Amérique. *Les timbres étaient gratuits*, me confie-t-il plus tard. Un matricule inscrit sous son nom, quelques mots mis bout à bout, une phrase incomplète. *Bientôt, très bientôt*, assure-t-il, *je serai connu.* Connu ? Qu'est-ce que ça veut dire ? À seize ans, je ne lui ai jamais demandé de me faire semblable promesse. Je ne lui ai rien demandé du tout, à ce qu'il me semble. *Parle-moi de toi, je regrette que nous nous soyons perdus de vue.* Au fil des vingt-cinq années qui suivent, j'en reçois des centaines d'autres. Quelques fragments :

> *Nous sommes nés pour aider les autres.* (1980)
>
> *Lis le plus possible. N'écris que quand tu en ressens le besoin intime. Et ne sois pas pressé de publier.* (1981)
>
> *Le Rêve américain est de ne jamais oublier personne.* (1983)

Je suis un écrivain-né. Toi aussi. (1986)

Je sais que je ferai pour l'Amérique aujourd'hui ce que monsieur Soljenitsyne a fait pour la Russie. Mes œuvres attendent, leur heure approche. (1989)

Je vais remporter — bientôt — le Prix Nobel de fiction et de poésie à la fois, pas de souci. (1993)

Que cela soit clair dans ton grand esprit ! En tant que conteur, je figure parmi les classiques. Un grand écrivain, voilà ce que je suis. (1996)

Ces lettres arrivent jusqu'à moi par l'intermédiaire de ma mère d'abord, puis d'Emily, puis je me mets à lui envoyer des avis de changement d'adresse quand je déménage. Je commence à compter les semaines qui séparent ses lettres, bien que je n'y réponde jamais, je me demande s'il a fini par mourir. Je les garde toutes sans exception dans une boîte en carton. Il parle de ses livres, dans la plupart d'entre elles (*L'un des trois grands livres que l'Amérique a produits*), me dit qu'il avance vraiment, vraiment (souligné deux fois) bien (point d'exclamation !). Aucune référence à l'alcool, mais l'écriture est tremblée.

Quand je dis que j'ai reçu une lettre de remerciements du sénateur Ted Kennedy, c'est vrai ! Une lettre qu'il a tapée lui-même ! C'est d'une importance capitale quand on vit en Amérique ! Les relations qu'on a, et le degré d'intimité. Capital ! (1999)

un plan béton
(comment piller une banque)

(1995) De son doigt tendu, mon père désigne un nom sur une pierre tombale. *Isaac Loye ? Tu parles d'un nom.* Nous sommes dans l'ancien cimetière de Boston, debout devant moi, il parle face à mon caméscope. Je suis venu lui poser des questions sur ma mère, dans l'espoir d'apprendre des choses, n'importe quoi, mais il semble éluder la question. *Si j'étais toujours dans le trafic de chèques, j'utiliserais ce nom. Qui êtes-vous ?Isaac Loye.*

J'ai entrepris de tourner un documentaire vidéo sur les ex de ma mère, treize ans après sa mort, le casting successif des figures paternelles, ses époux, ses amants, ses amis. Je ne saurais dire ce que j'en attends ; comme le dit l'un des ex face à la caméra : *Je ne sais pas ce que tu cherches, et toi non plus.* Avec l'annuaire, les renseignements téléphoniques, les souvenirs de mon frère, à qui je demande quand il les a vus pour la dernière fois, je parviens à presque tous les localiser. Dix hommes. Plus deux que je sais déjà où trouver. Je suis resté en contact avec Liam, l'avant-dernier, en prison fédérale à la mort de ma mère. L'autre, c'est mon père. Cela fait presque dix ans qu'il s'est présenté au foyer. Je ne lui ai pas parlé depuis qu'il a cessé de vivre dans les rues, il y a cinq ans. *J'ai quelque chose à te montrer*, dit-il, en tirant son portefeuille de sa poche. Il exhibe crânement une carte de retrait de la Bank of Boston. *Tu vois cette carte ? Avec, j'ai volé soixante mille dollars à cette banque. Je suis fier de cette carte.*

Il est facile à trouver, l'adresse de l'expéditeur sur ses enveloppes, une barre d'immeubles de Boston, son nom sur l'interphone. Je filme la sonnette, mon doigt qui appuie dessus. Il débloque la porte sans un mot, sans me demander qui je suis. J'ai l'intention de lui poser les mêmes questions qu'aux autres,

1 Comment as-tu rencontré ma mère ?
2 Comment as-tu appris qu'elle était morte ?

Le plus souvent, c'est suffisant pour obtenir toute l'histoire de leur relation. La plupart semblent reconnaissants, comme s'ils avaient longtemps réprimé un ardent désir de la raconter, faute d'un auditoire approprié. Dans les années 60, Sam travaille pour la Concrete Pipe Corporation, la seule industrie de la ville. Il me raconte qu'elle venait prendre un café au bar où il petit-déjeunait tous les matins, et qu'un jour, il lui a couru après tandis qu'elle démarrait et s'est jeté sur le siège du passager. *Il faut absolument que je sache comment vous vous appelez*, lâche-t-il. Ils restent ensemble un an. Tim me dit qu'ils étaient plus amis qu'autre chose, *Juste deux solitaires qui ont fait un bout de chemin ensemble.* Je me souviens de m'être introduit dans l'appartement de Tim en rentrant de l'école. Une table de billard. Eau de Cologne 4711. L'univers masculin, inconnu. J'ignore s'il fut jamais au courant de mon intrusion, peut-être m'était-ce interdit. Don l'aide à se payer sa première moto, et me laisse entendre qu'il ne croit qu'à moitié au suicide, *Elle était bien trop forte pour ça.* Travis me raconte l'histoire du gâteau aux myrtilles, s'en veut d'avoir laissé son flingue chez elle, qu'elle n'a pas forcément utilisé, puisqu'elle possédait le sien.

Figurines paternelles. Puis vient mon vrai père. La première fois, je passe à l'heure du déjeuner. Je l'attrape au moment où il sort. Tous les lundis, comme je l'apprends, il profite du déjeuner gratuit dispensé au sous-sol d'une église d'Arlington Street. Il l'a surnommé le « Restau de la Naine ». Certains des clients sont des SDF, d'autres, comme mon père, n'ont simplement pas de quoi finir le mois. Sur la première cassette que j'ai de lui, on le voit se rendre à pied à la soupe populaire de Commonwealth Avenue. Ensuite, on le voit manger, assis à une table pliante avec six autres hommes. Je lui pose des questions, qui semblent le mettre mal à l'aise. Je garde la caméra braquée sur lui, ignorant les autres. Mon père me présente comme son fils à un certain Howard, dont le visage aussitôt s'épanouit. *Mais pourquoi tu l'as pas dit ? Je croyais que t'étais un étudiant, encore en train de tourner un documentaire sur « Les SDF ».* C'est plutôt un film de famille, lui dis-je. La Naine — petite, mais pas naine — s'approche. *Je peux pas croire qu'un beau gars comme ça soit de toi. T'es sûr que c'est pas le facteur ?*

Après déjeuner, nous marchons jusqu'à l'ancien cimetière. Fin avril : les touristes prennent la pose devant des crânes ailés perchés sur les tombeaux. De nouveau, je risque une question sur ma mère, mais il veut d'abord m'exposer son processus en trois étapes pour détourner des fonds. *Un plan béton*, m'assure-t-il. Mise en scène pour le tournage, l'histoire a déjà été racontée bien des fois, c'est clair.

> *Première étape*
> *Il faut des chèques. Doyle-la-Combine connaissait un employé de la compagnie d'assurance John Hancock. Ils font disparaître un chèque marqué du sceau officiel tricolore. Doyle l'apporte à Freddy-le-Mornifleur, qui reproduit le filigrane sur une copie du chèque — c'est un artiste, Freddy, un maître. Le lendemain, Doyle réintroduit l'original chez John Hancock.*

Dans les jours qui suivent, lors de mes entretiens avec les autres hommes, je sens parfois les rôles s'inverser : maintenant, c'est moi l'aîné, la figure paternelle, et ces hommes qui parlent de leurs jeunes années se sentent perdus, ont besoin qu'on les guide. Certains prennent une demi-heure pour raconter leur histoire, d'autres trois heures. À mon père, il faut des jours, des semaines, des années. Il poursuit son récit chaque fois que je passe chez lui. Les deux questions semblent simples, mais je comprends vite qu'avec lui aucune question n'est simple. Il n'a pas l'air de vouloir en savoir plus sur moi, ma vie, l'homme que je suis devenu. Il a tant à dire, face à une caméra.

Deuxième étape.

Ouvrir un compte. Ouvrir un compte. Où ça ? Fall River et New Bedford. Des villes américaines classiques. Beaucoup d'argent dans ces villes, en certaines mains. C'était le bicentenaire de cette nation. Je me présente à un guichet, un appareil photo autour du cou, vêtu dans un style classique ; même en Levi's, j'étais toujours habillé classique. Comment suis-je entré en possession de ce chèque d'assurance ? Mon père est mort, ma mère s'est fait renverser par une voiture, un bobard quelconque.

À la soupe populaire, mon père a refusé le dessert. Howard le fait marcher, lui dit que c'est la première fois qu'il le voit refuser de la bouffe. *C'est le gamin qui me rend nerveux*, murmure mon père, *il sait que son père a un succès terrible*, Mémoires d'un crétin, *c'est mon chef-d'œuvre*. Le temps d'arriver au cimetière, de crétin, il s'est changé en fine lame. Peut-être à cause de la caméra, son ultime tentative pour connaître la célébrité. Il se penche tout contre l'objectif, la main entourant son menton, et chuchote :

Une chose : toujours s'adresser à une femme au guichet. Une femme jeune. Avec un homme, ça ne peut pas marcher. La plupart sont homos, je les méprise et ils me méprisent parce qu'ils sentent que je les méprise. Une Afro-Américaine ? Moi ? J'ai jamais accroché avec les Afros. Non. Il faut que ce soit une jeune femme, jolie. Elles me glissaient même leur numéro de téléphone parfois, pour avoir une petite… relation, enfin, tu vois.

J'ai même écrit à deux ou trois d'entre elles depuis la prison ; mais pas de réponse.

À ce point de l'enregistrement, j'en suis à essayer les différentes fonctions de la caméra : ralenti, fondu enchaîné, image par image. En près de quatre heures d'entretien, il n'a toujours pas mentionné ma mère.

Troisième étape.
(trois doigts en l'air, il réfléchit) *Première étape, se procurer les chèques. Deuxième, ouvrir le compte (pause). Ah oui, le liquide. Troisième étape, retirer le liquide. Une semaine plus tard, j'y retourne. Il me faut une histoire. Pourquoi du liquide ? Je veux acheter des antiquités, et ils refusent les chèques. À dire sur un ton indigné. Il faut payer cash. À ce moment-là, le chèque d'assurance a été compensé, j'ai de l'argent sur mon compte, ils me filent le pognon. Jamais plus de cinq mille dollars. Rappelle-toi. Si ça dépasse, aussitôt il y a enquête fédérale.*

Tel un cow-boy mécanique en vitrine sur un champ de foire, on introduit vingt centimes dans la fente et il tire en l'air avec un cri de joie. Je laisse la caméra se promener sur les pierres tombales et les touristes, dont les images se brouillent. *Voilà le plan, au complet. Absolument béton, pas une faille.*

Sauf qu'il a oublié les caméras de surveillance, et qu'il n'a pas répondu à mes questions. Le plan a rapporté entre soixante mille et quatre millions, c'est selon. Durant ces années, il n'envoie pas une lettre, du moins pas à moi. Ou alors on ne me l'a pas transmise. Et nous n'avons jamais vu la couleur de cet argent, pas un centime de ces milliers ou millions n'a fini dans les mains de ma mère. On a appris l'existence du boulot à la banque — celui de mon père, pas de ma mère — deux ou trois ans après de nouveaux démêlés avec la loi. Cette fois, ma mère le conduit au tribunal de Hingham pour répondre à *une accusation bidon, c'était quoi déjà, à propos de... ah oui, je me souviens, non-versement de pension* (il rit). *Voilà ce que c'était.* (il regarde droit dans la caméra). *C'est là que je me suis échappé.* Ce sont les années de tickets alimentaires pour nous, ma mère ramenant à la maison cent vingt-sept dollars par semaine. Comme employée à un guichet de banque. Une jeune femme, jolie.

Je baisse la caméra. Des touristes passent devant nous. *Ils n'arrêtent pas de me regarder, comme une star de ciné*, dit mon père, triomphant.

photogénique

Durant les deux années qui suivent, je rends visite à mon père tous les deux ou trois mois, toujours abrité derrière le caméscope. Ensuite, je rapporte les cassettes chez moi et les visionne en boucle. Après ma première visite, il m'envoie une lettre où il me dit que je peux lui demander ce que je veux sur ma mère, à tout moment, que sa mémoire est *100 % photogénique.* « Photogénique », son terme, pas le mien. J'imagine que c'est pour lui un moyen de se poser en narrateur fiable, que je peux interroger sur n'importe quel aspect de sa vie, jusqu'au moindre détail, qu'il fera surgir aussitôt, construit en mots sous mes yeux. C'est ce qu'il veut dire, semble-t-il, par *photogénique.*

Il finit par me parler de ma mère. Il me raconte l'histoire du premier rendez-vous qu'il lui propose, quand elle travaillait au café, et qu'il se débrouille pour avoir une voiture. *Qu'est-ce qu'elle était belle, bon sang.* Il évoque le coup de fil de Ray lui annonçant sa mort. *Je crois que c'est ton frère qui l'a trouvée. Bon Dieu, c'est atroce. Atroce.* La fois d'après, il me dit qu'il a compris quelque chose. *Le mobile du suicide*, me dit-il, *c'est la haine de soi. Je crois que c'est une explication très sensée.*

Scotty, son pote de Portsmouth, a eu une intuition similaire, mais à propos de mon père. *J'ai toujours senti que ton père ne s'aimait pas beaucoup, qu'il avait une tendance à l'autodestruction plus intense que la moyenne. Qu'il traînait derrière lui un sentiment d'échec. Vous, ses enfants, vous teniez une grande place dans sa vie, il me lisait les lettres qu'il vous écrivait, mais il donnait toujours l'impression de se punir pour toutes les fois où il n'avait pas été à la hauteur comme père. Finalement, il s'est changé en raté professionnel. S'il venait à se rapprocher du succès, il foutait tout en l'air. Le seul rôle auquel il s'est accroché, c'est celui de l'écrivain méconnu. Ça l'autorisait à se mettre en rogne, et c'est devenu son boulot de refaire le monde, en dénonçant en détail ce qu'on lui infligeait. Se ranger du côté des artistes, ça donnait une excuse à ses extravagances, à ses excès, ça les encourageait même. Une performance déchaînée, voilà ce qu'est devenue sa vie, sur un script signé Jonathan Flynn. Il gardait au moins la maîtrise sur ça dans sa vie. Tout est devenu représentation.*

Un matin d'hiver, mon père me trouve devant mon portail du quartier chaud, après mon service de nuit au Camion. *Je ne vais pas crever là dehors,* siffle-t-il. *Je ne suis pas ta pauvre mère trop sensible. Moi, je suis de la race des survivants.*

une autre façon
de concevoir le feu

En tournant le documentaire, je retrouve l'un des ex de ma mère dans une résidence pour retraités en Floride, des maisons identiques, mitoyennes, s'étalant sur des kilomètres, leur cohésion assurée, semble-t-il, par le terrain de golf. Vernon est le charpentier avec qui elle était quand la maison a brûlé, marié, avec deux enfants. Il quitte sa famille pour ma mère, et tout ce qu'il en dit, quand je le retrouve, c'est qu'il n'aurait pas dû. Un catholique détourné du droit chemin par une incroyante. Vernon est le seul qui refuse d'être filmé, ou même enregistré. J'ai eu son adresse par sa seconde femme. Selon elle, c'est devenu un reclus, qui ne veut même pas voir ses enfants. Je me souviens qu'il est resté avec ma mère cinq ans, bien qu'il prétende que ça n'en a duré que deux. Je me revois pendu à son cou, le regardant se raser. Un jour, il mit en marche l'essuie-glace et me dit que notre voiture était la seule sur laquelle il pleuvait, et je le crus. Il est surpris de me voir après trente ans, mais il m'invite à entrer, et nous parlons trois heures d'affilée. En fouillant, il ressort une photo qu'il a prise de moi assis à côté de ma mère en 1965, la plus ancienne que j'aie jamais vue de nous deux ensemble. Elle a l'air calme. On dirait qu'il y a en moi un ressort comprimé et que je vais être propulsé dans l'espace intersidéral. Je lui dis me souvenir qu'il a reconstruit notre maison après l'incendie provoqué par les ratons laveurs, ce qui le fait rire. *Les ratons laveurs*, répète-t-il avec un gros rire, *les ratons laveurs ?* Dehors, le ciel blanc de Floride pèse sur les épaules des malheureux golfeurs. Il décrit la maison avant l'incendie, encore plus délabrée que dans mon souvenir. *Il a suffi d'une allumette.* Ma mère avait commencé à flirter avec un agent d'assurances, prétend Vernon, et fait assurer la maison au-dessus de sa valeur. La nuit de l'incendie, ma mère, à deux heures du matin, couchée à côté de lui, était on ne peut plus éveillée. Elle sentit la fumée avant qu'il y en ait la moindre trace, insiste-t-il. Une demi-heure plus tard, la fumée emplit le rez-de-chaussée. Ils se précipitèrent dans la chambre où je dormais avec mon frère et nous portèrent hors de la maison désormais tout enfumée.

vodka, timbres, fleurs

(1998) Le coin du lit est la seule surface dans la chambre de mon père qui ne soit pas couverte de hautes piles de journaux ou de livres, de ramettes de papier subtilisées ou de bibelots. J'enlève mon manteau, je m'assieds à l'endroit où il devait être allongé quelques heures plus tôt, je lui demande comment il va. Le mois n'est guère avancé, il n'a donc pas dépensé toute sa pension. Ce qui veut dire qu'il boit, *de la bonne vodka de Russie, pas ce tord-boyaux de merde.* Russe et irlandais d'origine, comme il se plaît à le souligner, ce serait un tantinet surprenant qu'il ne boive pas, si vous voyez ce qu'il veut dire. Les dix, quinze premiers jours du mois, donc, il boit. À l'occasion, il s'offre un repas, pour changer des sous-sols d'églises, parfois s'achète du shampooing. Le reste des quatre cents dollars est dépensé en vodka, en timbres et en fleurs. Des bouquets achetés au supermarché. Les timbres pour expédier des lettres aux quelques rares personnes avec qui il a gardé le contact. Le reste passe en magnums de Smirnoff, qu'il boit, coupée de jus d'orange, tout au long de la journée, des jours d'affilée, jusqu'à ce que l'argent se raréfie, et qu'aux

derniers jours il la boive pure. Dans cette période-là, il arrive qu'un ami dorme par terre chez lui, une connaissance de la rue, Mississippi Mike, Joe Kahn (je me souviens de Joe, qui venait au foyer). Mon père indique l'étroit passage entre son lit et une montagne de vêtements, où dorment ses invités, peu vraisemblable, en apparence, mais peut-être est-ce déjà un répit appréciable après le foyer et les pas de porte.

Après avoir insisté pour que je lui serre la main correctement, une ferme et franche poignée de main, il se lance dans ses habituels débordements de haine, ses gesticulations paranoïaques ; en se tapant du poing dans la main, il se met cette fois à élucubrer sur des fillettes blanches de dix ans violées tous les soirs sous sa fenêtre par *les Noirs*. Face à sa longue tirade, j'ai du mal à me concentrer, j'envisage de partir rapidement, je me force à rester. Je regarde la seule chaise libre, plus ou moins tournée vers l'écran de télé neigeux, je considère le capharnaüm, pas un mur, pas une chaise, pas un plan de travail qui ne soit enseveli sous des amas de saletés inutiles. Mon héritage. Le téléviseur, un don de Tommy la Terreur, son pote des années Portsmouth, est toujours allumé, même si le volume est au minimum. Il me vient à l'esprit un dessin humoristique, punaisé au-dessus de mon bureau : un roi tend un jambon à un garçon en lui déclarant *Un jour, tout ce lard sera à toi.*

Mon père négocie le couloir qui sépare de la cuisine le coin où il dort, sans cesser de parler, et en ajoutant du jus d'orange dans sa vodka. J'imagine Joe assis sur la seule chaise libre, buvant la bière qu'il a apportée en hochant la tête, plaçant peut-être de temps à autre une histoire de son cru dans le flot ininterrompu de mon père. Je lui dis que j'ai parlé à Tommy quelques semaines plus tôt. Il répond que Tommy s'est trouvé assis exactement à ma place, sur le coin du lit, il n'y a pas trois jours. Mais je sais que c'était il y a sept ans, Tommy me l'a dit, et aussi qu'il a renoncé à voir mon père. Même Ray ne lui écrit plus, ne lui rend plus visite, et ils ne souhaitent plus le recevoir. Je m'excuse, je me fraie un chemin jusqu'aux toilettes. La baignoire est pleine de magazines et de vêtements, à tel point qu'il doit falloir du temps et de l'énergie en quantité considérable pour prendre un bain. Je lui demande s'il l'utilise.

Évidemment, grogne-t-il.

C'est juste qu'elle est pleine de trucs, lui fais-je remarquer.

Je les déplace, bougonne-t-il.

Le dessus de la cuisinière aussi est encombré de conserves, arrangées en compositions esthétiques, en pyramides, jamais déplacées, comme l'indique la couche de poussière accumulée sur le tout. C'est toutefois un soulagement de voir ces conserves, qui devraient l'empêcher de mourir de faim. Le frigo, fermé depuis des années, est barricadé derrière les tours grandissantes des magazines et journaux qu'il conserve. Même son lit en est jonché le jour, de vraies colonnes de magazines qu'il faut entreposer sur la chaise libre avant de s'allonger.

C'est une forme de générosité de la part de mon père que d'inviter quelqu'un de la rue, un ami, à passer la nuit. Il me l'a même proposé, ainsi qu'à mon frère, chaque fois qu'on peut en avoir besoin, offre que je ne lui ai jamais faite quand il était à la rue. Mais il n'y a pas de place dans sa chambre, à moins de passer la nuit assis tout raide sur une chaise à dos droit, ou de m'allonger sur l'étroite langue de sol libre à côté du lit pour une personne, sur le chemin des toilettes. Ou, horreur suprême, de me glisser dans son lit avec lui. J'aimerais mieux dormir sur un banc ou sous un buisson. Je braverais les rats et la folie de la rue plutôt que de passer une nuit dans sa chambre.

douze portes
(l'arithmétique du diable)

Quand je demande à mon père comment il a rencontré ma mère, il m'explique comment détourner des fonds. Je l'interroge sur ses années dans la rue, il me raconte qu'il s'est dégotté une chambre au Ritz. Tu fais voir ton livre ? est la question répétée à chaque visite. Il prend un air choqué, indigné par mes doutes, indique, dans un coin de sa chambre, une boîte enfouie sous des piles de journaux qu'il n'a pas lus. *Il doit être là, c'est le seul endroit où rien n'a bougé.* Je lui propose de l'aider à fouiller. Il me demande de combien de temps je dispose, si c'est deux ou trois heures, il en faut dix ; deux ou trois jours, alors c'est une semaine. Bien sûr qu'il y a un livre, il a passé sa vie à y travailler, *L'homme au bouton*, qui parfois se change en *Les aventures de Christopher Cobb*. Des lettres de Little, Brown et Viking sont encadrées aux murs. Il s'en approche, me montre qu'il y a des preuves. L'une décrit son livre comme « l'exhibition magistrale d'une forte personnalité », mais malheureusement « à un degré qui viendrait à bout de lecteurs plus endurants que les nôtres ». Au bas d'une autre, mon père a écrit « Ann Hancock et moi sommes restés proches. Elle adore mon œuvre. Les aventures de Christopher Cobb ! Ce sera un classique de la littérature américaine ! Jamais je n'abandonnerai ! Jamais ne renoncerai ! ». Oui, lui-dis-je, je les vois, ces lettres, tu me les as envoyées cent fois, mais fais voir le livre.

Quand elle était encore parmi nous, je questionnais parfois ma mère sur *L'homme au bouton*. Il avait évoqué le titre dans l'une de ses lettres expédiées de prison. *Il en parle encore, de ce bouquin ?* C'est tout ce qu'elle me disait. Lors de son jugement pour non-versement de pension, la fois où il s'est enfui par une fenêtre des toilettes (*C'est mon devoir de rester libre, en tant que poète et qu'être humain*), debout face au juge, il s'est mis à crier *Bientôt*, son livre serait achevé et il deviendrait célèbre. *C'est le bouquet*, siffla ma mère. Il fut condamné à deux mois.

Certains jours, il y a douze chapitres, d'autres fois douze livres. C'est pourquoi il lui faut douze bureaux, un pour chaque chapitre, un pour chaque livre. Il l'a appris de Soljenitsyne, dont il a partagé la cellule, au sens métaphysique du terme, tous deux injustement incarcérés, tous deux rachetés par les mots. Quand Soljenitsyne put quitter la Sibérie, il gagna le Vermont pour y écrire sur sa vie au goulag. Il s'installa dans une grange, s'entoura de huit portes posées sur des chevalets, une porte par chapitre, qu'il étala devant lui pour se souvenir de la place de chacun des éléments dans la composition. C'est ce que mon père compte faire avec l'avance sur son œuvre, acheter douze portes, sa propre grange, où étaler sa vie et la retrouver intacte le lendemain. Sur chaque porte, il y aura une machine à écrire, douze portes, douze machines. Une fois qu'il sera installé, il circulera entre ces portes, remaniant ses récits pour élaborer son chef-d'œuvre. Chaque année de vie constitue un chapitre, et l'ensemble de la vie, le livre. Tel est son plan, mais il faut du temps, insiste-t-il, tout est question de temps et d'espace, comme l'a dit Einstein (qui ne fut jamais de ses amis proches, apparemment). Tu as écrit tous les chapitres ? *Évidemment, tout est écrit, jusqu'au dernier mot.* Je m'enquiers d'un cahier, d'une liasse de feuilles, de l'encre, des mots, ce roman a-t-il un corps, puis-je le voir ? *Évidemment*, grogne-t-il, sur un ton indigné, avec un geste de chef d'orchestre au-dessus du capharnaüm, son chaos organisé. Cependant, à la même question, posée le lendemain, il répond qu'il lui faut plus d'espace, pour tout étaler, et finir. Il espère une avance de deux millions de Little, Brown — Kissinger, qui n'est pas même écrivain, a bien eu deux millions pour son livre. Mon père, qui a dormi sous un toit de carton, est en attente de deux millions, en attente d'une grange qui lui permette de commencer, ou d'achever, le projet qui définit sa vie entière, le livre qu'il écrit depuis avant ma naissance. Son appartement n'est pas assez grand pour contenir son livre, qui traite en partie de sa vie sous un toit de carton. *Les choses coûtent de l'argent, petit*, me dit-il. Sept chiffres. L'arithmétique du diable. Je commence à comprendre que je ne pose pas la bonne question.

mon frère attend les micro-machines

Dans la même ville que le logement social de mon père, mais à l'autre bout, dans un univers parallèle, mon frère, qui se passe très bien de lui, et refuse obstinément de lui rendre visite, ou même de lui adresser la parole, depuis un quart de siècle, depuis ce jour où ma mère les emmena en voiture à Peggotty Beach, attend l'avenir. Cela s'appelle « Nanotechnologie » : l'étude de la production dans l'infiniment petit. Dans vingt ans, selon mon frère, nous baignerons dans une nuée informatique, des millions d'ordinateurs microscopiques en suspension dans l'air ambiant, prêts à nous obéir au doigt et à l'œil. Dans cet avenir, il n'y a plus de chaise, ni d'ascenseur. Dès que l'on fera mine de s'asseoir dans sa chambre, la nuée aussitôt formera une chaise derrière nous. Levez la jambe et la nuée vous fabrique un repose-pieds. La porte s'ouvrira à votre guise, vous entrerez dans une cage vide en apparence, et la nuée sera votre ascenseur, vous emportant où vous le souhaitez. Je hasarde que la nuée pourrait se changer en appartements pour sans-abri, mais mon frère ne relève pas.

Quand je vais à Boston, je dors en général sur le canapé

de mon frère, et avant de sombrer dans le sommeil, nous parlons à travers le pan de cloison qu'il a construit pour diviser son studio. Souvent, je viens de passer l'après-midi avec notre père. Bien qu'il ne me questionne que très rarement, je sens chez mon frère une curiosité modérée, quant à mon inclination à garder le contact autant qu'aux détails de sa vie. *Photogénique*, nous a assuré notre père, *les odeurs, tout.* Je raconte ça à mon frère à travers la bibliothèque, et nous en rions ensemble. Ayant deux ans de plus, il se souvient un peu de l'époque où notre père était encore avec nous, et ces quelques années lui ont suffi pour la vie, dirait-on. Aujourd'hui, je me retrouve à écrire un livre sur un père absent qui écrit des lettres à son fils sur le roman qu'il est en train d'écrire. Un roman dont le fils soupçonne qu'il n'existe pas. Le Grand Roman Américain Invisible. Mon frère ne me demande jamais pourquoi je continue mes visites, d'ailleurs je n'aurais rien à lui répondre. Qu'est-ce que j'en attends donc ? Accéder à la mémoire photogénique de mon père, recréer un monde dont je n'arrive pas bien à me souvenir ? Une enveloppe contenant une photo de ma mère, avant... avant quoi ? Avant qu'elle le rencontre ? Avant sa propre naissance ? Autant chercher à saisir les nuées dans sa main.

« Cobb » est le personnage que mon père a imaginé pour le représenter. Son livre est le récit de sa vie. Christopher Cobb, c'est lui. *Ça marche toujours comme ça. Regarde Salinger, Twain, ceux qui ne le reconnaissent pas sont des menteurs.* Quand on lui demande un synopsis, il explique que son roman est l'innocent rêve de gloire d'un homme qui croit pouvoir restaurer l'unité du monde par un récit, le changer par son geste créateur. Comme Noé. Qui croit que si l'on s'attache au verbe, il se fera chair. Amen. Son père inventa un canot de sauvetage au moment du naufrage. Noé construisit une arche bien loin de toute étendue d'eau. Ses descendants poursuivirent son œuvre par la construction de leur tour de Babel, s'ouvrant le chemin du ciel. Noé dut rassembler des clous. Mon père écrit ses lettres. Ce sont les seuls textes que j'aie vus écrits de sa main, ma petite boîte de babil. Peut-être que ce carton de lettres constitue le roman, un livre qui vous transfigure tandis que vous le cherchez, et que jamais vous ne pourrez tenir en main. Et dire que je suis peut-être en sa possession depuis le début.

30 décembre 1999

Je relève de l'Article 8, handicap physique et non mental ! J'ai subi un examen complet il y a plus de dix ans dans quatre des meilleurs hôpitaux américains, le Massachusetts General Hospital entre autres, tous à Boston. Je vis dans une douleur constante, des pieds jusqu'à la tête, et néanmoins j'écris ! Le Tribunal Fédéral de Boston, il y a plus de dix ans, m'a déclaré… poète, et je le suis sans conteste, depuis toujours, et le resterai !

Affectueusement à tous, Nick, de ton père,

Jonathan

La chambre de mon père est pleine de cartons, qui renferment ses chefs-d'œuvre, les romans auxquels il travaille, ainsi que des notes en vue des chefs-d'œuvre à venir, les brouillons de ses récits. Mais à l'intérieur des cartons, ce n'est que du vide. Tous les éléments y sont, photos déchirées, notes griffonnées sur des serviettes en papier, talons de chèques, papier couvert d'encre, paysage dévasté d'où le sens a fui. Nul ne pourrait reconstruire une vie à partir de ces fragments, ni retrouver le fil liant les détails entre eux. Seule sa voix en est capable, le souffle qui le traverse, et ressort sous la forme vibratoire des mots. *Un mot n'est-il pas fait d'haleine et l'haleine faite de vie ?*

J'ai peut-être eu ce livre sous les yeux dès le début, sans parvenir à le saisir. Si je pouvais tenir mon père dans mes mains, le mettre à la lumière : tous les récits sont là, en lui. Transparence du mot, transparence du récit, il est entièrement fait des histoires qu'il raconte, tel l'échafaudage autour d'un immeuble qui reste à construire. L'histoire de la fraude bancaire. Celle des nuits passées sur un banc. Celle de l'invention du canot de sauvetage par son père. Celle de ma mère, l'amour de sa vie. Combien d'histoires peut-on lui retirer sans que l'immeuble s'écroule ? Il y en a-t-il une essentielle, celle de son chef-d'œuvre, inachevé, inachevable ? Y a-t-il en lui un compte à rebours, une échéance à laquelle il lui faudra finir, tel, pour Noé, le début du déluge ? En relisant ses lettres, pour essayer d'écrire sa vie, je crains qu'il ne m'ait transmis son obsession, par le sang, par ses lettres, par cette vision de lui se dressant nu dans une baignoire en fer-blanc. Car le seul livre écrit sur mon père (*le plus grand écrivain que l'Amérique ait produit à ce jour*), le seul livre jamais écrit sur ou par lui, autant que je le sache, est celui que vous avez entre les mains. Le livre qu'il m'est finalement échu d'écrire, à moi, le fils, je ne sais trop comment. Moi, le nègre si peu docile, si peu reconnu. Non content d'hériter son physique et son nom, devenir encore son secrétaire, sa servante, embarqué dans la folie d'un projet sans avenir, l'écriture d'un livre sur un autre livre, qui n'a pas le moindre semblant d'existence, n'en a peut-être jamais eu d'autre qu'imaginaire.

l'homme au bouton
(comédie musicale)

(2000) Je passe encore un été à Provincetown, mais pas sur le bateau. Je l'ai vendu un dollar à un type qui m'a juré d'en prendre soin, et se révèle être un menteur ou un incapable. Une lettre m'arrive de mon père, qui prétend avoir localisé *L'homme au bouton.* Quelques jours plus tard, je me présente à son appartement, et il me remet quatre classeurs, quatre cents pages dactylographiées. Il y a donc bien un texte, et avec ça c'est une comédie musicale. Elle commence par une chanson :

Tchin-tchin, en taule, au trou
Je crois bien être sôul
Tchin-tchin, en taule, au trou
Il faut que je boive un coup.

Cette première scène est datée du 15/02/64, le jour où il vole la voiture du shérif dans un accès de délire. La chanson commence au moment où il s'éveille dans sa cellule, avec la gueule de bois. Je rapporte *L'homme au bouton* chez moi et le lis en un après-midi. Le genre qui se lit d'une traite. À chaque jour passé en prison correspond un chapitre. Le premier jour se poursuit ainsi :

> J'écris sur du papier qui m'a été donné par le voleur de bicyclette. Je suis en prison. Je ne sais pas pourquoi. Et il n'y a pas longtemps que je sais où. Je ne sais pas non plus pour combien de temps. Enfin, j'y suis, en tout cas, encore un peu soûl. En taule, au trou, en cabane, au violon. La seule chose dont je me souvienne à propos d'hier, c'est la fête de la Saint-Valentin à Palm Beach.
>
> Les roses sont rouges
> Les violettes bleues
> Je suis en prison
> Mais pour quelle raison ?
>
> Soûle-toi un peu, tu finis en prison, soûle-toi un peu et...
>
> Taule Taulus
> Taulard Taularum
> Trou Trouorum
>
> Soûle-toi un peu, tu finis en prison, soûle-toi un peu et...
>
> Le violon/Quel guignon

Les trente premières pages environ s'annoncent prometteuses, mélange de chansons, de lettres, de documents, de graffitis sortis clandestinement de la prison locale, le tout assaisonné à la mode *L'attrape-cœurs* — un *métatexte*, dont sont aussi tirées plusieurs idées ; mais, comme sa vie, le texte bien vite s'effiloche et se dissipe dans un brouillard d'incohérence. Qu'est-ce que ça changerait si c'était un chef-d'œuvre, un classique ignoré ? Qu'arriverait-il alors ? Notre sang serait-il racheté ? Le temps serait-il rendu à l'unité première ? Sentirais-je moins de gêne à me dire poète ? Ou davantage ? Cela me donnerait-il une idée de ce que c'est d'être père, serais-je toujours terrifié à l'idée de le devenir ? Il ne peut mourir, me dit-il, tant que son œuvre n'est pas achevée. Peut-être suis-je en train de creuser sa tombe ; le livre que vous tenez est l'obole placéee sous sa langue. Cette histoire de chef-d'œuvre serait-elle son canot de sauvetage, inventée pour se maintenir à flot ?

usages héroïques du béton
(la ville qui dort toujours)

Pour inventer, il faut une idée. Il faut voir les canots de sauvetage en bois alignés sur le pont glisser lentement dans l'eau froide tandis que le navire sombre : certains chavirent, d'autres se retournent, ou se déchargent de leurs passagers, livrés à leur nouvelle vie abyssale. Imaginez-vous vivre dans les rues, sans clé, ni porte arborant des chiffres en métal. Imaginez-vous errant au bord de la rivière ou sur les quais, en quête d'un abri où vous glisser pour le reste de la nuit. À écouter les soupirs réguliers des flots, qui clapotent et se brisent. Alors peut-être que vous viendrait le rêve d'un canot de sauvetage, d'un vaisseau qui vous arrache à ce sort. Que voit mon père quand il prononce les mots « canot de sauvetage » ? Une fine peau séparant ses fesses des dents des requins ? La cavalerie arrivant à la rescousse ? N'en a-t-il plus pour longtemps à tenir ? Voit-il son père, revenu le chercher ? Voit-il son fils, guidant à présent le canot de sauvetage pour l'assister tandis qu'il avance dans la vieillesse ? Il est d'innombrables façons de sombrer ; agiter les bras en coulant n'est que la plus évidente.

L'homme qui conçut Pine Street n'y voyait pas un

canot de sauvetage, mais plutôt un rocher où se reposer un moment, reprendre son souffle, et ses repères. Un certain Paul Sullivan fonda Pine Street, et il savait que ses hommes, beaucoup d'entre eux, ne retrouveraient jamais le chemin de la rive. Le foyer devait être une étape, un refuge à mi-chemin, mais vers où, nul ne le précisa. Le matelas, le toit et le repas devaient seulement permettre de franchir un cap. Jamais on ne pensa en faire un canot de sauvetage. De plus, un canot de sauvetage ne sert qu'à regagner la rive depuis le navire naufragé ; nul n'est censé y vivre, à la dérive des années durant, en vue de la terre mais jamais assez près.

Après des mois d'appels au Bureau des brevets des États-Unis d'Amérique à Washington, à la recherche du brevet d'invention du canot de sauvetage, on m'envoie à la Bibliothèque des Sciences, de l'Industrie et des Affaires, sur Madison Avenue, juste en face, sur l'autre rive. J'y perds encore deux ou trois jours en recherches en ligne, quand enfin un employé, pris de pitié, m'indique la salle du fond, où sont stockés les registres annuels des brevets à partir de la guerre de Sécession. Comme j'ignore la date de l'invention supposée, je passe en revue chaque volume, en cherchant le nom Flynn, après 1900. En 1930, un prénommé Edmund J. dépose le brevet de la manufacture du sulfure de zinc. En 1925, Edmund P., de chez Eastman Kodak, obtient plusieurs brevets pour le développement de films. L'excitation me gagne quand j'apprends qu'en 1929, Thaddeus J., que je suppose être mon arrière-grand-père, dont le nom est gravé à l'intérieur de la girouette-sauterelle perchée sur le toit de Faneuil Hall, dépose le brevet d'un nouveau système de gouttière amélioré. Au bout de quelques autres heures infructueuses, je conclus que le patrimoine d'inventions de ma lignée se résume à cette gouttière. Un quart d'heure avant la fermeture, le troisième jour, je le trouve enfin :

> *À qui de droit:*
> Par la présente, Edmund T. Flynn, résidant à Cambridge, dans le comté du Middlesex de l'État du Massachusetts, est déclaré l'inventeur d'un nouveau Canot de Sauvetage d'utilité publique.

Le brevet a été déposé en 1918. Puis, en 1942, mon grand-père obtient un second brevet :

> Cette invention, relative à l'amélioration des canots de sauvetage…

Tout le problème était de maintenir le corps au-dessus des vagues. L'astuce, de n'inhaler que de l'air. Le brevet de mon grand-père a été utilisé par sept pays durant les deux Guerres mondiales. Des milliers de têtes qui flottent en surface. Sacré bon sang.

23 juin 1942 | E. T. FLYNN | 2,287,518

CANOT DE SAUVETAGE

Enregis. 6 oct. 1941 | Page 1/3

Fig. 1.

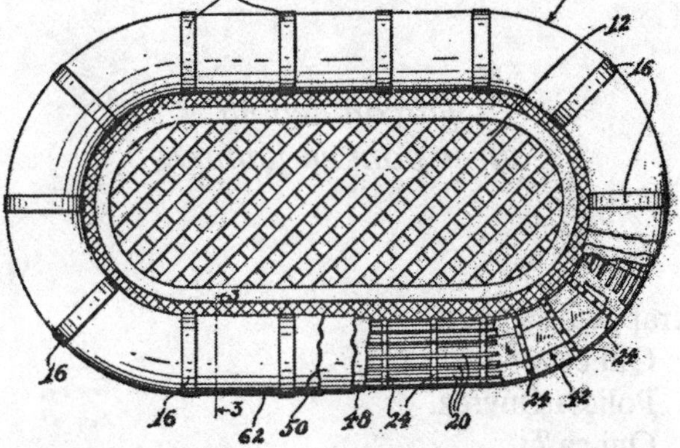

Fig. 2.

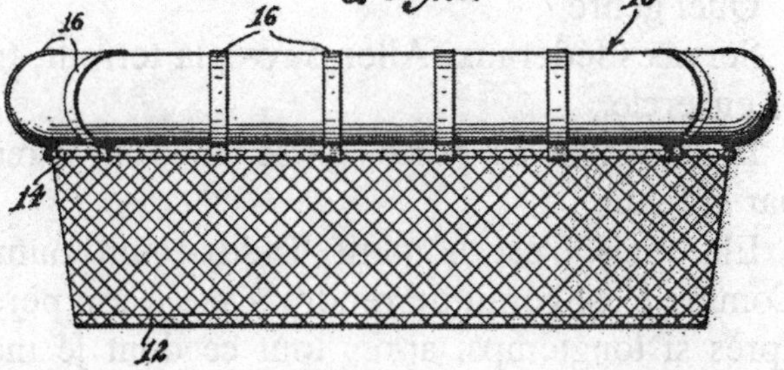

Edmund T. Flynn

L'INVENTEUR

PAR *[signature]*

Attorney

garçon debout sur le pont en flammes

Je frappe à sa porte.

Qui est-ce ?

Police. Ouvrez.

Qui ça ?

Police.

Quel genre ?

Services fédéraux. Allez ouvre, la terreur, tu es encerclé.

Il entrouvre sa porte, glisse un coup d'œil par la fente.

Eh, mais c'est le petit Taddy-toum-toum. Comme c'est gentil de rendre visite à ton père après si longtemps, après tout ce dont je me suis privé pour toi.

Un petit jeu de méprise auquel nous nous livrons parfois.

Comme d'habitude, je n'ai pas annoncé mon arrivée.

Entre, Nicholas, entre donc. Ça fait plaisir.

De plus en plus délicat d'entrer sans renverser les piles.

Regarde-moi ces cheveux. Pas mal, le rayon cheveux.

Je hausse les épaules. Les siens sont blancs maintenant, toujours un peu longs, peignés en arrière.

Et Thaddeus ? Tu le vois ?

Je le quitte à l'instant.

Est-ce qu'il va apprendre un jour à écrire à son père ?

Je hausse les épaules. C'est à lui qu'il faut le demander.

Lui demander ? Lui demander ? Tu plaisantes ? Je ne le vois jamais, je ne risque pas de lui demander quoi que ce soit.

Imperturbable, je le regarde droit dans les yeux.

Sais-tu que ton frère m'a brisé le cœur en ne venant jamais me voir ?

Moi, je viens (je tiens à le lui rappeler).

Et à mon plus grand plaisir, c'est un honneur. Et il va bien, ton frère, physiquement ?

On dirait.

Dis-lui que son Papi-papou l'aime.

L'année dernière, pendant la vague de chaleur, après avoir trouvé mon père complètement groggy, le visage tout rouge, je lui ai acheté un climatiseur. On est en janvier à présent, et il continue de fonctionner à pleine puissance, en joute contre les radiateurs. *Je ne l'ai pas touché*, jure-t-il. Je sors mon premier livre, un recueil de poèmes. Beaucoup sont inspirés par le suicide de ma mère, certains par sa vie à lui. C'est l'objet de ma visite : lui donner un exemplaire. À présent que je ne le filme plus, il me faut bien une raison pour venir. Il le retourne dans ses mains comme une sainte relique.

Bon Dieu, grillé par mon propre fils, en poésie. C'est carrément pas croyable.

Il feuillette l'ouvrage.

J'ai eu des nouvelles de Little, Brown, me dit-il. Ils prennent mon livre. Quatre millions.

Super. Félicitations.

Ils disent que c'est un chef-d'œuvre. Comme tout ce que j'écris.

Il paraît.

Il lit un poème en silence.

Ça passe mal, sur le fusil.

Ni mon frère ni mon grand-père n'ont réagi à mon livre. Autant lancer un caillou dans un étang sans fond. Pas plus qu'on ne voit chez eux de photo de ma mère, alors qu'elle est là, à côté du lit de mon père.

Non, c'est formidable. Je me fais doubler par l'un de mes fils. Je suis absolument ravi.

Il lit un autre poème.

C'est une qualité congénitale. Ça m'aurait étonné que tu n'écrives pas.

un jour, tout ce lard sera à toi

(2002) La musique sort à plein volume d'un appartement du dessous : depuis deux ou trois jours, mon père ronge son frein. Après avoir touché sa pension, au terme d'une journée de vodka pure, il prend la matraque rangée à côté de la porte, celle qu'il emportait avec lui en taxi – cloutée au bout – et descend en titubant. Il frappe à la porte d'où émane la musique, un type ouvre, mon père lui fait voler la matraque en pleine figure, le rate, mais l'émeut assez pour qu'il appelle les flics, qui informent le syndic : mon père est expulsé.

Douze ans, à présent, que mon père vit sous un toit, dans un logis, *ça, je regrette pas que ce soit passé*, mais, je m'en rends compte, il est toujours perdu, à la dérive sur son océan illusoire. Du moins ne dort-il plus sous un buisson, je sais où le trouver, si je me rends à Boston, et pas complètement pété, normalement, si j'attends le milieu du mois. Mais voilà que Dawn, des logements sociaux, m'a retrouvé et, après m'avoir raconté les faits, m'annonce qu'il doit partir. Je m'enquiers des formalités, de leur durée. Un mois pour émettre l'avis d'expulsion, un autre en procédures juridiques, et on le met dehors.

Quelle charge que de jeter les gens à la rue, lui dis-je, très sincère, mais pas du tout, répond-elle. Je propose d'aller lui annoncer l'expulsion qui le guette, faute de trouver autre chose à dire. J'ajoute que je vais lui prendre son arme, que je connais bien, pour en avoir été menacé à deux ou trois reprises (*et vlan*) au cas où j'oublierais que c'était un dur. Je le propose en fait pour éviter qu'il ne cause de réels dégâts. Dawn laisse entendre que si je le désarme, elle reviendra peut-être sur la décision d'expulsion, mais ne promet rien, et je ne lui demande rien non plus. Ayant raccroché, je reste allongé par terre un instant, sonné comme après le coup du lapin.

Mais j'arrive trop tôt, la vodka coule toujours à flots, il ne se souvient ni de police, ni de musique, ni d'avoir attaqué quoi que ce soit. Quand un vague éclair de lucidité traverse enfin son visage, il se lance dans sa harangue habituelle, sur les dangers du quartier, hier encore il y avait un 38 magnum par terre dans l'ascenseur, qu'il n'a pas touché, bien sûr, pas si bête. Je lui explique être venu chercher son arme, qu'il reste une petite chance d'éviter l'expulsion s'il me la laisse, il se met à hurler : comment, rester sans défense dans cette ville de meurtriers, jamais il ne quittera cet appartement, et il manifeste sa détermination en faisant réapparaître la matraque qu'il brandit, une fois de plus, à trente centimètres de mon visage.

Je lui demande de poser la matraque.

Tu me prends pour qui, hurle-t-il, un givré, un fou meurtrier ?

Je réitère ma requête.

Il abaisse la matraque, qui se pose contre sa hanche, et se met à me raconter qu'un gamin blanc de douze ans est venu frapper à sa porte l'autre jour, en lui demandant où se trouvait le bureau de location. *C'est quoi, ces conneries ?* s'exclame-t-il. *De tous les appartements de cet immeuble, c'est à ma porte qu'il vient ? Et c'est pas du harcèlement, ça, pur et simple ?* À l'extérieur, sa porte est tapissée de lettres qu'il a reçues, de Ted Kennedy, Patty Hearst, pour montrer aux autres locataires qu'il est quelqu'un, une célébrité. À douze ans, on pourrait très bien croire que c'est un bureau, et toutes ces lettres des avis officiels. *Ben, je vais te dire, ce gamin, il est pas près de revenir frapper à ma porte.* Je lui annonce que si je repars sans son arme, je vais devoir le dire à Dawn, qui entamera les démarches d'expulsion, à juste titre, et je n'y pourrai rien. Il hurle de plus belle, parle de porter l'affaire devant la Cour Suprême, souligne sur un ton de défi qu'ils ne savent pas à qui ils s'attaquent. À un moment, il accepte de me la remettre, si je promets de la lui rendre. Quand je m'apprête à partir, il me suit dans le couloir, me rappelle, m'interpelle à voix basse *Hé, j'ai un marteau*, comme si je pouvais le donner à Dawn et qu'on n'en parle plus. Je disparais dans l'escalier, talonné par ses cris : *PARRICIDE, PARRICIDE.*

Froid vif en descendant Boylston, sensation agréable dans la tête. Je passe devant le bout de trottoir où j'ai rencontré Ida pour la première fois, une Noire du Sud, la soixantaine, qui a atterri à Boston un hiver, sans logement, sans un sou. Mais Ida a un caddie, *Non, merci*, refuse de nous accompagner au foyer dans le Camion. Tout ce qu'elle demande, une fois le contact établi, c'est un gril pour cuire les rutabagas dont elle a fait l'acquisition, qui occupent à présent trop de place dans son caddie. Elle veut juste allumer un petit feu, là, sur le trottoir, et cuire ses rutabagas. Plus loin, je passe devant un homme sous l'abribus à côté de la bibliothèque, mains enfouies dans ses poches, capuchon rabattu sur le visage, trois notes soigneusement fixées à sa parka jaune par des épingles à nourrice, des signes griffonnés au crayon de papier s'étalant à la surface de chaque page. J'ignore ce que disent ces notes, car je ne m'arrête pas pour les lire. Une heure plus tard, je suis dans un train pour New York et, de retour à Boston quelques jours plus tard, je décide de laisser une dernière chance à mon père. Je n'ai pas encore appelé Dawn. Il m'ouvre par l'interphone, me remercie de mon aide, abandonne sa matraque en m'assurant qu'il me saura gré de ce que je pourrai faire.

mon arbre

(2003) Mon père m'ouvre, une entaille énorme à l'arcade sourcilière, enflée, meurtrie. Et ça repart. J'évoque l'entaille, sans être sûr de vouloir connaître les détails. *Ça ?* hurle-t-il, en montrant son œil du doigt. *Je me suis fait choper. Mais tu devrais voir les deux enfoirés qui ont essayé de me piquer mon fric, je te leur ai piétiné leur putain de tête. Et zou ! En prison à Charles Street, pour vingt ans.* Je me contente de hocher la tête, regarde les derniers rayons du soleil filtrés par le lierre étalant sa verdure sur les trois fenêtres. Des dessins animés à la télé, du café refroidi. Comment fait-il pour si bien entretenir ces plantes ? *Tu ne veux pas de vodka ?* me propose-t-il, en levant le pichet. *Tu fais bien, c'est une vraie saloperie.* Une pièce sans angles, ni place pour s'asseoir. Quelques minutes à écouter le dernier épisode de son délire perpétuel, et sa chambre se fait particulièrement suffocante et confinée. À soixante-treize ans, en conflit avec la justice pour la énième fois. Je lui propose d'aller faire un tour, de lui payer un sandwich. Il fait allusion à mon livre, aux poèmes qui parlent de lui, se dit impressionné. Je me demande s'il pense à celui où je dis vouloir

« *tordre/chaque doigt, jusqu'à faire/choir la bouteille, briser l'os : le sauver/en lui broyant la main.* »

Sur le trottoir, je suis frappé par son allure de gnome : regard torve, démarche rigide, de plus en plus petit, comme c'est le cas pour tout parent, sans doute, mais mon père, s'il a perdu en taille, garde son allure de bravache, et sa paranoïa ; loin d'être une présence impressionnante, si ce n'est par cet air dément propre aux ivrognes, genre *ça-se-voit- que-je-me-fous-de-tout ?*. On va d'abord ensemble au supermarché pour reconstituer ses stocks de jus d'orange, et il me présente comme son fils au caissier qui, avec un sourire réservé, répète Votre fils ? En plus du jus, il achète deux bouquets de fleurs, un pour sa chambre, l'autre pour Jasmine, sa petite voisine de sept ans. Scotché à sa porte, un message de Jasmine : « Cher monsieur qui habite au 21, je t'aime. » Un jour où j'étais là, il a frappé à leur porte, insistant pour que je fasse la connaissance de Jasmine et de sa mère. Sa mère me lance un regard qui ressemble fort à celui du caissier, où se lisent l'exaspération et la lassitude. Jasmine, cachée derrière la jambe de sa mère, fait coucou, *holà*. En partant, le caissier me dit que mon père est bon client. *Ça, tu peux le dire*, renchérit mon père, en sortant du magasin à petits pas. À côté se trouve un bazar, un panneau FERMÉ pendu en vitrine. Mon père frappe sur le panneau à coups de poing. Un homme ouvre la porte, qu'il me présente, Sharkey. Enchanté, dis-je en serrant sa main tendue. *C'est mon fils.* Sharkey me dévisage en clignant des yeux, perplexe. *Il est prof à l'université de Columbia, tu te rends compte ?* Sharkey se penche pour me regarder de plus près, toujours en clignant des yeux. C'est un putain de miracle, conclut-il. Dans ce quartier de Boston, c'est surtout des étudiants, qui filent dans la rue, l'air déterminé. *Le petit a sorti un bon bouquin.* Puis, à mon attention : *Je me demande comment tu as pu. Qu'est-ce qui t'a lancé ?* Quand ma mère avait dix-sept ans, mon père lui envoya une brassée de lettres, quelques jours avant de la mettre enceinte. *Mon avenir repose sur mes talents d'écrivain. Je traverse des périodes de doute et de crainte. Je ne veux pas échouer.* Sharkey me recommande de garder un œil sur lui, qu'il s'attire des ennuis parfois, tandis que mon père, chancelant, s'éloigne sur le trottoir. Je le rattrape, m'arrête brièvement jeter un coup d'œil sur un étal de CD d'occasion, mais il m'ordonne d'avancer. *Ville pourrie*, m'explique-t-il, *pleine de tocards*, les deux bouquets fourrés sous le bras. On passe devant la banque où il vient toucher le montant de la pension versée par l'État, l'une des banques qu'il se targue d'avoir volées bien des années plus tôt. Il sort sa carte de retrait. *Tu vois cette carte ?* Je sais, tu me l'as déjà montrée. Nous sommes arrivés devant une pizzeria. J'ai faim, lui dis-je, et toi ?

Il commande le maxi steak, me fait goûter une tranche de viande. Il semble connaître la jeune caissière, du moins c'est ce que laisse supposer le regard dément qu'il tient rivé sur elle. Je m'éloigne. Elle lui demande si tout va bien, il répond haut et fort. *Je m'appelle Flynn, bien sûr que ça va, ici à Boston. Je suis irlandais,* clame-t-il d'un ton méprisant, *pas africain, espagnol ou chinois, tous ceux que j'aime.* La jeune femme sourit faiblement. Tant mieux, que vous les aimez, et elle lui tend le sac de nourriture.

On s'assied sur le perron de son immeuble, au soleil qui décline, l'énorme sandwich dur à négocier, des lambeaux de steak graisseux tombant sur le béton. Une fois de plus, je lui demande de me parler de son père et du canot de sauvetage. Il me raconte la même histoire presque mot pour mot, qu'il l'a observé durant les essais, le bateau lâché des centaines de fois par une grue dans le port de Scituate jusqu'à ce qu'enfin il soit au point. J'ai maintenant l'âge qu'avait mon père quand il est entré dans sa première banque, l'âge de ma mère quand elle s'est suicidée. Le soleil se couche devant nous. Mon père me dit être en possession des plans d'origine du canot de sauvetage. Je sais, c'est moi qui te les ai donnés. *Ah, c'est toi ? Je me demandais comment je les avais eus. Toi, c'est Thaddeus, hein, comme mon grand-père ?* Non, moi c'est Nicholas, comme le Tsar.

Au bout d'une demi-heure, je lui dis que je dois déplacer mon véhicule, en stationnement interdit, pas la peine de chercher les ennuis.

T'en fais pas, insiste-t-il, donne moi le PV, je dirai que tu étais chez moi.

Super, j'y penserai la prochaine fois.

Je me lève pour partir, il m'imite, m'indique un arbre qui pousse dans un trou du trottoir.

Tu vois cet arbre ? C'est grâce à moi qu'il est là. Un coup de fil, et je l'ai fait planter par la ville. Mon arbre.

Bel arbre, je commente.

Et ces marches, dit-il en montrant l'endroit où nous étions assis, je les ai fait remplacer. Mes marches.

Belles marches.

Il m'accompagne jusqu'à ma voiture, me montre

l’arbre à côté — *Cet arbre aussi* (penché à ma vitre à présent, si je démarre, je l’entraîne avec moi), *même s’il n’est pas devant ma porte. Un élan de générosité.*

quelques notes

p. 67 « Regarde ! Voici venir un feu follet. » Le Roi Lear. « Une carte aussi grande que le monde. » L'idée apparaît notamment dans l'œuvre de Jorge Luis Borges. *p. 87* « Hippie-la-Gâchette », Morcheeba. *p. 131* vers en italiques, d'après *Le Roi Lear* (texte d'origine, « qui n'a plus les moyens de se *conduire* »). *p. 132* « pruno » obtenu en général par fermentation de ketchup dans un sac en plastique (effet du tonnerre, mais goût abominable, paraît-il). *p. 149 « Qui donc pourra me dire... », Le Roi Lear. p. 161 « Ce n'est pas une femme... »*, William Faulkner, *Lumière d'août. p. 205 « Il y a plein d'endroits où je peux aller... »*, d'après Mike Leigh, dans *Naked. p. 212* « ... un carton qu'on imagine être une maison », idée empruntée à Gaston Bachelard, *Poétique de l'espace. p. 227 « La culture des plaies... »*, Jean Genet, *Journal du voleur. p. 228-231* « la même chose », collage de plusieurs voix, dont celles d'amis, de Homer Simpson et du groupe Acrophobe. La forme est inspirée d'un mythe de genèse des Indiens Kato (cité dans *Technicians of the Sacred*, Jerome Rothenberg Ed.). *p. 277-291* plusieurs vers tirés du *Roi Lear. p. 278-279 « Maudit fornicateur !... »* et *« Les grains s'ajoutent aux grains... »*, Samuel Beckett, *Fin de partie. p. 306 Un plan béton (comment piller une banque)*, titre d'un documentaire vidéo réalisé par NF, produit par « the Kitchen », montage de David Anzarch (1997). *p. 327 « Un mot n'est-il pas fait d'haleine... », Hamlet. p. 329* extraits de *L'homme au bouton*, de

Jonathan Flynn (non publié). *p. 336* « garçon debout sur le pont en flammes », Elizabeth Bishop, *Casabianca. p. 344* « *tordre/ chaque doigt…* », NF, *Father Outside*[1].

1. Poème de Nick Flynn, tiré du recueil *Some Ether* (Graywolf Press, St. Paul, Minnesota, 2000), dont le titre peut se traduire par « Dehors, un père ».

[dettes]

impossible sans eux, tom draper, bill clegg, jill bialosky, frances richard, lee brackstone, oscar van gelderen, jessica craig, mark adams, dorothy antczak, sarah messer, thich nhat hahn, jacqueline woodson, johnny cash, maggie nelson, mark conway, dana goodyear, doug montgomery, hubert sauper, eli gottlieb, danella carter, dave cole, martin moran, debra gitterman, arlo crawford, suzanne bach, robbie cunningham, sarah moriarty, rodney phillips, deirdre o'dwyer, padgett-marbens, marisa pagano, anna oler, josh neufeld, the macdowell colony, michael carroll, the schoolhouse center, sylvia sichel, the corporation of yaddo, peggy gould, pat oleszko, daniele bollea, nicola bollea, jen liese, alex blumberg, shane dubow, billy loos, tous ceux avec et aux côtés de qui j'ai travaillé au pine street palace, tous mes amis qui sont devenus pères, tad flynn, talaya delaney *impossible sans eux*

[motifs à fanfaronnade]

Nick Flynn est l'auteur de *Blind Huber, A Note Slipped Under the Door* et *Some Ether* ; il a été finaliste du *Los Angeles Times* Book Prize et lauréat du PEN/Joyce Osterweil Award. Dans une autre vie, il a été électricien, capitaine de navire et enseignant dans des établissements primaires publics à New York. Parmi les revues qui, au fil des ans, ont publié certains de ses textes, figurent : *The New Yorker*, *The Nation*, *Fence*, la *New York Times Book Review*, *The Paris Review*, *Provincetown Arts; This American Life*, émission de la National Public Radio, a elle aussi diffusé certains de ses textes. Il a bénéficié de bourses de la Bibliothèque du Congrès, du Centre des Beaux-Arts, et de la Fondation John Simon Guggenheim Memorial. Un semestre par an, il enseigne à l'université de Houston, et passe le reste de l'année ailleurs.

Composition IGS Charente Photogravure.
Achevé d'imprimer
par la Société Nouvelle Firmin-Didot
à Mesnil-sur-l'Estrée, le 6 mars 2006.
Dépôt légal : mars 2006.
Numéro d'imprimeur : 78571.

ISBN 2-07-077340-X/Imprimé en France.

133546